上卷

長風幾萬里

白鷺成雙 著

★ 冷面傲嬌捉妖侯爺 × 嬌貴災星皇族公主

★ 人氣古風大神「白鷺成雙」虐戀大作！

★
隨書附贈
《長風幾萬里》
絕美明信片
將書中的浪漫收藏心間！

「侯爺一看就是個福澤深厚之人，武藝高強，捉妖的本事也不錯，若是與侯爺成親，我許是能替大宋贏下十座鐵礦！」

目錄

第1章　坤儀看上了一個人

坤儀看上了一個人。

妖怪在宮宴上肆虐，宮人的尖叫和杯盤的摔打聲混在一起，嘈雜不堪，那人帶著上清司的警察趕來，正巧站在她最喜歡的一盞飛鶴銅燈之下，挺拔的肩上落滿華光，風一拂，玄色的袍角翻飛，像極了懸崖邊盤旋的鷹。

有時候一見鍾情就是這麼簡單，她甚至連這人的臉都沒看清，就把孩子的名字都想好了。

有這等人物在側，還要什麼孩子，非得先跟他你儂我儂海枯石爛了再說。

得叫多餘。

「殿下？殿下。」

坤儀回神，不悅地側目，就見貼身太監郭壽喜正焦急地朝她拱手：「聖駕已經迴避，您也跟著往後頭走走，這妖物有些厲害，莫要傷著您了才好。」

他要不說，坤儀都忘了那邊還有個張牙舞爪的妖怪。

她懶洋洋地起身，攏好身上黑紗，又多瞥了那人一眼：「他們不怕妖怪啊？」

郭壽喜順著她的目光一瞧：「嗐，上清司的人，生來就是除妖滅魔的，哪能怕這等小妖，更何況，連昱清小侯爺都到了。」

昱清小侯爺。

坤儀眨眼，覺得這封號十分好聽，比朝中那些個平西平南的風雅多了。

戀戀不捨地收回目光，她轉身，慢搖慢擺地移駕偏殿。

「回稟陛下，是下席裡的藺探花，一杯卻邪酒下肚，化作了黃鼠狼。」

「真是豈有此理，能讓妖邪進了宮闈，禁衛軍的眼珠子是擺著好看的不成！」

「陛下息怒，妖邪手段狡詐，禁衛軍畢竟是肉體凡胎，今日又恰逢人手調濟，宮門鎮守部署單薄，實在是……」

坤儀跨過門檻，就見禁衛軍統領滿頭大汗地跪在殿前，她的皇兄坐在龍椅上，臉上猶有怒意。

「坤儀可驚著了？」瞧見她進來，帝王連忙招手。

「謝皇兄關懷。」上前屈膝，坤儀在他右手邊的椅子上坐下，抬袖掩唇，美眸顧盼，「是有些驚著了。」

帝王聞言，扭頭看向禁衛軍統領，怒意更甚。

「陛下，昱清小侯爺在外頭候命。」黃門太監通稟了一聲。

坤儀側眸瞧著，就見自家皇兄一聽這話表情便柔和下來，眼裡甚至還有些喜意：「快讓他進來。」

此話一出，殿內眾人皆看向門口，就見一人拂袖拾階而上。

簷下宮燈將其眉目一點點出落，鴉黑的眼眸清冷疏離，如長丘谷裡的湖，粼粼幽水深不見底，修眉斜入鬢，似名家潑墨，唇畔噙霜雪，若寒月當空。分明是天姿國色，通身的肅殺之氣卻叫人不敢親近。

坤儀饒有興致地盯著他看，直到這人走到御前行禮，才懶洋洋收回目光。

「臣聶衍拜見。」

「昱清侯免禮。」帝王虛扶他一把，含笑道，「虧得你還未出宮，不然朕這一眾禁衛還真拿那妖祟沒辦法。」

「臣職責所在。」聶衍直起身，身姿挺拔，「上清司如今已有道人八百餘，斬妖之術雖不是個個精湛，但辯妖之目大多具備，臣請陛下，將宮門各處皆置一能辯妖之人，往後妖祟再想混淆入宮，便不是易事。」

帝王笑意頓了頓，垂目道：「愛卿言之有理，只是宮闈之防乃是大事，還得交由禁衛軍從長計議。愛卿且先查查藺探花的變故是從何而來，也好讓禁衛軍有所防範。」

聶衍皺眉，薄唇抿緊，很是不悅，卻也沒再加諫。

大殿裡陷入了沉默。

「侯爺傷著了？」旁邊突然有人開了口，聲音軟甜，像小貓爪子似的撓人一下。

他一頓，側眸瞥去，就見帝王旁側坐著個女子，攏一身煙霧似的黑紗，紗上繡著古怪的金色符文。

「昱清侯想是還未見過朕這位胞妹，月前剛從大漠遠鄰回來，暫居在先太后舊殿，不日便要搬去明珠臺。」帝王笑道。

遠嫁的公主，斷然是沒有回來久居的道理，除非夫家死了。

可就算是夫家死了，以鄰國的規矩，就地再嫁便是，怎會千里迢迢地回來，還穿著這麼古怪的衣裳？

聶衍多看了她兩眼，正巧對上她望向自己的目光。

興致勃勃，躍躍欲試。

這樣的目光他看了千百回，自然知道是什麼意思，當下就沉了臉：「臣並未受傷，身上許是沾染了妖祟血跡，這便告退去更衣。」

說罷，朝帝王一拱手就退了出去，全然不顧帝王的張嘴欲留。

「誒，他脾氣不太好啊？」坤儀嘟囔。

帝王揮退左右，輕嘆了一聲：「能人異士，自是都有些古怪脾氣的，這位昱清侯本性不壞，朕也喜歡他，可惜他不與朕親近，朕很是苦惱。」

坤儀托著下巴，笑得傾國傾城：「是挺讓人苦惱的。」

不能像以前一樣，看上了就讓人捆回來，還得多花花心思。

「妳今日也受了驚嚇，早些回去歇息。」帝王關切地道，「明珠臺已經收拾好了，妳想什麼時候過去都可以。」

明珠臺是她出嫁前先帝親賜的公主府，坐落在合德大街上，與昱清侯府並不相鄰。

但，在府邸後院裡站著，坤儀發現了個祕密。

這裡正好能看見昱清侯府後院的假山。

兩處宅子門朝南北，背後卻是靠在一起。

這簡直等於昱清侯張開雙臂朝她喊：哦，來呀~

坤儀當天晚上就不負期望地翻了人家後院的牆。

……

聶衍今日心情實在算不上太好。

見著那公主的第一眼他就覺得哪裡不對勁，回來沐浴更衣之後，依舊覺得心裡膈應。

「屬下查過了，坤儀公主似乎是命數不好，所以常穿繡著瞞天過海符的衣裙，用以擋煞。」隨從夜半低聲道，「既是皇家子弟，想來不會有什麼問題，只是。」

「只是什麼。」

「坤儀公主喜歡面容俊俏之人，盛京皆知。」夜半乾咳，看了自家主子一眼。

果然，主子的臉又黑了一半。

「不過您可以放心，鄰國尚在喪期，公主雖是回了朝，但理應為夫守喪三年，想來應該不會——」

話未落音，府中法陣大亮。

聶衍神色一凜，當即裹了外袍縱身而出。

他的昱清侯府人雖不多，但法陣極為厲害，向來不敢有妖擅闖，除非是自信可以鬥得過他的大妖。

月還未上枝頭，這等時辰，他倒要看看何方妖怪敢上他的門。

……

金光褪去，院落裡漸漸歸於平靜。

坤儀放下擋眼的衣袖，正好瞧見有人帶著沐浴後的清香，急切地朝她奔來。

沾著水珠的眉目看起來多了幾分瀲灩，沒攏好的裡衣露出了半截鎖骨，這人失了殿上的清冷，怎麼看怎麼秀色可餐。

她下意識地就朝他張開了手臂。

然而，這人卻在她面前三步止住了身形，飛快地攏上衣襟，面籠寒霜：「殿下？」

「噯。」坤儀很失望，「你稱呼怎麼這麼見外，同這光風霽月的場面一點也不搭。」

光風，還霽月。

聶衍微怒，後退兩步，看了一眼地面：「殿下何故闖我誅妖陣？」

這陣法十分凶狠，同時也十分難設，被她踩壞，又要好幾日才能重新落成。

坤儀迷惑地跟著低頭看了兩眼：「誅妖陣？這能誅哪門子的妖，我不還好好站著？」

呼吸一頓，聶衍定定地看著她，手裡下意識地聚出了卻邪劍。

第2章　古怪的公主

誰料，這人下一瞬就撫著她自己的臉道：「哦，我忘了，再美的人那也還是人，變不成妖怪。」

「……」這話也是說得出口。

沒好氣地收了劍，他冷聲道：「殿下若無別的事，就請回吧。」

語氣裡夾了點抵觸。

若換做別的女子，就該羞得扭頭就走。可坤儀倒像是沒聽見一般，只問他：「侯爺這衣衫不整的，不冷麼？」

「殿下若不亂闖我宅邸，在下也不必如此。」

「哦？」坤儀來了興致，「也就是說我闖你宅邸，就能讓你衣衫不整地來迎我？」

強詞奪理，聶衍微惱。

夜風輕拂，吹來她身上淺淡的酒氣，他皺眉想避開，這人卻偏欺身上來，仰頭看他：「我聽人說，侯爺只對捉妖有興趣，對送上門的女色，從不領情。」

知道還來。

他垂眼。

「正好，我就是為捉妖的事來的。」像是知道他在想什麼，她美目顧盼，言笑晏晏，「我身邊常有妖怪索命，想請侯爺相救，解我之困。」

這語氣十分不正經，怎麼聽都不像是被妖怪纏身，反倒像是個妖怪，想纏他的身。

聶衍別開了臉：「殿下不必浪費時間在微臣身上，若想要容顏姣好的男子，盛京華容館裡有的是。」

「你怎知我就只看上了你這張臉。」坤儀輕笑，塗著丹寇的纖指隔空點了點他的輪廓，「難道侯爺自認除了容顏之外一無是處？」

說不過她。

聶衍冷哼，後退半步想要走，面前這人竟突然扯開了黑紗外袍，露出裡頭黑霧似的的輕薄長裙。

「殿下自重。」他當真有些惱了，下頷緊繃，「勾欄尚不齒如此，何況皇室貴胄。」

坤儀被他說得一愣，倒是又笑了：「侯爺誤會。」

三更半夜孤男寡女衣衫不整，還有什麼好誤會的。

聶衍只覺荒謬，拂袖轉身，再不願聽她花言巧語。

結果，就在他走到第三步之時，一股妖氣猛地從東南面襲來，直奔坤儀而去。

瞳孔微縮，聶衍立即祭出卻邪劍翻身一斬，衣袂翻飛間，卻還是慢了一步。

泛紫光的貓妖古怪地嘶叫著，越過他狠狠地咬住了坤儀的肩，濃烈的妖氣霎時席捲了整個後院。他這一劍下去，貓妖身子被砍成了兩段，可饒是如此，它的牙也仍在她皮肉上啃咬。

坤儀疼得小臉煞白，倒吸一口涼氣，抽出一張符紙就將這貓妖的頭狠狠拍散。

她衣衫已經凌亂，前襟堪遮未遮，露出半抹雪白和玲瓏鎖骨，如玉肌膚襯得傷口分外可怖。

「你這人，我都跟你求救了，你怎麼就不信我。」她白著臉嗔怪他，腰一軟就要往後跌。

聶衍跨步上前，下意識地接住她。

入懷溫軟，輕若無物。

背脊微僵，他抿唇，轉移似的看向她手裡的符咒：「殿下會道術？」

坤儀倚在他身上，只覺有一股沉木香氣，滿腔怒意就變成了嬌嗔：「我自小就容易招惹這些東西，若是不學些用來防身，還能活到現在？嘶……侯爺就算不懂憐香惜玉，也該知道照顧傷患吧？杵著做什麼，替我把毒吸出來呀。」

聶衍伸手，瞥了一眼她的前襟，臉色頓黑：「我讓丫鬟來。」

「叫丫鬟來給我收屍？」坤儀翻了個白眼，「這貓妖的毒性有多大，你不知道？」

她嘴唇已經有些發烏，說完這話，更是一陣目眩：「侯爺若是想看我死在這侯府，就再繼續看著好了。」

公主自然是不能死在他的侯府的，更不能被妖怪毒死在他面前。

輕吸一口氣，聶衍停頓一瞬，低聲道：「得罪。」

然後俯身，含上她肩膀傷口。

坤儀下意識地哼了一聲。

他身上還有沐浴後的溫熱香氣，氤氳到她的脖頸間，叫人耳根都泛紅。坤儀是打著調戲他的心思來的，卻沒想到反被他給惹羞了，不由地腳趾微蜷，丹寇欲拒還迎地抓緊他肩上衣綢。

他雪白的衣袍同她的黑紗裙絞在一起，顏色對比分明，卻是難捨難分。

夜半趕到後院的時候，看見的就是這麼一副畫面。

月色正好，繁星當空，自家主子將坤儀公主按在懷裡，公主衣裳凌亂，自家主子埋首香軟間，頭也不抬。

??

夜半傻眼了，他跟著主子這麼多年，從未見過如此場面。

偏生主子十分專心，甚至沒有意識到後頭來了人，還是坤儀公主瞥見了他，丹寇一抬，輕輕一揮，示意他非禮勿視。

夜半狠狠地掐了自己一把，確認不是在做夢之後，瞠目結舌地扭頭迴避。

聶衍心裡有思量，不曾注意四周，待一口毒血吐出，他擦了擦唇畔，皺眉問她：「殿下想讓我捉的妖怪，就是方才的貓妖？」

「嗯，也不止。」坤儀尚且頭暈，說話有氣無力，「以後侯爺就知道了。」

她這人，半真半假，捉摸不透，他巴不得離遠些，哪還來的以後？

聶衍輕嗤，鴉黑的眼眸半闔。

瞥見他的神色，坤儀嬌俏地哼了一聲，軟綿綿地推開他，將地上的外袍撿起來攏上身：「你們男人都這樣，翻臉無情。」

說的這幾個字也沒什麼錯處，但配著她那攏衣裳的動作，怎麼瞧怎麼不對勁。

聶衍醉心道術十幾年，鮮少與女兒家打交道，誰料頭一遭就碰見這麼個難惹的，叫他又氣又無可奈何。

「我讓丫鬟送妳。」

「留著你的丫鬟吧，給我下次收屍用。」翻了個白眼，坤儀直起身，搖搖晃晃地往院牆的方向走。

「殿下傷重，走正門為好。」他皺眉看著她的背影。

坤儀沒理他，攀上院牆，倒算俐落地爬了回去。

清風拂院，吹散了周遭妖氣，倒還剩一絲溫香酒氣留在他衣襟上。聶衍有些煩，伸手去拂，指腹上卻還留著她腰肢的觸感，一碰錦緞，反覺錦緞粗糙。

「……」這一定是妖術。

閉眼凝神，他念了三遍清心訣，再睜眼時，眸中已然清明。

「夜半。」他側頭，「你躲那麼遠做什麼？」

夜半臉色漲紅，聞聲從角落裡出來，結結巴巴地道：「屬，屬下怕擾了，擾了那位殿下。」

她有什麼好怕的，原也就不是個正經的人。

合攏手心，聶衍拂袖：「後院需要重新落陣，你且隨我來。」

「是。」

走了兩步，聶衍又停了下來，看向腳邊落著的還未散盡的貓妖殘骸。

不對勁。

就算他府中誅妖陣破了，他也還在場，這貓妖修為平平，為何執意要來送命？

神色微凜，他側身看向明珠臺的方向。

明珠臺樓閣錯落，燈火通明。

坤儀懶倚在貴妃榻上，任由侍女為自己上藥。

「您怎麼這麼不小心。」侍女蘭苕心疼地擦著她肩上創口，「想見那昱清侯，讓別人去請也就是了，若這身上落了疤可怎麼好。」

「我都是寡婦了，還管身上有沒有疤？」坤儀輕笑，「下回再嫁，除非是陛下又想要誰死，又不方便處置。」

「您怎麼能這麼說！」蘭苕眼眶發紅，「那位的死不是您的錯，只是巧合。」

「巧合太多，那便就是命數。」攏上黑紗，坤儀不甚在意，「替我尋些沉木香來點上。」

蘭苕覺得奇怪：「您不是一向嫌那味道厚重？」

「也挺好聞的。」微微勾唇，坤儀眼波瀲灩，「是能安神的香。」

蘭苕不解，卻也沒多問，應下便去更換香爐。

青煙嫋嫋，一室香氤，坤儀喟嘆一聲，和衣閉眼，以為終於能睡個好覺。

然而，一閉眼，夢魘如約而至。

「坤儀，我的腦袋找不到了，是不是妳藏起來了？」

「這如山的屍骨全是妳殺的，妳是個殺人凶手，殺人凶手！」

……

背脊冰涼，坤儀猛地睜眼。

「殺人凶手，出來！」夢境裡的喧囂延展到了現實，遠處不知是誰，隱隱在喊叫。

她臉色蒼白地抓緊身下被褥。

「殿下別怕，是昱清侯府。」蘭苕過來挽起床帳，柔聲安撫，「藺家的人執意覺得藺探花是被人陷害，說昱清侯爺是殺人凶手，眼下正在侯府鬧事。」

第3章 難泡的美人

藺探花？那個在宮宴上現了形的妖怪？

坤儀起身，撚起枕邊玉如意搔了搔頭：「也真是會鬧騰。」

「可不，昱清侯斬妖有功，這藺家還真是不知天高地厚。」藺茗一邊捲起紗簾一邊嘟囔，「叫陛下知道，還不得株連了九族。」

「那倒也不會。」坤儀漫不經心地道，「藺家老夫人是個聰明人，她才不會帶著全家去送死。」

這話藺茗就聽不明白了：「昱清侯正得聖寵，藺家如此胡鬧，陛下還能饒了他們不成？」

坤儀沒答，只打了個呵欠，藺指軟軟地捂上自己的肩：「叫人去看著那邊的動靜，每兩炷香回來稟我一次。」

「是。」

昱清侯府的後院已經站了不少的人，有藺家來鬧事的，也有上門拜訪順便看熱鬧的，吵吵嚷嚷，嘈雜非常。

「你們上清司殺人連屍首也不留，就要扣一頂妖族的帽子給我藺家，哪有這樣的說法！我藺家男丁前程盡斷，女眷婚配無門，倒叫你家侯爺立了功，蒙受聖寵，真是好手段！」

「遠才雖不是什麼文曲星轉世，卻也是新科的探花，寒窗苦讀十餘年的天子門生，生父生母皆是凡人，他怎麼就成了妖怪，我看，怕是你昱清侯立功心切，栽贓陷害。」

「什麼斬妖除魔上清司，分明就是你們結黨營私、剷除異己的遮羞布！」

吵嚷聲越來越大，聶衍坐在書軒裡都能聽得分明。

「主子，要不將他們趕走吧？」夜半直皺眉，「這鬧得實在不像話。」

「無妨。」他平靜地翻著手裡書卷，「奪神香可點上了？」

夜半點頭：「後院並無動靜。」

奪神香是上清司的得意之作，一旦點燃，百步之內妖氣必消，沒有妖怪能在煙霧裡頭站住腳。

也就是說，藺家其餘的人都不是妖怪。

闔上書，聶衍有些不解。

妖怪是不能附身於人的，只能變身頂替，若藺探花原本是人，只是被妖怪頂替了身分，那他本人去了何處？

「啟稟侯爺。」外頭有人來報，「三司的人將藺探花遺物送來了。」

藺探花生性愛清雅，倒是不曾有多少貴重裝飾，除了一頂銀冠，就只剩下一塊古樸的玉佩和一根編織古怪的紅色手繩。

「藺家人認過，這玉佩是藺家祖傳的，銀冠也是藺家老夫人親自命人打的，只是這紅繩……不知來歷。」

聶衍挑眉，接過紅繩仔細查看。

複雜的編織，不像是民間的東西，倒像是宮裡的手藝。繩結上頭猶殘妖氣，只是妖氣之外，還有一絲書墨氣，以及……女人的脂粉香。

這脂粉香氣，有種莫名的熟悉之感。

輕嗅一二，聶衍若有所思。

「侯爺，藺家老夫人在後院裡暈過去了。」外頭又傳來稟告，「這老夫人是二品的誥命，出了事有些難辦，藺家已經派人去請御醫了，想必要驚動聖上。」

「又來這一套。」夜半聽得直撇嘴，「要不怎麼說咱們上清司的活兒不好幹呢，分明是按規矩行事，卻偏要受這些胡攪蠻纏，他們不就是仗著陛下不愛理世門爭執，故意攪事麼。」

「世家大族裡出了妖怪，若不將髒水潑給我，他們便是沒了活路。」聶衍回神，將手繩放回托盤裡，不甚在意，「隨他們去。」

「可是……」

「只要世間妖怪未絕，陛下就不會責難上清司。」

同樣，只要他還願意除妖，陛下也就絕不會為這些小事替他出面懲治世家大族。

當今聖上何其英明，想要一把鋒利的刃，又不想這刃鋒芒太盛，所以斬妖除魔是他的職責，受人唾罵也是他的職責。

眼裡的嘲弄之意稍縱即逝，聶衍起身，玄色衣袍拂過檀木椅的扶手，「去準備午膳。」

夜半無奈，低聲應下。

大抵是知道昱清侯一貫的作風，藺家人不憚於將事往大了鬧，老夫人暈倒在侯府後院，一眾藺家奴僕就徑直衝出門走上街，敲鑼打鼓地說昱清侯公報私仇，就連六旬的藺老太太都要打死在府內。藺探花是冤枉的，壓根不是什麼妖怪，只是因著頗受聖上垂青，才惹了昱清侯的記恨，藺家上下真是飛來橫禍，冤枉至極。

這是很潑皮無賴的手段，但是管用，以往這麼一鬧，至少門楣名聲能夠保全，待風頭過去，家族裡的其餘人還能再謀前程，故而不少被聶衍誅殺過妖怪的人家，大多都選了這條路子，昱清侯府也習慣了背黑鍋。

然而今日，出了一點意外。

晌午時分，藺家鬧得最凶的時候，一列六十餘人的儀仗浩浩蕩蕩地行至昱清侯府正門。御前侍衛金刀開道，二十個美貌宮女捧著漆木盒子走在前頭，中間一頂落著黑紗的金鑾車，後頭還有二十個太監擔著禮物，並十個護衛壓陣。

這等的排場，當今除了聖上，就只一人能有。

「主子。」夜半收到消息，神色古怪地朝上頭道，「坤儀公主過來了。」

頓了頓，又補充：「這次走的是正門。」

聶衍神色漠然，鴉黑的眼眸裡波瀾不興：「就說我今日不見客。」

「晚了。」夜半撓頭，「她沒遞拜帖，徑直去了咱們後院。」

因著藺家人來鬧事，今日侯府裡本就沒什麼守衛，藺家人都能闖的後院，坤儀走得更是熟門熟路。

原本還在敲鑼打鼓的藺家人，一看見公主儀仗，個個都噤了聲，就連那昏迷了的藺老太太也突然醒轉，急忙上前行禮：「老身見過殿下。」

坤儀似是才發現他們一般，隔著黑紗驚訝地道：「老夫人怎麼在這兒。」

轉念一想，語氣古怪起來：「別是來給昱清侯爺說親事的吧？」

「怎會。」藺老太太垮著臉，剛想繼續訴苦，就聽得殿下鬆了一口氣。

「不是就好，老太太與先皇后也算有些交情，按理本宮該敬您三分，但這昱清侯爺與本宮有故，本宮可不願將他拱手讓人。」

藺老太太微驚，臉色都白了兩分。

坤儀公主有多受今上疼寵，舉朝皆知，這人又十分嬌縱任性，蠻不講理，若是礙了她的眼，可比直接得罪陛下還來得慘。

收回滿腔的怨氣，藺老太太勉強笑了笑：「侯爺一表人才，殿下好眼光。」

「老太太也覺得他很好，那本宮就沒看錯人。」坤儀的聲音裡盡是欣喜，「昨日宮宴上，侯爺斬妖的英姿當世無雙，老太太可也在場瞧著？」

「沒……」藺老太太垂眼，「昨日老身抱恙，未能進宮。」

「那還真是可惜了。」坤儀搖頭，「不過也好，宴上那麼大一隻黃鼠狼妖，嚇壞了不少人，老太太若在場啊，還得受驚。」

話說到這裡，藺老太太明白了，坤儀公主是為昱清侯撐腰來的。

她有些不甘，又深知無法與這位殿下爭執，只能沉默。可她身後的藺家兒孫就沒那麼能沉住氣了，當即有人怒道：「妖怪陰險狡詐，變成人形也不是難事，殿下既在宴上瞧著，也該為我藺家說兩句話。」

這話說得又快又衝，老太太想攔已經來不及。

話音落下，後院裡有片刻的安靜。

纖手掀開了車上黑紗，坤儀抬起鳳眸，掃了外頭一圈：「方才說話的是哪位？」

蘭家三子站了出來：「在下蘭……」

「以下犯上，舌頭割了。」

「是。」

金刀侍衛出手快如閃電，蘭老太太還沒來得及求情，血就濺到了她的臉上。

滿院譁然。

蘭家群情激奮，一部分人去扶滿嘴是血的蘭三，另一部分人上前就要與金刀侍衛理論。

「不——殿下！殿下！」蘭老太太連忙跪下，一邊攔著自家人，一邊給坤儀磕頭，「我管教無方，這便回去好生讓他們學規矩，殿下饒命！」

「娘，她欺人太甚，您怎麼還……」

「快閉嘴！」蘭老太太怒斥，「什麼人你們都敢衝撞，還不快跪下。」

蘭家人憤憤不平，遲遲不願落膝。

坤儀高坐鸞車，似笑非笑：「他說得沒錯，本宮就是欺人太甚。不過既然已經欺了，不如就更甚一些，好叫他們長長記性。」

「殿下，今日場面已經夠大了。」蘭老太太面無人色，「還請殿下息怒，也好給老身一些時間，這便回去讓人備上厚禮，來給侯爺請罪。」

「那多不合適啊。」坤儀眨眼，「分明是這昱清侯汙了妳蘭家名聲。」

「昱清侯斬妖除魔，替天行道，乃當世英雄。」蘭老太太汗如雨下，「是我蘭家今日莽撞了。」

說罷，立馬扭頭呵斥：「還不快回去，在日落之前，要將謝罪禮抬過來。」

後頭的人不甘不願地應下，藺老太太連忙藉著機會，帶著藺家大小就告退，將旁邊侯府的一眾下人看得一愣一愣的。

「你瞧。」坤儀笑著對藺茗道，「我就說藺家老夫人是個聰明人。」

藺茗哭笑不得：「殿下何苦這麼嚇唬他們。」

「誰讓他們欺負我的人啊。」扶手下車，坤儀軟腰款擺，「要是連個人都罩不住，往後盛京的美人兒哪個還願意從我。」

尤其是這府邸裡的美人兒，很難泡，得有點誠意。

第4章　名聲是什麼玩意兒

府邸裡的美人兒冷著臉站在花廳門口迎她。

「見過殿下。」

坤儀捂著還沒結痂的肩，柔柔弱弱地朝他伸手：「侯爺真是半點不體貼，明知我有傷，就這麼乾站著。」

無視她的玉手，聶衍側身：「殿下請上座。」

撇嘴將手收回來，坤儀帶著人進去，氣哼哼地坐上主位：「虧我趕著過來救侯爺，侯爺竟連個笑臉都不給。」

誰要她來救。

聶衍板著臉坐下，正待開口，就見後頭一連串地進來一堆宮女，手裡的漆木盒子打開，山珍海味，野鹿河蝦，滿滿裝了二十盤。

「殿下這是作何。」他皺眉。

坤儀又來了精神：「瞧著是午膳的時辰了，我帶了菜來請侯爺品嘗。這些都是御廚新做出來的菜品，參芪燉白鳳、金腿燒圓魚、銀刀烤鹿脯——」

午膳而已，竟也能鋪張至此。

聶衍沉默地看著，周身像是攏著霧霜：「謝殿下美意，但臣不嗜葷腥，恐無福消受。」

「不是吧。」坤儀瞪大了眼，「你一個天天打打殺殺的人，竟愛吃素？」

「臣打殺的只是妖怪。」他抿唇，「這些生靈何辜？」

坤儀很是不贊同，秀眉挑得老高：「怎麼，素菜就不是生靈了？侯爺這憐惜蒼生的菩薩心腸，只憐葷，不憐素？」

聶衍一愣，繼而皺眉：「不一樣。」

「有什麼不一樣。」坤儀翻了個白眼，「一顆青菜辛辛苦苦長幾個月，在土裡有水喝有日頭曬，還能跟路過的蟲鳥招擺葉子，同泥裡的蚯蚓談情說愛，被你摘下來吃進肚子裡，一命嗚呼，人家何辜？」

「……」乍一聽還真的有點道理。

聶衍沉思，半晌之後覺得不對勁：「葷素皆是生靈，那凡人當吃何物？」

「您終於反應過來了？」坤儀哼笑，擺手讓人將菜放去旁邊飯桌，「凡人也是生靈，還是最厲害的生靈，大家都是要吃東西活下去的，弱肉強食是天之道也，哪來那麼多菩薩心腸。」

說罷，起身牽起他的衣袖：「快，去趁熱吃。」

聶衍飛快地甩開她的手，話裡帶惱：「殿下自重。」

「行行行，自重自重。」她敷衍地應著，還是拉他在旁邊坐下，接過宮女遞來的銀筷，夾了肉放進他碗裡，然後盯著他瞧，「來吧侯爺，邁出您視眾生為平等的第一步。」

勸菜而已，也能被她說得天花亂墜。

聶衍煩悶地發現，自己在話術方面好像完全不是這位殿下的對手，天知道她一個公主，嘴怎麼這麼碎。

而且，朝中其餘人都對他有一種說不出的畏懼，她分明與他只是第二次見面，卻還敢伸手來拉他。

「主子。」夜半忍不住朝他小聲道，「屬下瞧著，這位殿下並無惡意。」

惡意自然是沒有的，但若說別的心思，那還真是昭然若揭。

鴉黑的眼眸半垂，他神色幽深，若有所思。

「侯爺，吃飯的時候可不能生悶氣。」坤儀咬了一塊鹿肉，鳳眼眨巴眨巴地望著他，「會不好消食。」

回過神，聶衍沒看她，只提起筷子，兀自夾了一塊蓮花卷。

坤儀挑眉，倒也不繼續強迫他吃肉，只撐著臉側盯著他看。

別說，昱清侯這等容貌，還真值得她來這一趟，雖是不愛笑，那眼眸卻是如驕陽下的濃墨，黑而泛光，怎麼瞧怎麼動人。

當時殿上隔得遠沒看清，眼下湊近了，她才發現他眼角還有一滴淺痣，位置生得巧妙，像極了情濃之時飛濺上的淚。

這上面若是真濺上淚，不知會是何等模樣？

聶衍無聲地吃了小半碗菜，抬頭之時，正好看見坤儀的眼神。

她沒看菜，倒是在看他，然後喉頭滾動，輕輕咽了一口唾沫。

「……」

「殿下。」聶衍放了筷子，「今日之事，臣先謝過殿下，但恕臣直言，殿下孀居明珠臺，尚在守喪期間，不宜如此大張旗鼓地光臨寒舍。」

「哦？」坤儀挑眉，「你的意思，我還是翻牆過來比較合適？」

「臣自然不是這個意思。」他不悅地睇眼，「臣請殿下為自己的名節著想。」

輕笑一聲，坤儀推了碗筷倚在桌沿上，滿眼輕蔑：「名節這東西，我向來是不在意的，人活著是為自己快活，又不是為了成一塊完美的碑。」

頓了頓，她挑眉：「倒是侯爺，若是擔心名聲有損，那我也願意會為今日之事負責。」

聶衍只覺荒謬，語氣稍冷：「殿下若當真是個負責之人，又何以對藺探花的變故不聞不問？」

這話頭轉得太快，坤儀一時噎住，抬袖嗆咳起來。

「藺、藺探花與本宮有何干係，本宮為何要問他。」

定定地看著她的眼睛，聶衍沒有說話。

他的眼神太過懾人，又帶著一股奇怪的威壓，看得坤儀心裡發毛。

「侯爺可知，今上曾經下過一道旨意，我明珠臺可以不接受任何審司的查問。」她避開他的目光，下巴微抬，「換句話說，本宮是不受罪之身，別說你上清司，就算是刑部最頑固的那幾個老頭子一起來，也拿我沒轍。」

聶衍還是看著她，沒有說話。

坤儀皺眉，想發怒，瞥一眼他的臉，又消了氣，最後只得哼哼唧唧地攏緊身上黑紗：「行了，不知道你哪兒查出來的，本宮確實認識藺遠才，但他變成妖怪可不是本宮害的。」

「殿下在宮宴前見過他。」

「嗯哼。」她老大不樂意，「你還當真要審我。」

「在下只是好奇。」聶衍垂眼，「想知道宮宴上的妖怪到底是外頭來冒充的，還是就是藺探花本人。」眼神微動，坤儀又笑了，攏著黑紗欺近他，眼裡盡是狡黠：「你若答應我一件事，我便告訴你答案。」

又在打壞主意。

瞥見她晶亮的鳳眼，聶衍有不好的預感，搖頭想拒絕，這人卻耷拉了眉：「一件小事而已，不會太為難你，而且，你定然也很願意。」

他會很願意？聶衍遲疑，看著她合攏作請的雙手，猶豫許久，僵硬地點了點頭。

「侯爺大方。」撫掌而笑，坤儀鬆了口氣，乾脆俐落地告訴了他，「宮宴上你斬的那個就是藺遠才，不是別的妖怪化身冒充。」

聶衍不解：「藺家其餘的人都是普通人。」

「那不知道，反正化妖的就是他本人。」坤儀聳肩，「宮宴開始之前，他單獨來見過我，說願意入我明珠臺侍奉我左右，我見他長得好看，便答應了，送了他一條手繩作信物。」

見人長得好看就答應？聶衍瞇眼。

坤儀不覺得哪裡不對，繼續道：「那手繩有些特殊，是用紅色的符紙搓成條編製的，會灼傷一般的妖怪。」

「當日宮宴上我看過，他化妖之時，手繩仍在，若是妖怪變化冒充，不會連這個手繩也一起變，平白給自己添傷。那情況瞧著更像是他因著變故有了妖氣，然後被手繩灼傷，才跟著現了原形。」

說罷，她將雙手舉過耳畔：「都告訴你了啊，可別再懷疑到我頭上。」

聶衍頷首，眼裡墨色流轉：「臣多問一句，殿下送人的定情信物，為何會是這樣的手繩？」

「我這個人天生命怪，容易招惹邪祟。」坤儀哼笑，別開頭去看窗外枝頭上的花，「要留在我身邊，若沒點東西傍身可怎麼活。」

想起昨晚朝她飛撲過去的貓妖，聶衍坐直了身子，張嘴正要再問，她卻起了身，黑紗上金色的符咒紋路在他面前一晃，霧一般地跟著她往外飄。

「該說的都說了，侯爺答應本宮的事，本宮改日會命人來請，這便先告辭了。」

話音落，最後一抹黑紗就拂出了門檻。

走跟來都一樣快。

聶衍看著她離開的方向，情緒複雜。

說她喜歡他吧，確實也挺喜歡，分明是不受罪之身，都願一五一十地對他招供。

可若說她有多喜歡他，似乎也沒有，一個不高興，走得就頭也不回。

這種程度，他想，定是還不夠的。

黃昏時分，藺家送來了大量賠罪禮，聲勢浩蕩，比之前的鬧騰有過之而無不及。

聶衍是不想收的，奈何藺家人跪在他大門口，揚言他不收就不走，引來了大量百姓圍觀，議論紛紛。

「先前不是還鬧呢嗎，怎麼突然給昱清侯賠這麼大的禮？」

「聽說是坤儀公主出面，為昱清侯主持公道了。」

圍觀群眾一聽這位公主，立馬發出了曖昧的哦聲，揶揄起哄之勢甚囂，聲音穿過院牆，聽得聶衍臉色鐵青。

「主子別生氣。」夜半勸道，「無知之民罷了，朝中熟悉您的人自然不會這麼想。」

話是這麼說，第二日他上朝，剛穿過第一道宮門，就見幾位朝臣笑吟吟地行至他身側，對他行禮：

「昱清侯今日風姿綽約，容光映人吶！」

他不適地皺眉：「幾位大人有話不妨直言。」

「侯爺是爽快人，我等也不繞彎子，聽聞侯爺得了坤儀公主青睞，我等實在有要事想請侯爺幫忙。」

第5章　你當她是真心？

聶衍的一張臉，白了又青，青了又綠，最後變成了黑裡透紫。

「在下與坤儀公主並無交情。」

「侯爺謙遜，朝中誰人不知公主殿下向來不愛管閒事？她既肯替侯爺撐腰，想必是對侯爺多有看重。我等也不求別事，就想請殿下給今上美言幾句，好叫今年的賑災糧餉別再拖了，眼下天災妖禍並行，東三城餓死了不少百姓，侯爺若肯相助，也算是救人性命。」

「是啊侯爺，旁的事我等自然不想走這路子，可這賑災之事，侯爺經常行走江湖，想必也該清楚情況，情況已經是迫在眉睫了，今上竟還想擴修明珠臺。」

賑災……

想起坤儀昨日送到他府裡的菜餚和一大堆寶物，聶衍有些膈應。

當真是朱門酒肉臭，路有凍死骨。

「我會找機會同殿下提。」他垂眼，「但我與殿下，當真沒有別的關係。」

幾位大人聽著前頭的話就高興了，連忙作揖謝他。

至於後頭的，誰信呢。

氣悶地上完朝，聶衍又去了一趟上清司，帶人去誅殺了三隻狼妖兩隻鹿精，這才稍稍舒坦。

「好生奇怪。」三司警察淮南站在他身側看著鎮妖塔的方向，滿臉困惑，「屬下怎麼覺得，近來盛京之中的妖怪出沒得更加頻繁了。」

當世妖孽橫行，但畢竟是人比妖多，聰明的妖怪為了更好的生存，多數是會偽裝成人類的，平時也不輕易顯形，可似乎就這一個月開始，經常有妖怪失控鬧街。

「可查清楚藺遠才宴上的飲食了？」聶衍問。

淮南點頭：「除了御膳房流水備宴之外，他只單喝了徐武衛敬的酒，但宴上情況太亂，酒盞具已混淆摔碎，無從查證。至於徐武衛那邊，屬下已經讓人盯住了。」

「盯緊些，至於盛京頻繁出現的妖怪——」聶衍漫不經心地垂眼，「出現多少誅殺多少，絕不留情。」

「是。」

淮南應下，拱手欲退，突然想起什麼，猶豫地看了他一眼。

「說。」聶衍對上清司的人還是很有耐心的。

「這個……」有些不好意思地撓了撓後腦勺，淮南含糊地道：「鎮妖塔裡已經鎖滿了妖怪，新的鎮妖塔因著修建地的爭端，遲遲未能動工，屬下想著，若是侯爺有法子疏通工部關係，新的鎮妖塔也能早些落成。」

上清司直隸今上，與三省六部都沒有任何往來，他哪來的路子去疏通工部關係？聶衍皺眉。

新的鎮妖塔選落的地方正好占了恭親王府的一塊舊地，恭親王在聖上面前是答應得好好的，但真要修建起來，卻是百般阻撓，工部多與恭親王交好，自然是幫著壓進度，如此便拖延了半年有餘。

這半年都沒找著出路，眼下怎麼突然要他想法子了？

聶衍正要詢問，腦海裡突然閃過一個人影，接著臉色就又綠了起來。

「淮南。」

「屬下在。」

深吸一口氣，他閉眼：「你莫要聽信外頭傳言，我與坤儀殿下並無多餘交情。」

淮南乾笑，不好意思地摸著自己的腦袋：「屬下明白。」

明白個鬼。

剛散開的氣又重新堵回了胸口，聶衍瞇眼看著天邊的雲，沉默片刻，拂袖回府。

素來清淨的昱清侯府大門口，今日照舊被奢華的檀木大箱堆了個滿當。

「主子回來了？」夜半出來替他牽馬，嘆著氣對他解釋，「您來看看，這些都是坤儀殿下送來的，說是番邦進貢的最新料子，讓您挑著做幾身衣裳。」

聶衍看也沒看，冷聲道：「捆上車，送回明珠臺。」

「這……」夜半乾笑，「是不是有些不留情面了？」

「我同她有何情面可言？」

行吧，夜半想，主子說沒有，那就沒有。

箱子被抬上車，聶衍看了兩眼，惱意更甚。

綾羅綢緞，珍寶玉器，她還真把他當個女人哄了。

重新上馬揚鞭，聶衍帶著一身煞氣，如同魔神降世一般逼近明珠臺。

然而，剛到大門附近，他就瞧見一抹黑紗站在不遠的門口，對他盈盈招手。

微微瞇眼，聶衍下馬過去，語氣十分不善：「殿下早料到我會來。」

坤儀像是剛睡醒，鳳眼惺忪，語氣也軟：「誰惹你不高興啦？」

「沒有，臣只是來和殿下說幾句話。」

「還說沒有。」她嘆息，柔荑捏著玉如意，輕輕磕了磕他的眉心，「全都寫在臉上了。」

冰冰涼涼的觸感，叫他冷靜了兩分，聶衍後退半步，想起今日種種，還是覺得不痛快：「殿下對在下是何種看法？」

坤儀不解，歪著腦袋打量他片刻，眼底微微了然，扭頭復而又笑：「能有何種看法，本宮是孀居的寡婦，侯爺是前程大好的新貴，我還能有什麼非分之想不成？」

她這話半點沒給她自己留面子，將兩人之間分得清清楚楚，一時間倒讓聶衍沉默了。

這下該怎麼接？

瞧著他的反應，坤儀輕輕嘆息，還是笑著問他：「侯爺今日上朝可遇見什麼麻煩了？」

「沒有麻煩。」語氣緩和些許，聶衍抿唇，「就聽戶部的人在提，說今年賑災之事有些迫切，想請陛下暫緩翻修明珠臺。」

「好啊。」她把玩著玉如意，想也不想就點頭，「我等會就進宮去同皇兄說，先賑災。」

「……」過於爽快了。

「還出了別的什麼事？」

「沒了。」他別開臉，「社稷之責，哪有都壓給女子的道理。」

坤儀莞爾，眼眸晶亮地看著他：「難得你還心疼我了。」

「不是……」

「行啦，知道你沒這個意思，還不許我自個兒說著逗自個兒開心麼。」坤儀哼笑，隔著門檻與他對望，「回去好生睡一覺吧，瞧侯爺這為國操勞的模樣，可別憔悴了，不好看。」

說罷，轉身去命人將外頭的布料抬進來。

聶衍沉默地看著她的背影，突然覺得這位殿下似乎當真挺偏心於他，他這麼氣勢洶洶地上門退禮，她竟也沒怪罪。

皇家之人一向視顏面為天，他連拂她顏面都不能令她生氣，那要如何才能觸及她的底線？

拂袖轉身，聶衍陷入沉思。

宮裡很快傳來消息，坤儀公主自請停建明珠臺別苑，省錢賑災。帝大悅，聽從其意撥下賑災款項，順便將京中一塊封地賞給了坤儀。

昱清侯府很快迎來了幾撥謝禮。

「不收。」聶衍面無表情地看著門外的人。

幾位朝臣笑吟吟地看著他：「也就是些雞蛋柴米，我們可買不起太貴重的禮物，不過多虧侯爺相助，我等替百姓謝謝侯爺。」

「言重。」聶衍別開臉，「坤儀公主識大體，與我有何關係。」

幾個人意味深長地笑了笑，放下東西就走了。

聶衍拂袖想回府，剛要抬步，卻又看見了喜氣洋洋跑過來的淮南。

「大人，事辦完了！」他上前來拱手，「百餘道人今日開工，新的鎮妖塔不出七日便能落成。」

聶衍有些意外：「恭親王讓地了？」

「不是，是坤儀殿下將新得的封賞地皮給了上清司，說是犒勞大人為國操勞。」淮南喜上眉梢，「屬下帶人去看過，那塊地比恭親王府之前的更適合修鎮妖塔，故而已經命人動工。」

聶衍：「……」

倒是挺會替他欠債。

不過，坤儀怎麼知道上清司缺地，他連提都沒提。

看來是背地裡沒少跟人打聽他的消息。

心裡有些異樣，聶衍閉目不願多想，打發了淮南便回府去看書。

誰料，他不願想，身邊卻還有個話多的夜半。

「殿下也太大方了些，這一來二回的，好多好多銀子呢。」夜半直咋舌，「擴建明珠臺這種大事，竟只是主子一句話，殿下就放棄了。」

「還有那塊地，屬下方才讓人去打聽了，上好的地段，用來修官邸都是上乘的，竟直接送給了上清司修塔。」

「這樣的偏愛，殿下竟還說對您沒什麼非分之想。」

聶衍聽得煩躁不已：「夜半。」

「屬下在？」

「舌頭要是多餘，就送去後廚房。」

「……」緩緩捂住自己的嘴，夜半後退兩步，很是無辜地眨了眨眼。

「你當她是真心？」聶衍輕嗤，鴉黑的眼眸裡一片嘲意，「這等手段，和看上楚館小倌，欲千金買人一笑有何區別。」

坤儀身邊不缺男人，自然也不是非他不可，熱烈地接近他，又大張旗鼓地對他好，不過就是覺得他長得好看，想用尋常手段征服他，讓他死心塌地地跟在她身邊，做她的寵君。

做夢。

扔開書卷，聶衍瞥見旁邊放著的紅色手繩，眼裡沉色更甚。

他竟讓人把他摸清了，卻未能了解她完全，這若是雙方對陣，便是他先輸了兩城。

「阿嚏——」

坤儀躺在軟椅裡，突然就打了個噴嚏，震的得肩上的傷撕裂開，疼得她眼淚汪汪。

「誰又在背後罵我了？」她委屈地看向蘭苕。

蘭苕好笑地替她拿了藥來：「殿下多慮，您剛做了好事，正是被萬人讚頌之時，何人還會罵您？」

「那可說不準啊。」坤儀撇嘴，拉下一截黑紗讓她上藥，吸著鼻尖道，「杜蘅蕪那小蹄子就惦記著要我死呢，明日就是她的生辰，我還得去杜府一趟。」

第6章　他竟是會笑的

杜蘅蕪曾經是坤儀最好的手帕交。

當然了，任何事只要加上曾經二字，多少就有些故事在裡頭。前事暫按，眼下這位宰相府的主事小姐與坤儀可以說得上是水火不容，杜蘅蕪給坤儀的請帖，都是用最名貴的紙筆，然後讓最粗鄙的下人來寫。

「幼稚。」坤儀白眼直翻，「有本事別請我。」

「杜小姐若是不請您，又該向誰炫耀她如今的成就？」蘭苕一邊笑一邊給她上妝，「聽聞她在盛京落成的女子學院裡出了個能進上清司的好苗子，眼下京中達官顯貴都上趕著將女兒送去她那裡，宰相府門庭甚是熱鬧。」

「她就是個書呆子。」撇撇嘴，坤儀挑了一支最華貴的鳳儀金簪往頭上比了比，「我還真不能讓她瞧了笑話。」

「對了。」想起派出去的人，坤儀回頭看向蘭苕，「昱清侯府那邊可準備好了？」

「殿下放心，侯爺剛承了您的情，眼下並未拒絕，只是說今日事務繁多，未必能陪殿下飲宴到最後。」

好難搞的男人哦。

坤儀撇嘴。

她都對他這麼好了，他竟然還這般防備她。

不過，想起聶衍那張極為好看的臉，坤儀決定不與他計較，只要他願意陪她去杜府就行。

聶衍接到她的消息的時候，下意識的想法是不願的。

然而，他記性很好，還記得自己答應過她一件事，男子漢大丈夫，一言九鼎，臉色再難看也只能點頭。

「侯爺今日好生俊朗。」坤儀坐在鳳車裡托著下巴打量他，眼裡盡是滿意，「玉樹天姿，風華無二。」

聶衍眼皮都懶得抬：「殿下過獎。」

「我肩上的傷剛剛結痂，待會兒宴上人多，侯爺可得護著我點。」

「殿下既是有傷在身，又何必來赴宴。」

坤儀挑眉，理所應當地道：「像我們這種皇室花瓶，就是為各種宴會活著的呀，不去宴會，怎麼看當下最盛行的衣裳首飾，怎麼跟人攀比鬥嘴？」

他抿唇，臉上神色頗為不贊同。

「我知道你想說什麼，你想說東邊還有災情，我們這些人怎麼還能花心思在這些空事上。」坤儀哼笑，纖手將黑紗攏過來，神色慵懶，「可我就算不想這些空事，也對災情毫無助益——人總是要以自己的方式過日子的。」

聶衍微怔，不由地看了她一眼。

有時候他覺得這位殿下像個被寵壞的小女孩，驕縱自負，不諳世事。可有時候，他又覺得她像是歷經滄桑的歸客，什麼都明白。

瞧著不過將滿二十的年紀，怎麼會有這麼複雜的氣質。

「殿下，杜府到了。」

坤儀一聽外頭這話，立馬坐直了身子，方才的情緒一掃而空，整個人進入了一種鬥志高昂的狀態：「侯爺，快下車。」

聶衍被她這變化看得一愣，不解地掀開車簾。

杜府大門口，幾十個女眷並著還在入門的賓客都停下了動作，齊刷刷地看向他們所在的方向。為首的杜家二小姐杜蘅蕪板著一張臉，已經帶著氣勢洶洶地人迎了上來。

聶衍：「……」

還真夠劍拔弩張的。

他落地站定，轉身將手伸了出去。

蘭苕掀開紗簾，坤儀軟軟地將柔荑搭上他的指尖，纖腰款移，鳳眸顧盼，十分優雅地順著他的力道下了車輦。

「多謝侯爺。」她朝他頷首，權當沒瞧見旁邊的杜蘅蕪，眼波盈盈地對他道，「今日要有勞侯爺照顧了。」

這人本就生得嬌媚，雖著一身黑紗，但這麼對人撒軟，當真像一片輕羽，打著彎兒往人心窩子裡鑽。

聶衍垂眼，僵硬片刻，淡淡地嗯了一聲。

「殿下不愧是剛從異國回來。」杜蘅蕪站在旁邊嘲道，「如今說話連舌頭都捋不直了。」

「哎呀，這不是杜二小姐麼。」坤儀側頭看向她，鳳眼微瞇，上下打量，繼而又笑，「京中都說二小姐為那女子學院盡心盡力，我瞧著也是，都瘦成這樣了，衣裳穿著都空落落的。」

「自是比不得殿下金貴嬌養，雖是穿著喪服，也不見個守喪模樣。」杜蘅蕪反唇相譏，又看了聶衍一眼，神色微變，「難得昱清侯今日也肯給我顏面，大駕光臨。」

聶衍拱手，算是見過禮，目光在她手上的紅繩結上停頓一瞬，又移開了臉。

「二位請吧。」她側開了身。

坤儀含笑點頭，與聶衍一起並行往裡走。

在場女眷甚多，皆往昱清侯身上打量，一邊臉紅一邊議論。

「鮮少瞧見這位侯爺，生得真是俊朗。」

「聽聞還未曾婚配。」

「前些日子李家上門去說過親，被拒了，閨閣裡笑了許久呢。」

她們多私語一句，聶衍的臉色就更難看一分，待走到庭內，他已經是面若冰霜。

「臣要是沒記錯，殿下曾說臣定會喜歡今日之事。」

感受到隱隱的怒氣，坤儀抬袖掩唇，鳳眸心虛地轉了轉：「侯爺如此美色，難道不喜歡來這熱鬧的地方被人稱讚？」

聶衍扭頭就要走。

「誒。」她連忙拉住他的衣袖，低聲哄道，「別生氣嘛，她們又不會吃了你。」

深吸一口氣，聶衍眼沉如海：「殿下若是需要個花架子來充門面，大可不必如此大費周章要臣前來。」

「我知道你，又要說盛京容華館裡有的是。」坤儀挑眉，「可那些花架子都沒你好看呀。」

聶衍翻手就要甩開她。

「哎，好了好了，騙你的。」她連忙安撫，「今日確實還有別的要事，若我消息有誤，侯爺就只當是來陪我吃酒，若是被他們說中了……那侯爺當真會喜歡今日之行的。」

最後半句壓低了聲音，幾乎是湊到他耳側說的。

耳根一紅，聶衍退後半步，微惱：「不用湊這麼近說話。」

「那可不行，畢竟是祕密。」她眨眼，又端了桌上的桂花糕捧到他眼前，「別惱我了，嘗嘗這個。」

這麼甜的東西，有什麼好吃的。

聶衍輕哼，接過來放在手裡，沒動。

坤儀自顧自地端起另一盤，剛咬了一口，就聽得杜蘅蕪的聲音由遠及近：「小女還沒來得及關懷公主殿下，鄰國那位駙馬，這次又是怎麼死的？」

聶衍低眼瞧著，就見坤儀臉上閃過一瞬的蒼白，而後垂眸，若無其事地道：「被我剋死的唄，怎麼了，稀奇啊？妳又不是沒見過。」

「殿下也是心大，害死了一個又一個，卻也還敢招惹男人。」她在兩人面前站定，側頭看向聶衍，「侯爺與公主應該才相識不久吧，許是都不知道。」

話裡敵意太重，聽得聶衍不太舒服：「杜二小姐有何賜教？」

杜蘅蕪一愣，皺了皺眉：「侯爺倒也不必這麼護著她，萬一哪天被她害了，就真是好心沒好報了。」

她說著，招手喚來一個姑娘，當著坤儀的面道：「這是李侍郎家的三小姐，前些日子去上清司報過到，不知侯爺可曾見過。」

李三小姐面色微紅，倒是乾脆俐落地給聶衍行了禮：「侯爺安好。」

聶衍看了她一眼，微微點頭，沒什麼印象。

坤儀不樂意了，往兩人中間一站，仰頭看他，撅了噘嘴：「你見過她嘛？」

「沒。」

「那你直說沒見過呀，先前都不給我留顏面，你現在還給她留顏面？」

「這與顏面有何干係。」

「我不管，我不高興。」

聶衍覺得荒謬，這有什麼好不高興的。

不過，這人生起氣來倒是比平時假笑的時候看著順眼，細眉倒豎，鳳眼瞪得溜圓，臉頰也一鼓一鼓的，生動得緊。

一個沒忍住，他勾了勾唇。

院子裡安靜了一瞬，接著，私語之聲更大。

「昱清侯竟然是會笑的？」

「他是衝公主笑的還是衝李三笑的？」

「廢話，當然是李家三小姐，你瞧坤儀公主那凶惡模樣，誰看了笑得出來。」

坤儀可不管她們胡說什麼，她眼裡只有聶衍的臉。

這人笑起來如三月春風拂開百花，如畫的眉眼裡閃過漣漪溫柔，雖然只是一瞬，卻也叫人心曠神怡。

有這等的神仙顏色，他當下就算是要她去吃素，她也是肯的。

「殿下。」聶衍收斂了情緒，平靜地提醒她，「手裡糕點要掉了。」

坤儀回神，下意識地攏了攏手中碗碟，而後轉身，笑瞇瞇地對杜蘅蕪道：「我害了一個又一個男人，還是有一個又一個的男人等著被我害，妳說氣不氣人？」

說罷，頓了頓，又補上一句：「妳大哥那兒，記得替我上柱香，告訴他不用擔心我，我過得好著呢。」

杜蘅蕪臉色驟變，當即抓住了她的手腕：「這話妳也說得出口！」

坤儀吃痛，反手也抓住她的手腕：「我為何說不出口？這是妳大哥臨終前的吩咐。」

「不要臉！」杜蘅蕪大怒，當即就要與她廝打，被旁邊的李家三小姐攔住，「二小姐，這是公主。」

「公主怎麼了，公主就能害死別人的哥哥，然後不聞不問，繼續尋歡作樂？」杜蘅蕪雙眼通紅，「坤儀，妳捫心自問，這世間可有比我哥哥對妳還好的人？妳簡直是狼心狗肺！怪不得後來妳要嫁的人全死了，這都是報應！」

甩開她的手，坤儀冷哼地揉了揉自己的手腕：「我的報應什麼時候來我不知道，但妳若再以下犯上，杜二小姐，妳的報應怕是比本宮的先到。」

第7章　口是心非的殿下

「妳——」杜蘅蕪還要再罵，前頭的嬤嬤連忙跑了過來，「小姐，開宴了，快請各位入座，老爺也往後院來了。」

「好了好了，都入座吧。」

「是啊，消消氣。」

眾人七嘴八舌地來打圓場，將坤儀和杜蘅蕪分開，分別請入席。

聶衍冷眼看著這場鬧劇，將事情大概猜了個七八，見坤儀有些踉蹌，下意識地扶了她一把。

誰料，這人立馬就順桿上，伸著手腕就朝他告狀：「她扒拉我！」

坤儀的皮膚多嫩啊，一月數次的溫湯養出來的，眼下被杜蘅蕪一抓，通紅的指印並著幾道血痕，看起來觸目驚心。

「殿下也沒讓她占著便宜。」他攏上她的衣袖別開臉，似笑非笑，「原來身分如此貴重的女眷，也會當庭動手。」

「這有什麼，她哥剛死那一年，她還敢提著刀闖宮呢。」皺了皺鼻子，坤儀嘟囔，「也是我心太軟，好欺負。」

微微一哂，聶衍想，坤儀公主若是都叫好欺負，這天下當真是沒人不好欺負了。

杜相是當朝左相，因著幫三皇子推施賑災之事，近來風頭正盛，他孫女的生辰宴會，朝中自然來了不少官員。

聶衍掃了一眼這些人，不甚在意，剛要低頭飲茶，卻倏地捕捉到一絲妖氣。

神色一凜，聶衍抬頭，飛快地審視四周。

侍女往來，酒醇菜香，似乎沒什麼異常。

疑惑地又看了一圈，聶衍很納悶，有妖氣就必定有妖怪，可這滿屋滿院的，瞧著都是凡人。

「二小姐少飲些。」老嬤嬤在上頭勸杜蘅蕪，「醉酒傷身。」

杜蘅蕪冷著臉擺手，將侍女端來的酒一飲而盡，「這才到哪，嬤嬤不必憂心，待會兒我還能領著她們去看後院學堂。」

嬤嬤嘆息，替她斟了茶擱在手邊，不再言語。

手腕上火辣辣地痛，杜蘅蕪伸手揉了揉，氣悶地嘀咕：「死丫頭手勁怎麼這麼大。」

結果越揉怎麼還越痛，像是被火燒了皮肉一般，疼得她啊地叫出聲。

「二小姐？」嬤嬤突然驚呼。

坤儀正仔細端詳著面前的酒盞，倏地就聽見主位上一陣杯碟摔碎的動靜。

「二小姐！」

瞳孔微縮，她仰頭去看，就見杜蘅蕪面容扭曲，痛苦地咆哮著，眼睛似睜非睜，隱隱閃過狐瞳模樣。

「侯爺。」她飛快地抓住旁邊的聶衍，急聲道，「快想個法子，別讓她被人看見。」

聶衍一看便知杜蘅蕪是要化妖了，聽得坤儀這一句，他皺眉，像是想到了什麼，順從地落下結界。

席上其餘人還在飲酒作樂，聽見動靜往主位上看的時候，就只看見個空落落的席位，壽星似乎是不勝酒力，下去歇息了。

不疑有他，眾人繼續吟詩勸酒。

結界內光華流轉，杜蘅蕪已經徹底化作了玉面狐狸，仍穿著一身錦繡在咆哮掙扎，老嬤嬤被捲進來看見此景，當即嚇暈了過去。

聶衍上前欲收妖，又被坤儀拉住了手。

「她是人，不是妖怪。」坤儀抿唇道，「你若用滅妖的法子，她會和藺探花一樣灰飛煙滅，連屍體都留不下。」

聶衍瞇眼：「妖者，有妖氣、元丹、妖心。她三者具備，何以說不是妖怪。」

「我跟她一起長大的，她是什麼東西我還能不清楚？」坤儀沒好氣地道，「在現原形之前，她一直都是凡人。」

想起她先前說過的話，聶衍凝眸看她：「妳知道些什麼。」

「你先替她將手腕上的手繩解下來，不然她會一直掙扎。」

聶衍依言照做，將杜蘅蕪手上紅繩鬆下來拿到手裡，低頭一看，面色更是凝重。

又是這條手繩，坤儀公主給的紅色手繩。

「下次微臣是不是只需要找誰戴著這東西就行了？」他輕嘲，「算命都沒殿下的手繩算得準。」

「這是我幾年前送她的東西。」坤儀無奈，「我也沒想到那些人下手的對象會是她，本還打算看杜相的熱鬧呢。」

「那些人？」

瞧著玉面狐狸掙扎的動作漸漸平靜，坤儀嘆了口氣：「前幾日有人送了一封匿名信給我，說朝中有人要害杜府，我若不信，就讓我今日來杜府守著。」

「杜相如今與三皇子走得近，又頗受今上信任，若有人要爭權，他自然是頭一個要被除掉的，故而有人要害他我不奇怪，只是好奇會用什麼法子害他，所以過來看看。」

誰曾想，中招的竟然是杜蘅蕪，還是和藺探花一樣的情況。

聶衍聽得皺眉：「朝中黨爭與我無關，杜二小姐既是妖怪，我便當斬。」

坤儀撇嘴，鳳眼睨他：「這麼關鍵的妖怪，你說斬就斬，新的鎮妖塔是放著給盛京當吉祥樓的？」

「……」聶衍突然瞇了瞇眼，「殿下是為此，才將封地送給上清司修塔？」

「侯爺多慮，我一介女眷，哪裡能未卜先知，那塊地當真只是為了博侯爺一笑。」坤儀擺手，「您不必高估我，我若有問題，今日就斷不會帶著侯爺前來，這不是上趕著找麻煩麼。」

好像也是。

聶衍看向玉面狐狸，猶豫一二，還是道：「她可以被關進鎮妖塔，但恕臣直言，人一旦化妖，就很難再變回去。」

「變不回就變不回吧。」坤儀垂眸，「她還沒看見我的報應，哪能就這麼死了。」

像是聽見了她的話，玉面狐狸醒轉過來，朝她齜了齜牙。

坤儀蹲下身平視她，沒好氣地道：「被人害成這樣還有臉挑釁我？」

狂躁地用爪子撓了撓地，玉面狐狸想朝她撲過來。

「您悠著點。」坤儀指了指自己身邊站著的人，「這位上清司的大人在這兒呢，妳竟也敢起殺心。」

瞥一眼聶衍，玉面狐狸慫了，後退了好幾步，沮喪地坐下，低頭凝視自己的爪子。

人化的妖，自然不是高階妖怪，甚至說除了妖的特徵之外，基本就是一隻普通的狐狸，不能說話，也不會妖術。

坤儀只能把目光看向昏過去的老嬤嬤。

今日的變故是在她眼皮子底下發生的，與蘭探花不同的是，這次她有準備，現場保留得不錯，人證也還有口氣在。

只是……要怎麼跟杜府的人解釋，才能讓他們接受二小姐化妖的事實，願意配合調查，並且不把鍋甩給她和聶衍呢？

聶衍想也不想，直接把玉面狐狸送去了外頭杜相的跟前。

於是，正喝酒和的紅光滿面的老人家只覺得眼前一花，接著就多了一隻穿著自己孫女衣服的妖怪。那妖怪雙目含淚，還朝他行了個禮。

滿堂譁然，紛紛尖叫逃竄。

坤儀瞧著，覺得杜相不愧是當朝宰相，竟然沒被嚇跑，而是……

白眼一翻直接嚇昏了過去。

坤儀：「……」

上清司之人行事，多少有點簡單粗暴。

一片混亂之中，聶衍順理成章地出現，帶走了狐狸，並著她身邊伺候的老嬤嬤以及桌上杯盤。相府之人大駭之下，沒有阻攔。

「還真是場熱鬧的生辰宴啊。」坤儀嘖嘖感嘆，「杜家也真是流年不利，這一代總共就一男一女，公子被我剋死了，小姐還變成了妖怪。」

聶衍瞥她一眼，曼聲道：「殿下不用擔心，就算是還殿下人情，我也會留著這隻狐狸。」

「你哪隻眼睛見我擔心了，我這不是在幸災樂禍？」坤儀聳肩，鳳眸裡盡是漠然。

「殿下這個人，似乎很愛口是心非。」

他與她走在上清司小道上，路上微風四拂，吹得他衣袍翻飛，「若真是幸災樂禍，就該讓臣將她斬殺，而不是帶回鎮妖塔。」

坤儀與相府從杜大公子死後就開始交惡，今日若是杜家小姐化妖，必定驚動聖上，連帶冷落杜相，那坤儀應當是喜聞樂見。

可杜蘅蕪出事的那一瞬間，他在她眼裡只看見了慌張。

她竟然也會慌張。

「殿下當年應該甚是喜歡杜家公子，也是真心將杜二小姐視為知己。」他道。

坤儀停下步子，臉色突然很難看：「侯爺不必將我想得這麼好，這年頭話本裡都不是善良的好人最討喜了。我不同情他們，也不擔心他們，我只是在想今日有人能用這種手段害杜家，他日是不是就會害我明珠臺，再害皇宮。」

「我為我自己的將來擔憂罷了。」

說罷，一攏黑紗，扭身就自己上了鳳車：「侯爺自己回去吧，本宮不送了。」

聶衍負手而立，看著鳳車響著銀鈴從自己面前呼啦啦地跑過去，突然想到了一個詞。

惱羞成怒。

這坤儀公主還真是奇怪，誰人罵她她都不氣，一誇她，她反倒是急了。

嘴角勾了勾，聶衍目送她的馬車離開，然後轉身帶著人證趕赴上清司。

這次的人證物證很多，稍微查一查應該就能知道是什麼東西招致了凡人化妖的情況，坤儀不想再操心，也就沒再過問。她好不容易從異國他鄉回到了自己的地盤，尋歡作樂尚且來不及，哪還有閒心去當女警察。

於是，當聶衍查清情況，打算回稟她一聲的時候，得到的回答卻是：「殿下大約是去了容華館，侯爺要不要去那邊看看？」

第8章 容華館的美名

盛京的容華館頗負美名。

倒不是風評美，而是裡頭的人美，江南軟腰，山北君子，此間俱有。白日弦樂，夜晚燈舞，新穎非常，是以頗受京中貴門喜愛。

「侯爺別誤會。」蘭茗見他面色不虞，連忙解釋，「殿下她只是去找一位朋友罷了。自從遇見侯爺，那些個庸脂俗粉殿下哪還會入她的眼。」

「一位朋友。」聶衍慢慢重複這四個字，眼裡似嘲非嘲。

「真的是朋友。」蘭茗乾笑，連忙命人套車，親自替他引路。

殿下難得為人花這麼多的心思，也是真的看重昱清侯，眼瞧著侯爺都會主動上門來找殿下了，可不能毀在這小事上頭。

眼眸轉了轉，蘭茗喚了小廝來，讓他跑在馬車前頭去報信。

容華館裡，坤儀正賞著龍魚君新學的水中舞，冷不防就見人來稟告：「殿下，侯爺過來了。」

嘴裡的酒微微一嗆，坤儀以為自己聽錯了：「哪位侯爺？」

「還有哪位，自然是昱清侯爺，他一下朝就去了明珠臺，聽聞您在此處，正同蘭茗一起過來，眼下應該已經到門口了。」

倒吸一口涼氣，坤儀瞧了瞧這房裡的旖旎風光，連忙起身：「快！都藏起來！」

眾人愕然，接著就紛紛收拾琴弦衣裳，藏匿四處。

「殿下不必驚慌。」龍魚君立在溫水池裡沖她笑，「咱們這兒應付這些場面都是手到擒來，您且放心。」

說罷，身子一潛就沒入了池水。

花瓣漸漸鋪面水面，當真看不出下頭有人。

坤儀鬆了口氣，一轉身，正好看見聶衍推門進來。

「呀，侯爺。」她眨眨眼，滿臉欣喜，「好巧啊，您也過來找朋友？」

聶衍看著她，皮笑肉不笑：「不太巧，臣特意來尋殿下。」

「哦？看來是有很重要的事。」坤儀推著他就要往外走，「那咱們回府去聊。」

「不必。」拂開她的手，聶衍越過她走入了屋內，「一路車馬勞頓，殿下身嬌肉貴，難免累著，這地方瞧著不錯，便就在這裡說了吧。」

瞥一眼屋內四處，坤儀有些惴惴：「我倒是不累……」

藏著的人才是要累死了。

「殿下有心事？」聶衍好整以暇地坐下，抬眼看她，「可是還趕著要見什麼人？」

「侯爺這說的是什麼話，哪有什麼人，我就是來找這兒的老闆娘喝茶的。」坤儀乾笑，跟著他坐在矮幾邊，掩飾地抬袖，「這裡間的人，哪及侯爺萬一。」

「殿下謬讚。」聶衍拱手，「臣一不會奏樂，二不會起舞，實在是乏味無趣。」

坤儀越聽越不對勁，細眉微挑，眼裡驟然有光：「侯爺這是在……同我吃味？」

「殿下多慮。」

「多慮什麼啊多慮，你這一句一刺的，可不就是惱我來聽歌看舞麼？」她失笑，纖指輕輕點了點桌面，「侯爺確實一不會樂，二不會舞，可我偏就喜歡侯爺這樣的，但凡侯爺待我親近兩分，我都能高興得一宿睡不著覺。」

「是麼。」

聶衍側目，環顧四周：「若這屋子裡再無別人，我就信了殿下今日之言，此後待殿下，必然親近。」

脖頸微微一僵，坤儀抬袖遮住半邊臉：「確實沒別人呀……誒，你去哪兒？」

「這幅掛畫，臣覺得很好看。」聶衍起身走到牆邊，語氣淡然，「可惜只能遠觀，細看才覺筆觸粗糙，描金多餘，更添俗氣。」

說罷伸手，將畫扯下。

畫後露出一個人高的牆洞，洞裡藏著的人和他面面相覷。

聶衍平靜地看著他，未置一詞。

坤儀冷汗都下來了：「我說這位是來修牆的，你信麼？」

「殿下說什麼臣都信。」

他收回目光，抬步走向旁邊的梨花木櫃：「這櫃子用料也貴重，可惜雕工不好，白白糟蹋了。」

坤儀伸手想攔，他卻已經將櫃門拉開，裡頭兩個樂倌兒當即跌了出來。

聶衍似笑非笑：「修櫃子的？」

坤儀抹了把臉：「看著更像是出櫃子的。」

他恍然，又抬頭去看房梁：「那這上頭那四位，便是偷梁換柱之徒？」

順著他的目光看上去，坤儀尷尬地笑了笑：「幾個飛賊，待會兒捆了去交給老闆娘。」

「一二三四五六七。」聶衍數了一圈，挑了挑眉。「以殿下的排場，伺候的人不該是這個數，還有一人在何處？」

「真沒了。」坤儀心虛地嘀咕。

越過她的肩，看向後頭那一方溫水池，聶衍恍然：「殿下果然不撒謊，他確實像是沒了。」

背脊一僵，她連忙回頭，就見水池裡緩緩浮上來一個人，一動不動地飄蕩在花瓣之中。

「……」

耽誤的時間久了些。

「快來救人！」坤儀連忙朝外頭喊。

容華館裡兵荒馬亂起來，聶衍負手站在一側，漠然地看著她：「這麼多次機會，殿下哪怕有一次願意說真話，臣都願意再相信殿下一回。」

「我就是來聽個曲兒。」坤儀很委屈，「誰知道你突然要搜人。」

這話，像極了在外頭花天酒地的丈夫回來對糟糠妻的辯白。

聶衍覺得很荒謬，他原本是來說事的，怎麼就變成了這個場面。

「是微臣逾越了。」他垂眼，「殿下要做什麼，是殿下的自由。」

「也不是這個意思……」坤儀張嘴欲言，這人卻又飛快地打斷了她。

「臣來見殿下，是想說杜府玉面狐狸之事已經查明，杜二小姐與藺探花，應該都是誤食了某種帶著妖血的符咒，有人將符咒放在酒裡，他們未曾察覺，這才有了此等變故。」聶衍聲音低沉，「此事若傳揚開，勢必會引起京中恐慌，臣想暫且按下，待抓出幕後主使，再行上稟。」

坤儀聽得心驚：「如此，若有人往我酒裡下符咒，我是不是也只能認命？」

「非也，此符咒有濃烈的血腥味兒，只要殿下注意飲食，不在酩酊大醉之時誤吞，就不至於此。」

藺探花和杜蘅蕪都是在醉後不察才中的計，所以他是擔心她在容華館喝得爛醉，才急忙趕來的？

眼裡有一絲歡喜，坤儀眼波瀲灩地瞧著他，覺得今日的昱清侯真是格外討人喜歡。

「殿下，龍魚君醒了，要過來謝罪。」蘭苕含糊地通傳了一聲。

這時候還謝什麼罪，別出現就在幫了她的大忙了，坤儀撇嘴，想著人家為了替她打掩護，命都差點沒了，還是道：「請他進來。」

龍魚君生得清秀，不似別的小倌愛施脂粉，像一朵清麗雪蓮，進門就帶來一陣清香。

「小的拜見殿下，拜見侯爺。」

「你快起來。」坤儀瞥見他尚還溼潤的衣裳，有些不忍，「倒也不必這麼著急過來，多躺躺也好。」

「小的有罪，還請殿下責罰。」他雙目有淚，連連磕頭。

聶衍冷眼看著，只覺得這小倌兒心思深沉，被坤儀扶起身，餘光一直往他身上瞥。

「侯爺想必是殿下心儀之人，小的一介微草，實在不該壞了兩位的好事，為免誤會，小的特來解釋——殿下今日並未與小的親近，只是小的新排了舞，想請殿下幫著品鑑一二。」

坤儀跟著點頭：「是這樣。」

聶衍覺得莫名其妙：「何必同我說這些。」

「侯爺這是還在生氣？」龍魚君泫然欲泣，「我等在此間討生活，哪裡能得罪貴人，還請侯爺高抬貴手。」

「我沒這個意思。」

不等聶衍說完，龍魚君兀自又跪了下去，朝他磕了兩個頭。

坤儀看得直嘆氣：「好了，快起來，不妨事，我與侯爺只是有事相商，也並非別的關係，你不必如此惶恐。」

並非別的關係。

龍魚君眼眸微亮，盈盈起身，愉悅地對坤儀笑了笑。

聶衍有些不悅。

他和坤儀有沒有關係是一回事，但被人變著法兒地擠兌，就又是另一回事了。

這小倌兒擺明是對坤儀有想法，才使這麼多的小手段。

龍魚君的手段當真是多，剛謝完罪，這便又裝頭暈，身子晃啊晃的，如風中垂柳。

眼看著坤儀要去扶他，聶衍突然開了口：「盛京西側的桃花今日開繁了，殿下可要同臣前往一觀？」

坤儀聽得一愣：「啊？」

聶衍不再重複，鴉黑的眼眸望著她，靜待她的回答。

反應了片刻，坤儀大喜：「好啊，難得你願意陪我走走，咱們這就去。」

說罷，扭頭對龍魚君道：「你好好休息，我會讓老闆娘多給你備些補品，以嘉你今日之功。」

龍魚君勉強笑了笑，低頭行禮：「小的恭喜殿下。」

擺了擺手，坤儀欣喜地拉著聶衍的衣袖就往外走。

兩人擦肩而過的時候，龍魚君看見了聶衍的眼神。

輕蔑、不屑。

他拳頭緊了緊，又鬆開，望著兩人的背影，怡然道：「不急，來日方長。」

坤儀公主這樣的貴女，永遠不會對誰一心一意，更何況那侯爺瞧著就無趣，短時間內殿下也許還新鮮，等時間久了，她必定還會回來找他的，到時候，他必定不會再讓他這麼輕易地將人帶走。

第9章　桃花林

聶衍一回到車上，如湖的眸子裡就重新鋪上了寒霜，冰冰涼涼，凍得坤儀打了個冷顫，下意識地離他遠了些。

「侯爺的態度還真是如三月的天，說變就變。」

「殿下過獎。」他面無表情地道，「臣這種浮於表面的淺薄道行，哪裡比得上殿下深藏不露。」

「唉。」坤儀很頭疼，「我只是犯了一個皇家公主都會犯的錯，侯爺大人有大量，就略過不提了罷。」說著，從鳳車裡的茶擺下頭端出一盤栗子糕：「侯爺嘗嘗？」

聶衍不喜歡吃甜的東西，他不太理解坤儀怎麼能隨時都備著點心。

接過小碟端在手裡，他沒動，只側頭去看窗外：「殿下身邊居心叵測之人頗多，也應當多加小心，莫要因為美色而中了陷阱。」

坤儀聽得失笑：「你倒是挺關心我。」

「就當是謝殿下指引，令臣解開了謎團。」

坤儀莞爾，撐著下巴盯著他瞧，覺得昱清侯可能是喝仙露長大的，怎麼連冷著臉都這麼好看。想修座仙島把他養起來。

春菲將盡，成片的桃花林都開始落英，清風一拂，粉白的花瓣飄飛，瞧著甚是怡人。

聶衍下了車，正要往林子裡走，扭頭卻見坤儀仍坐在車裡。

「殿下不進去看看？」他問。

坤儀有些猶豫：「這荒山野嶺的，會不會有妖怪？」

聶衍沉默，然後指了指自己腰間掛著的上清司銘佩：「殿下是在懷疑微臣的能力？」

「也不是這個意思。」摸了摸自己剛剛痊癒的肩，坤儀想了想，還是提著裙子下了車。

山風輕拂，花香盈盈，蘭苕站在遠處，欣喜地看著自家殿下與昱清侯同遊，不由地感嘆：「難得看殿下這麼開心。」

「我看妳家殿下天天都挺開心的。」夜半站在她身側，忍不住接了一句，「只要有美人相伴。」

「愛美之心，人皆有之，殿下自然也不例外。」蘭苕哼笑，「只是我瞧著，殿下除了喜歡你家侯爺那張臉之外，似乎也挺喜歡他這個人。」

夜半左看右看，也沒看出這結論從何而來，只能沉默。

他家主子要的可不是淺薄的喜歡。

風吹過黑紗，有些涼意。

坤儀看著前面昱清侯的背影，忍不住嘸嘴：「侯爺真是半分不體貼，旁人與女兒家在山間同遊，都就會脫下外袍給人禦寒。」

「那改日殿下再同旁人來賞花便是。」他頭也不回地道。

沒忍住翻了個白眼，坤儀心想，怪不得這人長得好看卻還至今未娶，就這舌頭，非得把整條街上排隊的姑娘都給氣死。

虧她先前還隱約覺得他是有些喜歡自己的了，眼下再看，都是錯覺。

林間突然有了一絲異動。

坤儀察覺到了，伸手拽住前頭的聶衍，「再往前就太偏僻了，就在此處折返吧。」

聶衍回頭，剛想說話，四周倏地就落下七八個持刀的黑衣人，衣袂烈烈，雪刃泛光。

他下意識地擋在她身前，掃了一眼這群人，神色微鬆。

不是妖怪，只是普通的人類。

「這唱的是哪一齣。」坤儀從他背後伸出腦袋，好奇地張望，「刺殺他還是我啊？」

這批黑衣人有個很大的優點，那就是話少，壓根不給他們求援的機會，上來就砍。

從刀鋒的方向來看，主要針對的是坤儀。

「哎不是，我又招惹誰了？」她哭笑不得，被聶衍一把抱進懷裡，堪堪躲開刀刃。

「抓緊。」他沉聲道。

只見過他斬妖，還沒見過他打架，坤儀二話不說立馬抱緊他的腰，半瞇著眼看他祭出卻邪劍，出手如電，直取為首那人的咽喉。

聶衍打起架來有一種乾淨的美感，像黑色森林裡寒冬時節的樹，沒有絲毫多餘的枝椏，手起劍落，白刃劃開刺客的血肉，接著就將人踩進花瓣堆裡。翻手再轉劍身，抹開一朵血花，送身後一人下了黃泉。

他放在她腰間的手很燙，溫度透過薄薄的黑紗，燙得她耳根都泛紅。

坤儀低著頭想，要不修兩座仙島養他吧，一座用來給他住，一座用來給他看。

護衛趕到的時候，現場只剩了三四個殘兵敗將，幾人連忙將人活捉。

「侯爺的能力果然沒讓人失望。」她鬆開手，退後半步笑吟吟地看著他，「這下我可就欠你兩條命了。」

「殿下不必放在心上。」收了劍，聶衍拂了拂胸前衣衫，「舉手之勞。」

「唉，連『無以為報以身相許』這樣的詞也不給我個機會說。」坤儀聳肩，眼波瀲灩，「侯爺真是無情。」

她受了些驚嚇，頭上金釵都斜了，聶衍下意識地伸手替她扶正，兩人的視線卻正好對上。

莫名的，坤儀覺得心跳有些快。

英雄救美之類的橋段，也是老掉了牙了，但不知為何，被他護在心口的那一瞬間，她還是覺得歡喜。

頭一次有人沒被她害死，還能反過來護著她。

不過，歡喜歸歡喜，護衛上來請罪的時候，坤儀還是沉了臉：「查清楚來歷。」

「是。」

生在皇家，刺殺這種事自然是見多不怪的，但坤儀作為今上最疼寵的皇妹，又是個寡婦，已經很久沒這麼招人恨了，她一時沒想通誰還會想要她的命。

原本還是晴空萬里，轉眼就有了些陰雲，兩人無心再賞花，一齊打道回府。坤儀坐在車上，忍不住問了聶衍一句：「你是不是也覺得我挺晦氣的？」

瞥她一眼，聶衍搖頭。

雖然在她身邊的事兒是挺多，但基本與她無關，只能算她倒楣，再者說，這些東西壓根影響不了他什麼。

怔怔地看著他，坤儀突然覺得喉嚨發緊。

他是第一個在她身邊遇見不好的事之後完全沒有埋怨她的人。

鳳車回城，坤儀打算進宮一趟，問他：「可需要將侯爺放在侯府附近？」

聶衍想點頭，但瞥一眼她的神色，總覺得她情緒不對：「臣也正好有事要面聖。」

「那便一起吧。」坤儀垂眼。

她身邊的護衛能力還是不俗的，鳳車剛過宮門，就已經把審問的結果送到了坤儀手上。

「徐梟陽。」坤儀看著這名字，瞇了瞇眼。

「不曾聽過。」聶衍道，「不是朝廷中人。」

「自然不是。」將紙條揉成一團，坤儀沒好氣地翻了個白眼，「他是鄰國的世家公子，在大宋經商，人很有錢，最重要的是，還很痴情。」

聶衍瞇眼：「為情殺人？」

「算是，但他可不是與我有什麼情。」想起些什麼，坤儀嘆了口氣，「他是杜蘅蕪的未婚夫。」

聶衍微怔，接著就擰了眉：「杜蘅蕪的未婚夫，為何想要妳的命？」

坤儀心有猜測，但也沒說出來，眼看著勤政殿就到了，她徑直與郭壽喜遞了求見的摺子，再與聶衍一起去面聖。

「坤儀來了。」帝王瞧見她，臉上的愁容散了一瞬，又慢慢聚攏，「正好，朕與杜相有些難題，還得要妳來說說話。」

她走到御前，這才瞧見早已跪在下頭的杜相。

死老頭子，來得倒是快。

抬頭一笑，坤儀先與帝王見禮，起身的時候，身子晃了晃，面露痛苦之色。

聶衍正在旁邊站著，突然就被她扯了扯衣袖，抬眼一瞥，當下便明瞭。

「殿下小心。」他虛扶了她一把。

「這是怎麼了？」帝王關切地問，「生病了？」

坤儀捂著自己的心口，欲言又止，看向聶衍，後者順勢拱手朝帝王道，「稟陛下，臣方才路過城西的桃花林，正巧碰見公主遇刺，去得晚了些，讓公主受驚了。」

「遇刺？」帝王嚇了一跳，連忙讓郭壽喜搬了椅子來，「快坐下，人抓到了嗎？」

「抓著了，已經送去了刑部。」坤儀嘆息，「他們漏了些口風，臣妹約摸知道是誰。」

說著，看了杜相一眼。

帝王見狀，表情凝重起來：「杜相，你方才說的事，可否當著坤儀的面再說一遍。」

杜相仍還跪著，見坤儀坐下，表情頗為不忿：「啟稟陛下，老夫所言之事，坤儀公主應該比誰都清楚，臣唯一的孫兒已經死在了她身邊，眼下孫女再遭毒手，臣實在是無法再忍了。」

說罷，捧上一封書信：「老臣的孫兒並非病逝，還請陛下還老臣一個公道！」

杜相的嫡孫杜素風，四年前死在坤儀的懷裡，御醫說是突發惡疾，但杜家人知道，杜素風一向康健，斷沒有突然病逝之理。杜相原本當時就要發作，可是杜素風留下一封遺書，要杜家人不可為難坤儀，還說這是他自己選的路，沒什麼可後悔的。

杜家忍了四年，沒想到四年之後，換來的是杜蘅蕪在與坤儀起爭執之後變成了一隻玉面狐狸。

新仇舊恨，杜相怎麼可能不恨不怨，還放坤儀好過？

帝王默了默，沒有打開那封書信，而是對杜相道：「逝者已矣，你又何必讓他九泉之下都不得安寧。」

「陛下——」

「坤儀只是天生身子骨不好，所以先皇和太后才讓她穿這樣的衣裳，並非是什麼邪祟。」帝王長長地嘆了口氣，「莫要人云亦云。」

「陛下以為如此，就能堵住您悠悠眾口麼？」杜相雙眼通紅，「我孫兒是意外，孫女也是意外，那她前兩任未過門的駙馬呢？過了門不到一年就害死的鄰國皇子呢？這些難道都是巧合不成！」

「天下妖魔為患，全是在坤儀公主出生之後發生的事，陛下若不能大義滅親，世間百姓，恐怕終將遭受大難啊陛下！」

第10章　最佳人選

杜相這話很惡毒，徑直將全天下的妖禍都歸結到了坤儀一個人身上。

上位者，一向寧可信其有，不會信其無，當今聖上就算再護著她，也會因此話留下隔閡。杜相算盤打得很好，就算一時半會無法將坤儀拉下馬，也要給她埋下禍患。

坤儀聽得笑出了聲。

杜相一頓，繼而惱道：「御前調笑，妳眼裡可還有陛下？」

「我御前調笑，相爺不還御前妄言麼，要說不敬，相爺的罪也該落在本宮前頭。」收了笑聲，坤儀鳳眼含威，「且不說古書記載妖禍早我出生幾十年，何以歸罪於本宮，就說昨日宴上你孫女化成了狐妖——相爺可有任何證據指向本宮？」

杜相一頓，憤然看向聶衍：「證據都被昱清侯帶回了上清司。」

聶衍看他一眼，淡聲拱手：「回陛下，事情尚未查清，但臣當日就在相府，碰巧站在殿下身側，殿下並未做過任何可疑之事。」

「昱清侯向來穩重。」帝王頷首，「他既然在場，便能做人證。」

「陛下！」杜相氣急，「這不是妖災，分明只是人禍！坤儀公主前腳咒罵了蘅蕪，她後腳就化了妖，其中難道沒有半分關聯？況且近日來坤儀公主與四皇子來往甚密，非是老臣斗膽攀誣，實在是陰謀之雲已籠頭上啊陛下！」

妖禍沒有證據，便開始論起了黨爭。

坤儀翻了個白眼，看向座上的帝王。

她這位皇兄一共生了四個兒子兩個女兒，兩個兒子夭折在了半途，另外兩個已經長大成人，到了成家立業的年紀。

皇子麼，難免都有野心，三皇子和四皇子表面和氣，私下一直鬥得厲害。坤儀作為最受寵的皇姑，才不會參與小孩子打架，所謂來往甚密，不過也就是四皇子去明珠臺請了一次安。

大抵也是了解她的脾性，帝王有些不耐煩地對杜相擺了擺手：「愛卿受了驚嚇，年紀也大了，且回去休息幾日吧。」

帝王這個態度，擺明了是要偏袒。

杜相不甘心地起身，咬咬牙，拿出了一軸長卷：「老臣進宮之時，受人所托，帶來了一份貢禮給陛下。」

「哦？」帝王漫不經心地問，「何人所貢？」

「蘅蕪的未婚夫婿，徐梟陽。」

盛慶帝坐直了身子，微微皺眉：「愛卿，按照禮數，這恐怕不妥。」

不但不妥，私自攜帶鄰國商人的東西進宮，往大了說，杜相還有通敵叛國之嫌，就算兩國因著和親暫時交好，此舉也是不合情理。

若是可以，杜相也不願如此。

他嘆了口氣，讓郭壽喜檢查了卷軸，給帝王呈了上去。

「這是十座鐵礦，三座在我朝境內，七座在鄰國，每年產鐵占各國總量相加的一半。」鬍子有些發抖，杜相閉眼，「徐臯陽說他別無所求，只想與陛下做一個賭約——以坤儀公主作賭，她招婿，駙馬若能活過一年，這十座鐵礦便盡歸陛下所有，若是駙馬再次暴斃……」

杜相睜眼：「那就請陛下以蒼生為重，處死坤儀公主。」

帝王怔愣，繼而大怒：「放肆！公主金尊玉貴，豈能由得他來作賭！」

「請陛下三思。」

看了坤儀一眼，帝王臉色漲紅。

大宋缺鐵，十座鐵礦能保證每年的兵器冶煉之需不說，還能讓宋人名正言順地進入鄰國開採運輸，對於大宋百利無一害。

坤儀安靜地聽著，沒有表現出任何生氣的情緒。

從她皇兄看她那一眼她就知道，這事兒得成。皇兄疼愛她是一回事，若說到國家大事，那就是另一回事了。

「本宮還在為前夫守喪。」懶洋洋地打了個呵欠，坤儀道，「若杜相能尋得法子叫我喪期內招婿還不落人口舌，本宮便應了這個賭約。」

「坤儀……」帝王眼含愧疚。

「無妨。」她沒再往上看，只盯著杜相，「您覺得呢？」

「好。」杜相痛快應下，「朝內妖禍眾多，就說天命請公主為國沖喜，再招婿也是情理之中。」

輕笑點頭，坤儀起身：「其餘的皇兄與相爺商議就好，臣妹告退。」

帝王愧疚地目送她離開，略微有些無所適從：「昱清侯。」

聶衍正若有所思，突然被點名：「臣在。」

「你近來若是無事，就多去明珠臺走動走動。」他道。

聶衍沉默。

要說朝中有誰能與公主成親，過上一年而不被剋死，他自然是首先被考慮的人選。

然而，聶衍沒有主動請纓，也沒有理會帝王的暗示。

他只敷衍地應了一聲，便也告了退。

「侯爺。」

臨出宮門的時候，杜相叫住了他。

聶衍停步側眸，就見杜相走到他身側，意味深長地看他一眼：「聽聞侯爺生辰將至，老夫也沒什麼好送的，就送侯爺一句話吧——有些渾水，侯爺還是不蹚為妙。」

徐梟陽敢拿十座鐵礦作賭，便就是篤定了坤儀公主有問題，昱清侯摻和進去，沒什麼益處。

風拂過宮門，吹得聶衍玄色長袍輕輕擺動，他負手而立，平靜地聽杜相把話說完，淡聲道：「多謝相爺指點。」

杜相覺得這個年輕人很乖順，又身處要位，若是能為他所用，那可真是再好不過。

「晚些時候犬子會替老夫送賀禮去，還請侯爺笑納。」他笑道。

聶衍頷首，算是應下，而後告辭，身影很快消失在宮城之外。

坤儀公主要招婿的消息不知為何就傳開了，民間頗有微詞，但朝野卻是難得地一片讚頌。

「殿下為國祈福，乃大義之舉。」

聽得她白眼都要翻到了後腦勺。

她的命運就是這些人手裡的玩物，對他們有利便誇上幾句，有害便指著她的脊梁骨要將她罵穿。

「殿下當真打算招婿？」蘭茗滿眼擔憂地看著她，「若是那人活不長，殿下也當真要送命不成？」

「徐梟陽這拚死一搏是有些力道的。」坤儀懶洋洋地撫著肩上結痂的傷口，「本宮不死也要被他扒層皮下來，也算平了杜蘅蕪心頭之恨。」

「可杜家這兩位公子小姐的事，都與殿下無關啊。」蘭茗覺得委屈，「憑什麼就因著您體質特殊，便全算作您的過錯。」

坤儀輕笑，伸手彈了彈她的眉心：「傻丫頭，好人才跟妳講道理呢，可妳看這世上，有幾個好人吶？」

蘭茗捂著頭，還是委屈，卻也沒再說，只道：「對了，奴婢已經按照您的吩咐，送了請帖給侯府。」

眼眸亮了亮，坤儀坐直身子：「侯爺怎麼說？」

蘭茗有些遲疑地垂眼：「他府上的人說侯爺出門滅妖去了，不在。」

這是哪門子的糟爛藉口。

坤儀不悅，將身子靠回軟墊裡，懶洋洋地盯著房梁上垂下來的紗簾瞧：「昱清侯那人，看著清風朗月，心裡的牆修得老高，短時間內要搏他歡心，比登天還難。」

「可他是眼下最合適的人選了。」

「是。」坤儀點頭，而後又笑，「但他那樣的人，不是為了成為誰的夫婿候選而活著的。」

昱清侯聖寵正濃，又每天都在立功，將來哪怕是功績累積，也足夠他地位高升，衣食無憂，憑什麼要犯險來救她這個惹人厭的公主？

委婉拒見已經是他的態度了，她也不能拿刀去逼著人家幫忙。

輕嘆一聲，坤儀朝蘭苕擺手：「去庫房，替我挑一挑禮物吧。」

昱清侯是朝中新貴，他每年的生辰，本就會有眾多人借來送禮。今年，因著坤儀公主要招婿的消息，昱清侯府的大門更是險些被踏破。

上清司各司主事今日齊聚，看著這盛況，不由感慨：「昱清生辰一過，誰再敢說我上清司清高不懂俗務？」

「三哥，昱清面子薄，你這般打趣，他待會兒就要惱了。」

「哈哈哈惱什麼？我瞧著挺好，將來昱清若是成婚，我上清司眾人便也算是名正言順的皇家護衛。」

聶衍坐在上頭聽他們胡扯，面上一點表情也沒有：「黎主事想來是最近清閒，倒聽起坊間傳言來了。」

被點名的黎諸懷訕訕一笑：「忙自然是忙的，聽麼，也順路聽了點。他們說那坤儀殿下為了討你歡心，拿了一塊上好的血玉去找巧匠雕刻，我今日還等著開眼呢。」

血玉對凡人來說只是貴重的寶石，但對於他們這些修道之人而言，便是上佳的法器，能擋煞護身，十分難得。

聶衍聽著，輕哼了一聲。

坤儀才不懂什麼擋煞不擋煞，她能挑來做禮物的，只能是一個原因：好看。

「也不一定就是送我的。」他漫不經心地往門外看了看，「你們莫要再提。」

已經午時了，賓客已經到齊，但沒看見她那誇張的鳳駕。

聶衍知道她斷然是會來求他的，所以他不著急，端著茶慢慢喝，一邊喝一邊等。

然而，午時已過，府中開宴了，外頭還是沒有坤儀公主的通傳。

茶盞有些涼了，聶衍將它放回桌上，面無表情地走向宴席，去接受眾人的祝賀。

不來便罷，他想，也不是非要盼著她來。

第11章　別人要過的東西

「侯爺這是怎麼了?」敬酒之時，淮南關切地問，「大好的日子，誰惹您不快了，臉色這麼難看。」

聶衍皮笑肉不笑：「沒有。」

輕輕打了個寒顫，淮南搖頭：「不對勁，是誰送的賀禮觸霉頭了不成?」

眾人巴結送的賀禮，哪能有什麼觸霉頭的東西。夜半在旁邊打量著，小聲說了一句：「怕是誰沒送賀禮，才觸的霉頭。」

聶衍側頭，輕飄飄的掃了他一眼。

於是一炷香之後，夜半蹲在馬廄裡苦兮兮地刷上了馬。

旁邊小廝好奇地看他：「夜半大人怎麼來做這種粗活兒?」

夜半擺手：「別提了，這人吶，就不能話太多。」

聶衍繼續在宴上進膳。

瞥見肉菜，他嫌惡地避開。可稍過片刻，他又將筷子移回來，夾了一塊銀刀烤鹿脯。

味道一般，她舌頭有問題。

放下筷子，聶衍又瞥了一眼門口。

要說對坤儀多喜歡，那他定然是沒有的，就是好奇今日出了什麼事，她竟能遲到。

血玉太難雕刻?那倒是可以等等。

雖是不一定會答應她的請求，但她要當真這麼千辛萬苦地送禮給他，情面還是要給的。

這樣想著，外頭就來了人通稟：「侯爺，有人抬著好幾抬的賀禮在外頭……」

心口一跳，聶衍下意識地起了身。

可站起來，他才覺得自己有些反應過頭，當即抿唇：「不收，讓他們退回去。」

下人錯愕，猶豫著正要去辦，卻又被他家侯爺給叫住。

「罷了。」聶衍擺手，「今天是好日子，哪有拒客的道理，讓人抬到花廳，我稍後去看。」

「是。」

淮南在旁邊瞧著，忍不住問黎諸懷：「侯爺今日是怎麼了？」

黎諸懷意味深長地道：「動凡心了吧。」

淮南：「??」

狠絕如昱清侯爺，也能動凡心？他不信。

但瞧著，侯爺好像確實有些心不在焉，裝作正經地吃了兩口菜之後，竟就起身往花廳走了。

眼珠子轉了轉，淮南跟了上去。

路上小廝低聲在解釋：「這幾擔賀禮都是好東西，只是路上出了些意外，所以來得遲了，送禮的人說請侯爺千萬見諒。」

「出什麼意外能晚這麼久。」聶衍沒好氣地道，「怎麼不留到明年生辰再送。」

小廝被他懟得摸了摸鼻尖，乾笑著沒有再說，生怕惹了侯爺不快，又要他把這些賀禮退回去。

然而，侯爺好像是挺喜歡這些東西的，進了花廳就親自將紅擔拆開，把裡頭東西一件件往外拿。

名玩古畫、金石玉器，漸漸鋪了半個花廳。

聶衍越看越覺得不對勁：「是不是少了什麼？」

小廝連忙將禮單遞過來：「您看看。」

掃了一眼物器名目，倒是對得上。可再抬頭一掃最上頭的字，昱清侯臉色難看起來。

杜相府賀禮清單。

背脊有一瞬的僵硬，聶衍閉眼，揉了揉眉心，將清單塞回小廝手裡：「拿去入庫。」

「是。」

小廝很納悶，方才瞧著挺喜歡的，這會兒怎麼又不多把玩就要入庫了。

淮南跟著走進來，掃了一眼廳裡的東西，又看了一眼似是在生氣的聶衍，突然福至心靈：「你是不是在等誰的賀禮？」

「沒有。」聶衍冷笑，「有誰的賀禮值得我等？」

「坤儀公主的呀。」淮南理所應當地道，「她那麼喜歡你，定是不會忘記你的生辰，也絕不會拿這些俗物來搪塞你。」

「你哪隻眼睛看她喜歡我？」聶衍語氣不善。

淮南想也不想：「兩隻眼睛都看見了，若不是喜歡，坤儀公主那樣的身分，才不會總往你身邊湊，人家不要女兒家的顏面麼？」

「……」

……

夜半正在馬廄裡刷著馬，身邊突然多了一個拿著刷子的人。

他轉頭，就看見淮南大人一臉莫名地嘀咕：「我說錯什麼了？那不是事實嗎？」

了然地給他遞了一方帕子，夜半深深嘆息：「我懂你。」

淮南更莫名其妙了。

……

來祝賀的人漸漸散了，聶衍坐在花廳裡，神色輕鬆，不像有什麼情緒。

然而黎諸懷等人卻是不敢再惹他了，只同他東拉西扯地說起滅妖的事：「近來京中好幾隻大妖都出自貴門，看來妖怪也有野心，不滿足於偽裝成平民過活，還想爭權奪勢。如此來看，宮中也會危險。」

「可惜咱們陛下並不願意讓上清司駐守宮門。」

「我等非常人，今上有顧慮是應當的。」聶衍淡聲道，「能人異士，若非他親眷，自然也與妖怪無異，能替他守宮門，便也能破宮門，叫他如何放心。」

此話一出，堂上眾人都有些不忿。

上清司自設立以來立功甚多，護駕次數也不在少，沒曾想如此的鞠躬盡瘁換來的還是帝王的猜忌。

將來，保不齊就會有卸磨殺驢的那天。

「其實倒也不是沒有破解之法。」三司主事趙當康猶豫地看了聶衍一眼，「還能一舉兩得。」

他說的是什麼，在場眾人都心裡明白，今日齊齊來拜訪聶衍，多少也都存了些勸說的心思。

聶衍半闔了眼：「我上清司以斬妖除魔為己任，什麼時候也需要和親之舉了。」

「侯爺莫生氣，倒也不是一定要如此，他們只是見那坤儀公主對您用情至深，那不如……」

「用情至深。」挑了這四個字出來，聶衍嘲意甚濃，「何以見得？」

光憑她那些對誰都能用的籠絡手段？

眾人不吭聲了，倒不是無從反駁，而是稍微了解聶衍的都知道，他今日心情很不好，甚至可以說是惱怒。

能讓侯爺動怒的事可沒兩件，今日到底發生什麼了？

幾個人心思各異，黎諸懷瞧著，招了個下人來，吩咐了兩聲。

片刻之後，侯府的門房傳了話來：「稟侯爺，有百姓去上清司報案，說明珠臺附近出現了一隻兩人高的狼妖。」

神色微變，聶衍站了起來。

黎諸懷跟著起身，佯怒：「豈有此理，當真不把我上清司放在眼裡。侯爺放心，我這便帶人去抓。」

「不用。」聶衍道，「我親自去。」

「區區狼妖而已，侯爺這生辰宴還沒結束呢。」

懶得理他，聶衍帶了人就走。

黎諸懷看著他的背影，突然笑了笑。

聶衍走得很急，轉瞬就到了明珠臺附近，三兩下便收拾了狼妖，而後就站在路口收拾殘局。

明珠臺依舊熱鬧，人來人往，絲竹聲聲，他冷眼瞥著，正好看見一頂軟轎從旁邊經過。

「小的見過侯爺。」轎簾掀開，龍魚君笑瞇瞇地朝他頷首。

聶衍看著他，眼裡無波無瀾。

「侯爺也要去見殿下嗎？」龍魚君狀似無意地將手伸出窗口，露出上等的血玉手串，「小的也正要去謝恩，不如一起？」

血紅的玉，紅得有些刺目。

聶衍面無表情地轉身，帶著狼妖的內丹就走。

「好生高傲的大人。」轎邊小廝略微不滿，「竟連話也不回一句。」

「侯爺是何等身分，我們這樣的人是何等身分，人家不願意搭理也是尋常事。」收回手，龍魚君笑得十分動人，「我高興了就成。」

陛下要替坤儀擇婿的旨意已經在今日落到了明珠臺，說媒的冰人已經擠滿了前院，坤儀一個也沒見，只差人去容華館給他送了禮。

雖然送的並不是這串血玉，但龍魚君還是很得意。

殿下第一個想到的是他，不是昱清侯。

公主的剋夫命格整個大宋都有所耳聞，別人或許是有賭的成分，但龍魚君不是。

他篤定自己可以在坤儀身邊活滿一年。

「主子，東西雕好了。」蘭苕捧著盒子回來，有些氣喘，「費了老大的勁，可是時辰有些晚了。」

坤儀倚在窗邊看著前院的方向，懶洋洋地道：「今日只要還沒過完，便是沒晚的，差人送去給侯爺吧，順便……再問問他願不願意來見我。」

「是。」

通紅的血玉在大宋皇室也是罕見的東西，蘭苕親自帶著人護送過去，路上十分小心。

然而，昱清侯看也沒看，徑直將盒子放回了她手裡：「多謝殿下美意，臣無福消受。」

蘭茗急了：「侯爺這是什麼意思？我們家殿下好不容易……」

「替我回了妳們殿下。」聶衍面無表情地打斷她，「別人要過的東西，我不要。」

話一出口，他就覺得哪裡不對，可要收回來已經是來不及了。

面前的丫鬟怔忪地看了他片刻，而後捏著盒子扭頭就走。

「……」聶衍起身，走了兩步又停下。

他不是稀罕什麼血玉，也不是非要等到她送他賀禮，只是，她到底把他當什麼，才會送他和容華館小倌一樣的東西？

他話沒說錯，至於多不多想，由她去好了。

他才不在乎。

坤儀坐在貴妃榻裡，將他的話一字一句地聽進了耳朵裡。

蘭茗極為憤怒，眼眶都氣紅了：「咱們從後院放把火，把昱清侯府燒了吧。」

垂眼回神，坤儀失笑：「妳去哪裡學的這野蠻作風，人家又沒說錯。」

她一個寡婦，可不就是別人要過的東西麼。

第12章　他急了他急了

殿內安靜了片刻，蘭苕小心翼翼地打量自家殿下，見她神色自然，似乎當真沒生氣，不由地鬆了口氣。

可鬆氣之後，反而更覺委屈。

殿下對昱清侯那麼好，他居然能說出這種話。

「去請龍魚君進來吧。」收斂神思，坤儀道，「叫廚房燒幾道菜，不要葷腥。」

「是。」

原本蘭苕覺得這龍魚君是不可靠的，生得太好看，出身又複雜，指不定是衝著什麼接近殿下的。可有昱清侯這氣死人的話在前，再看龍魚君，蘭苕覺得，這人好像也沒那麼壞。進門就溫溫柔柔地笑著，還恭敬地跪下見禮。

「小的見過殿下。」

坤儀神情有些恍惚，聞聲才回過神，笑著讓蘭苕下去休息，只留他一人在跟前。

「聽容華館的老闆娘說，你沒有簽死契。」她把玩著玉如意，沒有看他，「家裡也一個人都不剩了。」

「是。」龍魚君目光楚楚，輕嘆了一聲，「小的自知微末，不敢對殿下有非分之想，但若殿下需要，小的可以作為面首住在明珠臺一年。」

坤儀挑眉，深深地看了他一眼：「你消息倒是靈通。」

長長的睫毛垂下去，龍魚君抿唇：「也並非任何消息都靈通，只是小的格外關心殿下。」
甜言蜜語誰不愛聽呢，雖然暖不了心，但是悅耳啊。
坤儀笑得深了兩分，見人送了菜上來，便邀他入席。
龍魚君掃了一眼菜色，突然動容：「殿下竟記得小的不沾葷腥。」
「我在這些小事上記性倒是不錯。」坤儀沒有動筷，只示意他吃，而後多看了他兩眼。
這人生得也好看，雖然沒有聶衍那麼驚豔，但勝在氣質溫和，不傷人。
心裡有了計較，坤儀卻是什麼也沒說，用過膳便賞了人一大堆東西，將人送回了容華館。
太陽落山，夜半從外頭回去，一跨進主屋，就被黑暗裡坐著的人嚇了一跳。
「主子？」他不解，「您坐在這裡怎麼也不點燈？」
聶衍回神，瞥了一眼窗外，沉聲道：「今日事務已經忙完，我在休息，不用點燈。」
「哦。」夜半也沒多想，將從上清司帶來的護身符放在他手邊，「您要的東西，是邱長老親自施術的。」
主子何等的本事，自然是用不著這種驅妖護身符的，給誰求的不言而喻，但夜半不敢提。
聶衍盯著那符看了許久，終於是抬手揉了揉眉心：「你去……算了，我去一趟吧。」
「去何處？」夜半一凜，「明珠臺？那還是我去吧。」
聽他語氣有些異樣，聶衍瞇眼：「明珠臺怎麼了？」
「沒，沒怎麼啊。」夜半搖頭，「就是人多，又吵鬧，主子想來是不喜歡的。」
盯著他看了一會兒，聶衍嗤笑出聲：「你在我身邊跟了多少年，哪一次撒謊瞞過我了？」

夜半乾笑，撓了撓頭，支支吾吾。

聶衍拂袖，若無其事地取了火摺子點燈：「我與明珠臺沒什麼瓜葛，你有話只管說，還用顧忌什麼不成。」

行吧，夜半想了想，乾脆竹筒倒豆子：「明珠臺傳來消息，坤儀殿下似乎是有意將容華館的龍魚君招為面首。」

剛點燃的燈，燈芯突然爆了一聲。

聶衍盯著燭光看了片刻，慢慢收回手：「既是殿下的決定，想必有她的道理。」

「有什麼道理呀，殿下就是衝人長得好看。」夜半撇嘴，「那龍魚君瞧著就弱不禁風，別說在殿下身邊了，就是尋常活著，瞧也是個短命的。」

聶衍起身，神色輕鬆地攏袖：「與我侯府何干，隨他們去。」

說是這麼說。夜半偷看了自家主子好幾眼，總覺得他好像有心事。

生辰的第二天，原本聶衍是要休沐的，但不知為何，盛慶帝一上朝就看見了他。

「昱清侯今日可有要事？」他連忙問了一句。

聶衍神色清淡，拱手作禮：「回陛下，別無要事，臣只是見最近京中不太平，擔心陛下安危，故而停休一日。」

帝王聽得感動極了，這種放著休假不要也想護他聖駕安康的臣子去哪裡找啊，真真是鞠躬盡瘁，忠心耿耿。

懷著這份愉悅的心情，帝王在下朝後召他去了御書房，關切地問：「近來可有去明珠臺走動？」

以往問他這種話，以他的性子，多數是會敷衍了事的，但今日，昱清侯竟是破天荒地拱手答：「公主故舊甚多，似是沒空見臣。」

言語裡，怎麼還有點委屈。

帝王覺得很稀奇：「朕瞧坤儀挺喜歡你的，怎麼會不願見你，是不是有什麼誤會？」

「臣也不知。」他垂眼。

若有所思，帝王扭頭對郭壽喜道：「宮裡新來了貢品的緞子，朕瞧著花樣好，你去請坤儀公主進宮來挑一些。」

「是。」郭壽喜領命，小跑著就去傳話。

……

坤儀進來的時候，聶衍正坐在旁側的椅子裡喝茶。她瞥了他一眼，未作多停留，便先行禮：「見過皇兄。」

「免禮，坤儀妳來瞧瞧，這緞子給妳做喜服可好？」盛慶帝笑瞇瞇地招手讓她過去。

掃了一眼貢緞，是上好的顏色和料子，坤儀款步上前，伸手摸了摸，滿意地道：「難為皇兄百忙之中還惦記著這些。」

「妳可是朕唯一的胞妹，朕自然要為妳多想想。」寵溺地拍了拍她的肩，帝王笑著問，「可有人選了？」

「還在挑。」懶洋洋地揉了揉肩，坤儀勾唇，「皇兄還不知道我麼，最喜歡美人，不美的人我還不想禍害。」

帝王失笑，順著話就道：「那朕看昱清侯便是極美之人，妳可要禍害他試試？」

摸著茶盞的手微頓，聶衍終於光明正大地看向那邊站著的人。

她氣色不太好，唇色倒是依舊明豔，襯得雙眸黑得發亮，身上的黑紗似乎換了個款式，但依舊繡著泛金光的符文。

她沒看他，只朝帝王道：「皇兄說笑，昱清侯可是朝中棟梁，我哪敢禍害，再說了，就算是賭約，臣妹也想挑個自己喜歡的。」

「……」捏著茶盞的手緊了緊，聶衍瞇眼，嘴角抿緊。

先前她還說喜歡他的。

盛慶帝有些意外，打量坤儀兩眼，又打量那頭沉默得像石頭的昱清侯兩眼，突然了然，嘆息道：「朕是做不了妳的主的，妳不妨去佛堂拜拜母后，也算告知她一聲。正好，昱清侯拿了新的安魂符過來，要去安置，妳同他一路，朕也放心。」

坤儀皺了眉，剛想推拒，帝王卻已經轉身：「就這麼定了，朕還要改摺子，你們下去吧。」

「……臣妹告退。」

拂袖跨出御書房，坤儀很納悶，皇兄今日這麼閒嗎，明知道昱清侯不喜歡她，還硬要亂點鴛鴦譜。

察覺到他站到了自己身邊，坤儀嘆息：「侯爺若有事要忙，可以先走，不必與本宮一路，本宮必定不會與陛下告狀。」

身子微微一僵，聶衍抿唇：「臣無別事，正好要去佛堂一趟。」

「哦。」好吧，坤儀想，人家都不介意，那她介意什麼呢。

兩人行在青石磚鋪得極為平整的小道上，坤儀隻言未發，聶衍看她好幾眼，也沒吭聲，氣氛古怪得令人不適。

「殿下昨日，很忙？」眼看著佛堂要到了，聶衍終於開口。

坤儀被他嚇了一跳，莫名其妙地看他一眼，然後虛假地笑了笑：「還行，畢竟有皇命在身上，總是要操持的。」

「操持到來臣府上喝一杯酒也沒空？」他垂眼。

心念微動，坤儀停下步子，不明所以地望向他：「侯爺是不是忘記了。」

「什麼？」

「您連請帖都沒給本宮一張。」

「……」眉心慢慢攏起，聶衍回想了一下寫請帖時的情景。

夜半當時特地問他：「給明珠臺的請帖要不要先送？」

他怎麼答的來著：「明珠臺還需要請帖？」

坤儀公主是何等恣意的人，只要她想來，有沒有請帖要什麼緊，鳳車一到，他還敢不迎不成？

可是，眼下她說起這件事，聶衍突然發現，似乎確實是他禮數不周。用淮南的話說，人家好歹是皇室公主，也是要顏面的。

「不過無妨，侯爺即便不想請本宮喝酒，本宮也厚著臉皮將賀禮送去了。」坤儀望著他鴉黑的眼眸，笑得很是自嘲，「只是侯爺沒收。」

「……」手指張了張又握緊，聶衍突然覺得心口難受，像有人攥了他一把。這種感覺太過陌生，他也不知道該怎麼是好，僵硬了半晌才道：「我現在可以收。」

「現在？」坤儀歪了腦袋打量他，笑得嬌俏，「侯爺不知道有個詞叫過時不候？」

小時候她還愛吃一巴掌一個棗的套路，但現在她長大了，打了巴掌就是打了巴掌，多少個甜棗也是補不回來的。他既輕賤了她，她就斷不會再輕賤她自己。

她擺手，轉身繼續往前走：「時候不早了，本宮要早些去祭拜，這些不重要的事，侯爺也不必放在心上。」

佛堂附近的風很冷，哪怕四周都修了極為好看的院牆，一陣風過來，還是能把人冷得發顫。

聶衍看著她的背影，突然覺得先前的曖昧和旖旎好像都被風吹了個乾淨。

她不打算回頭，也好像並不難受。

第13章　他不喜歡龍魚君

世間女子能做到坤儀這樣灑脫的實屬少數，性子烈的會上門和他要說法，性子柔一些的，便也要找他哭上一場，問個為什麼，畢竟先前她對他這麼好。

可坤儀，她不鬧也不問，就當什麼也沒發生過。

聶衍今日換了一身筠霧色的貢緞，墨髮用羊脂玉束起，眸光流動，像月下相思谷裡的湖，粼粼幽光一蕩又一蕩，蕩得人心癢。

然而她只在進御書房的時候看了他一眼，眼裡無波無瀾，什麼也沒說就轉開了頭。

是覺得容華館那位，比他好看了？

聶衍將新符放在佛堂供臺上，用蓮花燈壓好，然後沉默地看著桌上長明燈，眼裡深不見底。

坤儀跪在蒲團上，恭恭敬敬地朝先太后的牌位磕了三個頭。

先太后是在她三歲的時候去世的，據宮裡人說，那天晚上她吵著要跟太后一起睡，太后便沒聽勸告，執意留了她在寢宮。

誰料一夜之後，宮人掀起簾子，太后就已經仙逝，身上沒有任何傷痕，四周也沒有任何打鬥，她就像是睡著了，臉色尚且紅潤，只是沒了氣兒。

有奶嬤嬤說，這是只能是被妖怪害死的。

坤儀不明白什麼是妖怪，那個奶嬤嬤也還沒來得及多解釋，就被斬了首。她年紀太小，哭著哭著也就忘了這回事。

眼下她長大了，再跪到太后靈前，突然就開始好奇。

當年的母后，到底是怎麼死的？

「侯爺精通妖怪之事。」坤儀睜眼，突然問了他一句，「可知有什麼妖怪害人，能讓人面色紅潤，如睡著一般死去？」

聶衍微怔，隨即皺眉：「妖怪害人，大多是要謀人血肉豢養其精魂，斷不會讓人死得安詳。」

「不可能。」坤儀下意識地就駁了，「我身邊所有的人，都走得很安詳。」

深深地看她一眼，聶衍問：「殿下難道就篤定這些人是被妖怪害死的？」

「……」

坤儀垂眸，沒吭聲。

她就是這麼認為的。

一次兩次是巧合，次數多了便是規律，她也不明白自己身上有什麼東西，但一連死了兩任駙馬，還剋死了父母，這些都是在她身上發生的。

所以，與徐梟陽作賭還想贏，都只是為了鐵礦而已，她其實也明白，自己就是災星。

「人的死因有千百種，死狀各有不同。」聶衍看著她，曼聲道，「但妖怪是活體之物，並非魄類邪祟，她們只吃人肉身，不會吞人精魂。」

「魄類邪祟？」坤儀仰頭回視他，「是會吞人魂魄的？」

「會，但早已滅絕多年。」他抬手，指了指四周房梁上雕刻的古怪花紋，「魄類邪祟還在的時候，宮內就布滿了針對它們的符咒，若是出現，必定顯出原形，沒空害人。」

順著他指的方向看了看，坤儀打消了疑慮。

這些花紋從小就在她的四周，確實也不可能有魄類邪祟。

輕嘆一聲，坤儀什麼也沒同先太后說，上完香跪了一會兒便走了。

她生前她都未曾盡孝，自然也不必在現在還給先太后添麻煩。

聶衍目送她離開，又看了先太后的牌位一眼，眼裡劃過一抹困惑。

明珠臺開始布置了起來，雖說招婿的人選還沒定，但四周已經開始掛上了紅綢花。

坤儀倚在軟榻裡，任由侍女給自己塗染丹寇，鳳眼半睜不睜，似是要睡著了。

「殿下。」蘭苕神色古怪地上前來，低聲道，「昱清侯府送了禮物來。」

說完，十分貼心地詢問：「您看是燒了還是砸了還是給他退回去？」

坤儀嗆咳一聲，好笑地看她一眼：「往日裡妳可不是個喜歡糟踐東西的人。」

「也要看是誰的東西。」蘭苕板著臉道，「有人送的東西，只配被糟踐。」

「無妨。」坤儀擺手，「他高興自己能脫離我這片苦海，送來的禮物自然是真心實意的，收進庫房便是。」

蘭苕不甘不願地應下，去接禮物的時候，還是衝夜半翻了幾個大白眼。

夜半被她眼白的寬闊程度給嚇著了，猶豫地問：「我哪裡得罪姐姐了？」

蘭苕皮笑肉不笑：「沒有，你和你家主子都好得很。」

夜半比他家主子還是更通人性一些的，當即就知道自家主子肯定是做了什麼，也不好問蘭苕，便扭頭回府去。

聶衍今日斬了一隻大妖，老虎所化，暴戾無比，他有些走神，一個沒注意就傷到了背，將近兩個時辰之後才歸府。

夜半一邊替他上藥一邊皺眉：「主子最近怎麼了，竟能被傷成這樣。」

聶衍面無表情地看著手裡的卷宗：「捉妖之人，受傷有什麼稀奇。」

別的捉妖人也就罷了，聶衍可是天縱奇才，修為高到需要遮掩以免引起旁人忌憚的程度，區區虎妖，哪能傷他至此。

上完藥，夜半也不敢直接問，只道：「明珠臺將禮物收下了，殿下什麼也沒說。」

聶衍瞇眼，嗯了一聲，嘴角抿緊。

他送的是一支血玉的鳳釵，黎諸懷慫恿的，兩人路過珍寶閣，他說女兒家都喜歡這種東西。

聶衍是不屑的，當即拉著他就走。

然而，兩人分道揚鑣之後，他還是去將那簪子買了下來。

坤儀才不會缺這些東西，他也不是非要送，但買都買了，他也想看看她是不是還在生氣。

可她這態度，他什麼也看不出來。

「屬下去送東西的時候，路過了容華館。」夜半狀似無意地道，「聽人說，龍魚君不日便要住進明珠臺了。」

聶衍抿唇，冷聲道：「和我說這些做什麼。」

「屬下只是覺得，那龍魚君看起來不是個可靠的人。」夜半道，「坤儀公主本就嬌弱，身邊雖有護衛，卻也防不了床笫帷帳，若是遇了壞人，那還蠻可憐的。」

她自己選的人，怎麼還可憐上了，但凡理一理他，都不至於要選龍魚君。

氣悶地攏上衣裳，聶衍沉著臉道：「我要養傷休息，你下去吧，沒事不用來打擾。」

「是。」夜半無奈，退身下去，替他帶上了門。

聶衍扭頭，看向旁邊牆上掛著的一張地圖。

那是盛京的街道布防圖，一眼能看見容華館附近沒有任何上清司之人駐守。

龍魚君人逢喜事，真真是面若桃花，送走了來賀喜的幾個樂伶，便倚在露臺上喝酒。

在坤儀的眼裡，他與她也許只見過幾面，但他卻是看著她長大的，從一個哭哭啼啼的小姑娘，長成了一個冷若冰霜的大美人兒。

沒錯，別人都覺得坤儀殿下好相處，總是笑盈盈的，但龍魚君知道，她性子很冷，一旦得罪她，便再難翻身。

聶衍那樣的石頭性子，也確實不合適同她生活在一起。

嘴裡哼著小曲兒，他抬袖正要將酒飲盡，突然覺得背後一涼。

方才還亮著的天突然就暗了下來，四周熱鬧的人聲也漸漸消失。龍魚君站起身，嘴角的弧度慢慢落了下去。

「你是什麼時候發現的。」他沉聲問。

黑暗裡，有一個人慢慢走出來，鴉黑的眼眸淬著冰，手裡一把卻邪劍隱隱泛著藍光。

「第一眼。」聶衍答。

四周結界已經落下，空間裡只有他們兩個人，龍魚君也懶得再裝，兀自顯出原形，金光閃閃的鱗片如風一樣層層鋪開，龍頭魚身橫立當前，妖氣四溢。

龍魚是還沒躍過龍門的妖怪，一旦修為足夠，得躍龍門，便能由妖飛仙。

「第一眼就看了出來，卻到現在才來抓我。」他似笑非笑，「看來不是想斬妖除魔，只是想爭風吃醋。」

泛藍光的劍眨眼飛至他跟前，龍魚君飛快閃躲，卻不料這人比看起來厲害得多，隔空御劍，劍如在他手裡一般，隨他躲去哪裡，都能跟著橫過來。

「即將成仙的妖，我未必一定要殺。」聶衍平靜地看著他閃躲，「你若離開盛京，我便當什麼也沒發生過。」

「果然是爭風吃醋。」龍魚君大笑，「爭不過我，便要用這種手段逼走我？可是昱清侯爺，殿下她喜歡我，要收我做面首，我若不見了，她會難過的。」

心裡一刺，聶衍沉了臉。

結界裡突然狂風大作，饒是修為深厚，龍魚君也被逼得退後了幾步。

「你……」他有些愕然，「你竟然還自封了一部分的修為？」

平日裡打量，這人雖然厲害，但也沒這麼厲害，這刺骨的罡風，哪裡只像個普通道人。

「走是不走？」他不耐煩地問。

龍魚君祭出法器抵擋這罡風，又好氣又好笑：「我就算走了，殿下也不會選你。」

「我也不用她選我。」聶衍皺眉，「你走就行。」

他不喜歡龍魚君，應該跟坤儀沒什麼關係，就是單純不喜歡他，所以他消失就好。

「明年就能飛升了，我很惜命。」龍魚君笑道，「但怎麼辦，我捨不得她，這麼多年了，她好不容易看見了我，我想留在她身邊。」

心裡不舒服更甚，聶衍抬起了手，不打算再跟他廢話。

然而，就在他要動手的一剎那，四周的結界突然震了震。

「昱清侯爺。」坤儀的聲音從外頭傳了進來，又清又脆，「你可見著龍魚君了？」

第14章　弱不禁風的侯爺

聶衍下意識地收回了卻邪劍，側頭想應她一聲，卻突然發現不對勁。

坤儀怎麼知道這裡有結界？

上清司的結界，立於五行之外，尋常人看著這地方，應該是一塊空地才對。

「侯爺？」結界之外，坤儀又道，「你這琉璃罩子擋著，我過不去。」

琉璃罩子……

聶衍皺眉，揮手打開結界，外頭的吵鬧聲和陽光便如潮水一般湧了進來。

坤儀提著她的黑紗裙走過來，肌膚被襯得如雪一般白，她抬眼瞧了瞧他，又瞧了瞧他身後，不由地疑惑：「你們在做什麼？」

龍魚君已經變回了人形，衣衫凌亂，墨髮也鬆散，嘴角還有一塊淤青。

「殿下，小的沒事。」他眼神躲閃地朝她行禮，「方才，方才在與侯爺聊天呢。」

這天，是用拳頭聊的？坤儀又看了聶衍一眼，這一次的眼神就不太和善了，帶著責備和「沒想到你是這種人」的意味：「龍魚君只是尋常人，若是哪裡開罪了侯爺，還請侯爺高抬貴手。」

聶衍黑了臉。

龍魚君嘴角的傷是他自己變出來的，她這也要怪到他頭上？還有，尋常人？他哪裡看起來像個尋常人？

坤儀沒多看他，只走過去扶了龍魚君一把，打量他臉上的傷，嘆息道：「我待會兒讓人給你送藥來。」

「多謝殿下。」龍魚君靦腆一笑，「不知殿下今日過來可有什麼事？」

不提都差點忘了，坤儀看了聶衍一眼，敷衍地笑了笑：「我與龍魚君還有事，侯爺自便。」

聶衍扯了扯嘴角：「不巧，臣找龍魚君也有要事。」

龍魚君挑眉，剛想反駁，就見聶衍捏了一張妖顯符，狀似無意地晃了晃。

妖顯符，落在妖怪身上，必定叫其顯出原形。

龍魚君識時務地把反駁的話吞了回去，溫柔地對坤儀道：「二位既然都著急，那不妨便同路，先看殿下有何要事，再去將侯爺的事辦妥。」

「好吧。」坤儀看了看他身上，「你先去更衣，本宮和侯爺去外頭等你。」

龍魚君頷首，又深深看了聶衍一眼，這才款款而去。

「殿下為何知道臣在此處？」看著他的背影，聶衍面無表情地問了一句。

坤儀攏著袖口站在他身側，沒看他：「瞧見這琉璃罩子與上次相府裡的很像，蒙的。」

「殿下可知，尋常之人根本看不見這罩子。」

「哦？」坤儀哼笑，「侯爺的意思是說，本宮並非常人？」

「不是。」他看了她一眼，「殿下是肉體凡胎，沒有妖心，也沒有妖身，更沒有元丹。」

「那便是本宮有修道的天賦？」坤儀側頭，終於看了他一眼，「要不要拜在侯爺門下潛心修煉啊？」

聶衍一怔，認真地考慮了一番這件事。

還真行。

但不等他點頭，她又笑開了，蓮步慢移，順階下樓：「說笑而已，侯爺不必掛心，若非偶遇，本宮也不願再打擾侯爺。」

先前翻他家的牆不覺得打擾，往他府上送東西也不覺得打擾，眼下竟是跟他多說兩句話都算打擾了？

聶衍抿唇，覺得她真的很不可理喻。

今天不知為何天黑得有些早，還不到黃昏，街上就沒了什麼行人，風吹著枯葉在地上打轉，牆上棲息著的烏鴉也低低地叫喚著。

坤儀下了容華館的露臺，發現自己隨身帶的幾個護衛不見了蹤影。她疑惑地左右看了看，正要喊人，卻感覺左側有什麼東西朝她捲了過來。

「小心。」

聶衍反應極快，攬過她的腰便將她抱到一側，堪堪躲開一排猩紅的牙齒。

坤儀驚魂未定地抓著他的衣裳，睜眼看過去，就見一隻兩人高的狼妖正站在不遠處，綠瑩瑩的眼睛直勾勾地盯著她。

「妖怪都跑到大街上了？」坤儀瞪眼，「侯爺，你上清司瀆職啊。」

「倒是臣的疏忽，忘記了今日是祀神節。」聶衍道。

祀神節是妖門大開之時，就算有上清司鎮守，盛京也難免會混進妖怪來覓食，是以每年的這一天，百姓都會早早歸家，關閉門窗。

眼前這狼妖看起來是餓久了，分明瞧見他在，卻也還是朝坤儀衝了過來。

聶衍祭出了三張黃符，出手如電，引雷霆自天而來，將這狼妖當即斬殺，連妖血都沒濺出來一滴。

坤儀看得縮了縮脖子。

聶衍察覺到了，眼眸半垂，下意識地將手背在身後：「這是最快的法子，免了纏鬥。」

「嗯。」她點頭，鬆開他想站直身子，背後卻又有一股妖氣襲來。

聶衍二話不說，帶著她就躍上了旁邊的屋簷。

「誒，龍魚君怎麼辦。」坤儀忍不住回頭。

聶衍面無表情地道：「他是個聰明人，瞧見外頭的景象便不會再出來。」

「他哪裡聰明了？」坤儀嘀咕，「先前為了躲你，差點把自己溺死在溫華池裡。」

聶衍：「……」

瞧著挺機靈的一個人，怎麼看男人的眼光這麼差？龍魚要是能溺死在水裡，他聶字拆開給她跳三人舞。

翻了個白眼，聶衍捏緊她的腰。

這人也是，天氣也沒多熱，偏生穿得少，薄薄的一層黑紗，不擋風也不保暖，稍微一碰，就能察覺到她腰上的肌膚。

他不由地鬆開了些。

「誒，你做什麼。」身子往下滑了滑，坤儀連忙抱緊他，惱怒地抬頭：「就算嫌棄本宮，也不至於把本宮帶這麼高的地方來摔死。」

「臣絕無此意。」

「絕無此意你剛剛還鬆手?」她又生氣了,像先前在杜府時那樣,臉頰鼓起,鳳眼也瞪得溜圓。

莫名的,聶衍卻是鬆了口氣,感覺眼前遮了好幾天的烏雲終於散去,連腳下屋簷上的鎮宅獸都瞧著更順眼了些。

她還是生氣的時候更讓人自在。

紅瘴一樣的妖氣漸漸籠罩了整個盛京,坤儀隨他在高處奔走,殺氣如影隨形,刺激得她肌膚上都起了一層顫慄。

她心裡有些不安,連帶著話也多了起來:「我早知道你看不上我,卻也不知道你能這麼看不上我,我好歹也是金枝玉葉的公主。」

「殿下誤會。」

「有什麼好誤會的!」她晃著小腿踢了踢他,氣呼呼地道,「方才手不是你鬆的?昨兒話不是你說的?禮不是你拒的?你這會兒來跟本宮裝什麼好人。」

輕嘆一聲,聶衍道:「一時氣話,也不是那個意思。」

坤儀不解地抬頭:「那你是什麼意思。」

聶衍真的很不喜歡和人解釋,他一貫相信清者自清。可懷裡這位祖宗的誤會確實大了點,再不說,怕是就沒機會了。

沉默半晌,他迎著風終於是開了口:「下回妳送龍魚君的東西,莫要再來送給我。」

啊?

坤儀一臉莫名：「我送龍魚君幾個古董花瓶，並著幾箱銀子，送你的可是上好的血玉簪子。」

嗯？

聶衍皺眉：「妳不是還送了他血玉的手串？」

「他告訴你的？」坤儀納了悶了，「極品血玉就那麼一塊，全雕了簪子了，從哪兒再去打手串。」

「……」仔細回想了一下當日情形，聶衍黑了半張臉。

這個龍魚君。

瞥著他的臉色，坤儀大概猜到了是怎麼回事，不由地更氣：「我白挨你一頓罵。」

「臣原本也是在說紅玉之事，是殿下誤會了。」

「你還敢反過來怪我？」坤儀大怒，手放在他背上，正好擰他一把。

聶衍痛得悶哼，臉色都白了兩分。

「怎麼了？」她嚇了一跳，狐疑地看著他，「侯爺何時變得這麼弱不禁風。」

聶衍不答，帶著她避過層層妖瘴，落進了昱清侯府。

剛一落地，他身子就晃了晃。

「誒誒。」坤儀連忙扶住他，往他背後看去：「我就只輕輕……」

話說一半，說不下去了。

他背上有一塊血跡，滲透了淺黎色的衣料，正在慢慢擴大。

倒吸一口涼氣，坤儀連忙扭頭喊：「夜半，夜半快來！」

夜半聞聲而至，瞧見自家主子這模樣，當即變了臉色：「快，去上清司請黎主事過來救命！」

「是。」僕從應下，跑得飛快。

聶衍是個不肯示弱的人，先前被大妖王重傷，都能自己站著走回來，眼下該是遇見了多可怕的襲擊，才會整個人都站不穩？

夜半眼淚都要出來了，顫抖著手上前，深吸了兩口氣才敢去看主子傷處。

然後就看見他剛包好的背後傷口裂開了一條細縫，少量血水正往外滲。

夜半：「……」

不敢置信地看了看這傷，又看了看脫力似的倚在人家殿下身上的主子，他沉默半晌，臉上浮現了十分誇張的擔憂：「傷勢太嚴重了，殿下快幫著將侯爺送到房裡來。」

坤儀是嬌養慣了的，平時手被針扎一下都要用白布纏三圈，更別說這種見血的大傷了，她壓根沒覺得哪裡不對，扶著聶衍進房，替他鬆了外袍，還擰了帕子幫他擦臉。

「我真不知道你這身後還有傷。」愧疚不已，她坐在他床邊，眼睛眨啊眨，「痛不痛？」

聶衍半闔著眼，痛哼一聲，算是作答。

於是坤儀就更愧疚了。

第15章　他又不喜歡她

坤儀是個極為憐香惜玉之人，她對所有美人兒都是溫柔至極，要啥給啥。

這還是頭一回，失手將人重傷，還重傷了個最好看的。

她很難過，望著聶衍蒼白的臉色，眼淚都快下來了。

黎諸懷匆匆趕到的時候，一看這場景，以為聶衍要死了。上前一搭脈，他反手掐了掐自己的人中，扭頭就瞪夜半：「就這？」

夜半拚命給他擠眼睛。

黎諸懷一頓，僵硬地扭轉語氣：「就這……麼緊急的情況，再晚點去請我，那可就完了。」

「這麼嚴重？」坤儀眼眶都紅了。

黎諸懷昧著良心點頭。

是要完了，再晚些傷口該自己癒合了。

「殿下也不必太擔心，侯爺畢竟是修道之人，再嚴重的傷，養幾日也就痊癒了。」黎諸懷寬慰道，「叫人煎這一帖藥吃了就好。」

坤儀點頭，連忙拎著方子下去找人。

屋子裡燭光搖曳，只剩了兩個人。

黎諸懷一忍再忍，還是沒忍住笑出了聲：「你倒是有手段，將這位殿下迷得團團轉。」

聶衍睜眼，頗為不自在地坐直身子：「沒有。」

「還沒有？你是沒瞧見她緊張你那模樣，你早如此，還有龍魚君什麼事？」黎諸懷連連搖頭，「別折騰了，大事要緊。」

聶衍不悅，靠在床頭，不知在想什麼，半晌之後才問：「禁宮那邊如何了？」

「放心，都安排好了，今天既然是祀神之夜，人間就不會太平。」

當朝帝王何其固執，妖怪三番五次闖入宮闈，他都還是不願讓上清司駐守，哪怕是祀神之夜這種極為危險的日子，上清司也只能在宮門外頭巡邏，不能過護城河。

好處是，禁宮的一切都在今上的掌握之中，可壞處就是，這些人壓根攔不住五百年修為以上的大妖。

夜幕低垂，一輪血月掛在當空，肅殺的妖氣自東南而來，直闖宮門。

正在後院盯著人煎藥的坤儀突然打了個寒顫。

她從躺椅裡直起身，看了看侯府後院重新修好的法陣，金光閃閃，隔絕一切妖瘴。

心裡安定，她又躺了回去，懶洋洋地吩咐下人：「煎好藥再備幾塊蜜餞給你家侯爺。」

因著上次替昱清侯趕走了藺家人，侯府中的奴僕對坤儀就格外恭敬，年紀大些的嬤嬤還和藹地對她笑：「殿下，我們家侯爺不怕苦的。」

「那也要給他備著，顯得貼心麼不是。」坤儀俏皮地眨眼，「這樣他也能多喜歡我兩分。」

「侯爺是喜歡殿下的。」老嬤嬤見的事少，話也敢說些，「聽聞殿下要招婿，他連著幾天沒睡好覺哩。」

聶衍能為她招婿睡不好覺？那肯定是給樂得睡不著。

坤儀撇嘴，她原先是想跟他商量此事的，奈何人家壓根沒給她機會，現在來說睡不著，也是虛偽了些。

美人不必虛偽也是美人，她喜歡美人，就斷不會為難美人，明日一早她就去繼續同龍魚君商量吉服之事。

然而，坤儀沒想到的是，第二天一大早，她收到了一個壞消息。

「殿下快請進宮。」蘭苕火急火燎地來伺候她更衣，「宮裡出事了！」

眼皮莫名一跳，坤儀皺眉拉住她的手：「出什麼事了？」

「昨夜祀神之夜，禁軍未能守住宮門，被大妖挖著地洞潛入，吃掉了上百個宮人妃嬪，將陛下也嚇病了。」

倒吸一口涼氣，坤儀連忙收拾好往宮裡趕。

昨夜聶衍發了高熱，她守他到天濛濛亮才回的明珠臺，原以為四下安靜，不會發生什麼大事，不曾想宮裡卻出了這麼大的紕漏。

官道上擠滿了車馬，坤儀緊趕慢趕，去的時候三皇子和四皇子卻還是已經在殿前吵了起來。

「上清司昨夜連護城河都沒能過，他們是鞭長莫及，這等妖禍也能怪他們？」

「不怪他們怪誰？分明也在外頭守著，卻沒有發出任何警示，簡直是居心叵測。」

「妖怪從地底偷渡到宮門裡，他們從何警示？」四皇子橫眉冷目，「我看皇兄是在為禁軍的失責找替罪羊。」

「胡扯，我也是為了父皇……」

「好了！」坤儀跨進門，頭疼地揉了揉額角，「你們父皇還病著，這是吵架的時候麼？」

「姑姑。」四皇子叫了她一聲，連忙過來扶她，「您可算來了。」

「姑姑。」三皇子也跟她請安，然後不忿地道，「姪兒為了讓父皇安心養病，想加強宮中戒備，奈何四皇弟一直阻撓。」

「皇兄是想加強戒備，還是想扶那不成器的副統領上位？」四皇子冷笑，「再多的人也無法同妖怪抗衡，不然昨夜一隻大妖，如何就能吃得了百餘人，與其讓皇兄送些尸位素餐之人坑害宮闈，不如叫上清司之人來保護父皇。」

「你……」

「父皇若當真想要上清司駐守，先前就該點頭了，而不是要你趁著他昏迷不醒，強行加塞。」

坤儀被他們吵得一個頭兩個大，乾脆將兩人都拂開，自己進去看皇帝。

內殿裡站滿了太醫，皇后也在場，見著她來，淚水漣漣：「坤儀。」

「皇嫂莫急。」她過去扶她一把，將她拉到旁側，皺眉問，「情況如何？」

皇后捂著唇搖頭：「怕是不好，太醫說有中風之險。」

帝王正當盛年，讓他中風臥床，這比殺了他還難受。

更糟糕的是，帝王一病，朝中諸臣便要上奏立儲，眼下三皇子四皇子已經是劍拔弩張，皇后怕他們做出兄弟鬩牆的醜事來，滿眼都是擔憂。

「眼下只有妳能幫我了。」緊緊地抓住她的手，皇后紅著眼道，「坤儀，妳嫁給昱清侯吧。」

哈？

坤儀不明所以：「怎麼突然說這個？」

「陛下曾說過，昱清侯是個好人，能護他周全，但……」皇后直嘆氣，「但他太厲害了，陛下不放心。他不慕錢財，也不貪權勢，這樣的人實在太難掌握，唯有妳，妳若嫁給他，陛下就能放心將宮闈的安危交給他。」

「可是……」坤儀有些為難，「我已經選了另一個人。」

「這天下哪有比昱清侯還好的人吶。」皇后連連搖頭，「他生得俊朗，妳本就喜歡，性子還溫和，從未與誰起過大爭執。心地也善良，封侯這麼久不曾欺壓過任何百姓，本事也大，再厲害的妖怪也無法在他手下活出來——就這麼個人，妳難道還不滿意？」

滿意麼倒是滿意的，但，坤儀想，那人又不喜歡她。

她這麼風流的公主，自然知道喜歡自己的人是什麼樣的表現，就像龍魚君那樣的，抬頭看她，滿眼都是她的影子。

聶衍麼，確實她挺喜歡的，但他眼裡東西太多，好看是好看，不喜歡她又有什麼用，就算成親，也不能保證他會看在她的面上忠心耿耿。

坤儀遲疑地想著，沒有點頭。

皇后眼裡的淚水一滴滴地往下落，殷殷地拉著她的手：「坤儀，陛下最捨不得的妹妹就是妳，如此關頭，妳豈能再坐視天下大亂。」

這就是公主的命運麼，婚事總與天下掛鉤。

行吧。

坤儀想，反正她是公主，駙馬不喜歡她不要緊，她還可以養面首。

「好。」她道，「但我說服不了昱清侯，您要不賜一道懿旨？」

皇后大喜，立馬點頭答應，又陪著她去看了看帝王。

帝王臉色很憔悴，年方四十，看著形如槁木。

坤儀捏了捏他的手，又替他掖上被角。

她的皇兄或許不是一個完美的帝王，但對她而言，是個很好的哥哥。

輕嘆一聲，她越過還在爭吵的兩個皇子，出了宮門。

「殿下離開皇宮，是往侯府的方向來了。」夜半站在床邊，瞥著自家主子的神色，有些心虛地道，「但走到一半，殿下去了容華館。」

聶衍喝了一碗藥下去，絲毫不覺得苦，也沒伸手拿旁邊的蜜餞，只嗯了一聲，像是不在意。

夜半鬆了口氣，繼續同他回稟別的事，例如宮中暫時借調了二司和三司的人去清繳妖孽，又例如鎮妖塔裡有妖怪異變，被分隔關了起來。

說得口乾舌燥，夜半正想告退，就聽得自家主子狀似無意地問：「她去容華館做什麼了？」

夜半：「……」

既然在意，就別裝作毫不關心的模樣好麼！直接問是能怎麼的！

輕嘆一聲，夜半道：「也沒做別的，就停留了一炷香，但殿下走後，龍魚君似乎很不高興，摔了幾個花瓶。」

聶衍挑眉，突然就笑了笑：「她也沒多喜歡他。」

也只是個輕易就能取捨的人。

夜半聽得摸不著頭腦，卻還是記得上回的慘劇，連忙提醒自家主子：「女兒家都喜歡會說甜言蜜語的人，您就算不稀罕說，也莫要再出口傷人，那畢竟是當朝公主。」

莫名其妙地看他一眼，聶衍問：「我何時出口傷人了？」

……也是心裡沒點數。

夜半沉默，替他倒了茶漱口，不打算再據理力爭，以免被送去刷馬。

坤儀到侯府的時候，聶衍已經下了床，他坐在花廳裡，唇紅齒白，一身清月，漾著湖水的眼朝她看過來，有一絲若有若無的脆弱。

坤儀的這個心哦，一下子就軟得稀里嘩啦的。

第16章　那跟我過吧

她提著裙子坐到他床邊，語氣都跟著放柔：「侯爺可好些了？」

聶衍垂眼，薄唇尚無血色：「謝殿下關懷，已經吃了藥。」

滿目憐惜地望著他，坤儀猶豫半晌，還是開口：「如果可以自己選擇，侯爺會娶什麼樣的女子為妻？」

今日陽光正好，暖橙色從花窗傾洩而入，照得她閃躲的眼睫如金色的蝶翼。

聶衍盯著她看了一會兒，不甚在意地道：「都可以。」

「嗯？」坤儀皺了皺鼻尖，「婚姻大事，怎能如此隨便？」

「修道之人，於兒女情長本就無謂。」他淡聲道，「一個人也能過，身邊多一個人，也能過。」

夜半在隔斷外頭聽得扶額。

說好要說甜言蜜語，人家殿下都問到他跟前來了，他卻還這般冷漠，怎麼討女兒家歡心？

坤儀十分滿意地點頭：「那就委屈侯爺，跟我過吧。」

夜半：？

有些不好意思地撫了撫鬢髮，坤儀翻手將先前為他準備的血玉簪子捧到他眼前：「侯爺一看就是個福澤深厚之人，武藝高強，捉妖的本事也不錯，若是與侯爺成親，我許是能替大宋贏下十座鐵礦。」

眼前的血玉色澤遠勝民間能買到的，能做一個極好的法器。她大抵是打聽過他的喜好，簪頭的雕花簡潔大方，狀似纏蟒。

聶衍看了片刻，突然問她：「若臣只是普通人，殿下可還會做此決定？」

「不會。」坤儀很坦誠，「你若是普通人，你我都會死。」

他不吭聲了，鴉黑的眸子盯著她手裡的血玉簪，目光流轉。

這是他想要的場面，兩人各取所需，談不上虧欠，也沒有多餘的牽扯。但不知為何，聽她的這個回答，他不太樂意。

坤儀看出了他的不悅，以為是自己劃分得不夠清楚，連忙又補了一句：「婚後你我可以各過各的，每月有一次同房即可，只要侯爺不鬧得讓我臉上難看，你私下做些什麼，本宮不會過問。」

聶衍嗤笑：「也就是說，殿下做什麼，在下也不得過問。」

坤儀眨眼：「我自然也不會讓侯爺面上難看。」

至於私下麼，她是風流慣了的，不讓她聽曲兒看戲，非得憋死她不可。

屋子裡又陷入了沉默，坤儀也拿不準面前這人是什麼態度，捧著血玉簪的手都有些痠了，猶豫著要往下放。

夜半實在看不下去了，端著茶進了內室，先將茶水放在自家主子手邊，然後笑著看向坤儀手裡的東西：「這是個好寶貝，殿下費心了。」

說著，順手就接了過去。

坤儀有些意外，看了聶衍一眼，見他也沒阻止，便也當作是他接受了，笑著起身道：「那侯爺可要快些養好身子，才經得起折騰。」

婚事十分繁瑣，尤其是皇婚，繁文縟節能把人折騰散架，坤儀擔心他傷口崩裂。

然而，不知聶衍想到了什麼，臉色微微一頓，接著就有緋紅的顏色從他脖子根一路爬上耳垂。

「夜半，送客。」他微惱。

坤儀一臉莫名，不知他突然又生什麼氣，只當他是分外不滿這婚事，輕嘆一聲，攏袖而走。

要是可以，她也不想來為難他，好端端的美人，一臉愁容，多可憐。她就像個強搶民女的惡霸，滿臉橫肉，要拉良家婦女入那火坑。

真是太過分了。

站在侯府門口，坤儀狠狠地唾棄了自己一番，然後喜上眉梢地拉著蘭苕去看吉服的料子。

「殿下。」蘭苕有些擔憂，「昱清侯這樣的態度，往後恐怕也未必會對您好。」

「有什麼關係。」坤儀笑得恣意，「我活著難道是為了求誰對我好的？自己對自己好不就得了。」

「可是……」

「沒什麼可是，快準備好東西，跟著本宮去強搶……哦不，奉旨成婚。」

蘭苕望著自家殿下興奮非常的背影，長長地嘆了口氣。

她先前也覺得昱清侯是個不錯的人選，至少能護殿下周全。可成親又不是兩個人簡單地在一起生活，若無真心，定是要吃大苦頭的。

坤儀不在意，對尋常女子來說，可能夫婿冷眼就是最大的苦頭了，但對她而言，只要夫婿能活下來，那別的都不是事兒。

宮裡很快下來了懿旨賜婚，還賜了一座新的宅邸，明珠臺和昱清侯府就都忙碌起來。聶衍裝虛弱避開了一堆俗事，坤儀倒也體貼，替他將人都應酬了，讓他好好休息。

然而，午夜時分，昱清侯府還是來了不速之客。

聶衍在黑暗裡睜開眼，就看見一道寒刃懸在他的頭頂，恰被護主的卻邪劍給橫擋住。

來人顯然沒想到他的劍能自己跳出來護主，怔愣之後，轉身就想跑，聶衍起身，揉了揉眉心，反手五指一抓。

黑衣人渾身一麻，接著就如破棉絮一般摔回了床前，面巾也飛落開，露出一張滿布驚懼的臉。

「相府的門客。」聶衍瞇眼。

此人在凡人當中實屬身手不凡，也曾在御前獻過藝，他有印象。

見被認出，這人也不遮掩了，只白著臉道：「相爺說過，侯爺不必蹚這渾水。」

「我蹚了又如何？」聶衍挑眉，「他覺得你能殺我？」

「……不能。」門客很有自知之明，「還請侯爺高抬貴手。」

聶衍笑了，面容如玉：「你送上門來，還想要我留你一條命不成。」

「侯爺明鑑，在下是相府門客，若死在侯府，侯爺想必也會有不少麻煩，再說您婚期將近，若有凶案，恐怕……」

他臉上帶著一絲輕鬆，似乎是篤定了聶衍不會殺他。

然而，這句話還沒說完，他就感覺脖子上一涼。

瞳孔微縮，門客抬頭，只看見這張十分好看的臉上帶著冰稜一般的嘲諷：「我上清司，只斬妖邪。」

「那被我斬的，就只會是妖邪。」

門客一句話也沒能說出口，就感覺嘴裡被塞了東西，然後身子跟著有了變化。

在他咽下氣的前一秒，他從聶衍鴉黑的眼眸裡看見了自己模樣。

一頭形狀奇怪的，妖怪。

「……」

坤儀倏地又從夢魘裡驚醒。

外頭夜幕正沉，她抓著錦被喘了好幾口粗氣，迷茫地看著桌上放著的吉服。

「殿下？」蘭苕打了簾子進來，拿帕子替她擦了擦額頭上的汗，「別怕。」

「我夢見好多人在逃跑。」她喃喃著伸出自己的手，「而我在追殺他們。」

「我怎麼會追殺他們呢，那都是些老弱婦孺。」

心疼地拍了拍她的背，蘭苕道：「只是夢而已。」

要真只是夢就好了，可她每次夢見這些，醒來都會有人出事。

背脊倏地一僵，坤儀飛快起身，鞋也沒穿就開始往外跑。

「殿下？」蘭苕大驚，攔也沒攔住，連忙踉蹌跟著她追出去。

夜涼如水，石板路光腳踩上去有些刺骨，坤儀渾然未覺，只盯著院牆的方向，一路飛奔。

她想起很久以前的這樣一個夜晚，她夢見自己吃了人，醒來跑向杜素風所在的帳篷，掀開就只看見一片血腥。

杜素風不是病死的，是被營地附近的妖怪毒死的。

他被咬傷，倒也斬殺了妖怪，只是毒素侵體，藥石無醫，這才寫下遺書。待她趕到之時，他身子都已經發涼。

坤儀不會忘記那種觸感，入手比冰還涼，比鐵還沉。

翻過後院院牆，她急促地喘了兩口氣，越過驚呼的家奴，一路直奔主院。

「殿下？」夜半端著水出來，與她撞個正著，差點將水潑在她身上。

坤儀低頭，看了看盆裡血紅的水，眼眶也跟著紅了：「你主子呢？」

「在裡頭。」夜半不明所以，還沒來得及多說，就見她朝裡屋衝了去。

「誒，殿——」

想阻止都來不及，坤儀像一陣風，捲開屋門，吹得聶衍剛合攏的裡衣衣襟又鬆開了大片。

「殿下？」他皺眉。

坤儀在他面前站定，一雙眼緊張地從他的腦袋頂看到腳下，又伸手摸了摸他的脈搏，心口淤積著的緊張才終於松下來。

一鬆，眼淚就跟著掉。

聶衍原本是有些惱的，這人真是半點規矩也不顧，半夜三更強闖他房間，遇見他在更衣也不迴避。

可責備的話還沒說出口，就撞上她哭得可憐兮兮的鳳眼。

「我以為你也出事了。」她抽抽搭搭地道，「你，你終究還是比他們厲害。」

不知為何，聶衍不太喜歡從她嘴裡聽見「他們」，但這人看著很傷心，他也不好在此時與她計較，便只問：「出什麼事了？」

「做噩夢。」坤儀哽咽，「我每次做噩夢，都要死人。」

定定地看了她片刻，聶衍伸手，遲疑地拍了拍她的頭頂：「盛京每天都在死人，就算妳不睡覺，他們也會死。」

頭一次有人同她這麼說，坤儀怔愣，連哭都忘了，眼淚包在眼眶裡，懵懵地問：「真的？」

「臣執掌上清司，每日要替上百死者入檔，自然不會欺騙殿下。」他抿唇，看一眼她白嫩嫩的腳，眉頭皺得更緊，「每天都有上百人死於妖禍，與其說是殿下的噩夢會昭示人的死亡，不如說每個人在活著的時候，都要面對其他人的死亡。」

第17章　大婚

可能因為聶衍長得實在太好看，坤儀覺得他說的話格外令人信服，漸漸地止住了哭聲，只眨巴著眼看著他：「那夜半怎麼端著血水？」

「方才有妖怪闖我府邸，被我斬殺，那是妖血。」聶衍垂眼道。

「哦……」坤儀點頭，想想又不對，「你府邸裡不是有很多法陣？妖怪怎麼還敢闖來。」

「因著殿下，微臣府中法陣不得已減少了些。」他不悅，「便給了牠們機會。」

原來是這樣，坤儀不好意思地撓了撓頭，腳趾也往裙下縮了縮，「那，那我就先回去了。」

「等等。」聶衍攔住她，沒好氣地道，「殿下不冷？」

他不說還好，一說坤儀只覺得腳涼得站不住，原地跳了兩下，就踩到了他的鞋面上。

聶衍悶哼一聲，見她要摔，下意識扶著她的腰，微惱：「殿下成何體統。」

坤儀抓著他的衣襟，皺了皺鼻尖：「你我不日就要完婚了。」

「那也還未完婚。」

「哦。」她撇嘴，「可我就是腳冷。」

這理直氣壯的無理取鬧也不知跟誰學的。

聶衍嘆息，張嘴想喊夜半，這人卻又伸手來捂住他的嘴。

「別啊，讓他們進來瞧見我這模樣，以後我在你府中人的面前哪還有什麼威嚴。你想做什麼，自己去。」

「回稟陛下。」他黑了半張臉，「臣要去壁櫃裡拿一雙靴子給殿下，好讓殿下回府安寢。」

「壁櫃遠麼？」

「不遠，但臣被殿下踩住了腳。」

坤儀莞爾，調笑似的瞥著他：「那便就這麼去。」

她臉上還掛著晶瑩的淚珠沒擦，神情卻又嬌俏起來，漆黑的眼眸滴溜溜地轉著，像極了在打壞主意的小狐狸。

聶衍知道自己是不該陪她鬧的，可想想，人都有憐憫之心，他太冷漠也不合適，她既然這麼難過，那縱她一回也無妨。

於是，夜半因為太擔心自家主子不會哄女兒家而趴在窗臺上偷看的時候，就見侯爺正抱著坤儀殿下，兩人兩腳，一步一併地往床榻的方向挪。

殿下依舊是那身黑紗，他家侯爺穿的卻只是尋常裡衣，兩人身子貼得嚴絲合縫，親密無間。

夜半：「……」

他的擔心好像有點多餘。

自家主子是個極其討厭人近身的性子，夜半清楚，所以在兩人婚事定下的時候，他十分擔心，生怕主子一個不高興惹惱殿下，那上清司便要連帶著落下個輕慢皇室的罪名。

可眼下，夜半撓頭，他也想不明白，主子怎麼突然不忌諱了。

聶衍挪到壁櫃旁，拿了一雙嶄新的靴子給她。

坤儀試了試，他的靴子，她穿著自然大了一截，連靴身都耷拉下來，白嫩的小腿襯著大了兩圈的靴口，像小孩子偷穿大人的鞋。

不過，也沒得挑，她一步一趿拉地走了走，然後對他笑：「那我就先回去了。」

聶衍抿唇，半晌才道：「下次出來別這麼匆忙。」

「下次？」她挑眉，眼裡光華瀲灩，「下次再想來找你，我都不用回去，徑直就能在你這兒住下。」

有些不自在地別開目光，他不吭聲了。

她又笑，輕輕拍了拍他的手臂，便趿拉著靴子原路返回。

聶衍目送她的身影消失在門外，這才沉下了臉：「下次殿下過來，你們通傳快些。」

「是。」

夜風裡還有一絲不易察覺的血腥氣，聶衍說是妖血，坤儀便不會多想，回去捂暖了腳，倒頭就繼續睡。

兩人大婚這日，賀禮如雲，險些將新宅的庭院給塞滿了，坤儀被厚重的頭冠和禮服折騰得夠嗆，耐心也逐漸消失。

「沒想到我還要被這樣折騰一次。」她倚在太師椅裡，翻著白眼道，「也算是前無古人。」

大宋女子愛名節，不愛改嫁，她這種成親兩次還都是大操大辦的實屬少數。

蘭苕聽得輕輕推了推她：「殿下，以後少提些往事，駙馬未必會高興。」

坤儀撇嘴，復而又笑：「他總是不高興的模樣，得要人逗弄，哄著哄著才能高興。這場面本宮尚且不耐，他肯定更是不喜，妳快讓人拿一碟菓子去安撫安撫。」

昱清侯那樣的人，瞧著就不愛吃甜食，菓子能討他歡心麼？

聶衍正面無表情地任由人替他戴上喜冠，手邊突然就多了一碟子甜點。

夜半皺眉：「誰拿來的？撤下去吧，我們家侯爺不愛吃……」

「留著吧。」聶衍打斷他的話，眼裡多了一絲無奈，「是殿下的心意。」

「殿下？」夜半很驚訝。

坤儀殿下一向用心，經常打聽主子的喜好，然後投其所好。可這甜的東西，主子不愛吃啊。

「你見過浮玉山上的人如何馴妖麼？」聶衍看著銅鏡裡的自己，淡聲道，「他們會選天賦最好的小妖，摸清牠的喜好，討牠的歡心和信賴，但給牠的所有東西裡，一定有一樣是不符合牠的習慣的。」

「為什麼？」夜半不解。

「因為馴妖人為上，妖為下，給予的一方永遠是上風的一方，一旦停止給予，妖就什麼也不會有了。那不符合習慣的東西，就是用來提點妖怪，讓牠永遠記得這一點，好為人所用。」

夜半恍然，可又覺得不對：「坤儀殿下挺喜歡您的，看起來應該不會有這種心思，許是巧合？」

「再喜歡我，也只是喜歡。」攏好吉服，聶衍起身，鴉黑的眼裡劃過一抹嘲意，「今日就算我不來，也會有人坐在這個位置上。」

夜半沉默，抬頭想安慰主子，卻發現他臉上壓根沒有什麼傷春悲秋的神色。

「走吧。」

「……是。」

外頭絲竹聲聲，鞭炮齊響，聶衍一身喜服，眉眼如畫，行止間如玉山將傾，引得外頭圍觀的人一陣讚嘆。

「不愧是坤儀公主選中的夫婿。」

「生得俊朗，本事還厲害，又能娶得公主，人生若能有昱清侯之十一，我等又何至於以酒解愁。」

「容修君過謙，你這般好樣貌，就算不及昱清侯，也是能得殿下側目的。」

眼眸微瞇，聶衍抬頭看向說話人的方向。

那人被他看得一怔，拱手朝他行禮。

沒他長得好看。聶衍別開頭。

可片刻之後，他又看了一眼。

比龍魚君好像要更好看兩分，坤儀若是見著，應該也會喜歡。

本來就不甚雀躍的心情，眼下更是不好，等走完所有繁文縟節，與坤儀一起站在太廟外的時候，聶衍的臉色已經是誰都能瞧見的難看。

「噯。」坤儀站在他身側，偷偷拉了拉他的手，「別這樣呀，好歹撐撐場面。」

聶衍一頓，神情輕鬆了些許。

坤儀嘆氣，用喜扇擋著臉朝他小聲道：「昱清侯都這麼大的人了，怎麼還會喜怒形於色。」

成年的人類，是該將所有情緒都藏在臉皮下頭的。

所以，她現在也在藏麼？

聶衍餘光打量她，發現她今日應該是將黑紗穿在了喜服之下，細腰長擺的喜服襯得她玲瓏有致，滿頭的珠翠不但沒壓垮她，反而讓她的脖頸看起來更加纖細有力。臉上妝容與平時不同，但更加嬌豔，目光斜飛過來，被眼尾的小勾帶出了幾抹嫵媚。

他一時有些出神。

上頭的禮官在宣讀長長的賞賜，她倒只顧著偷瞅他，媚眼如絲，俏皮靈動，似乎這鋪天蓋地的禮儀規矩都無法將她壓住。

婚宴開始，兩人終於更換了輕便些的衣裳，由長者引路與宗室族老們見禮。聶衍瞧見那容修君站在路旁，不由地捏了捏坤儀的手。

「怎麼？」坤儀頭上輕了，心情也好了，軟軟地倚在他身邊，滿眼都是他的倒影。

「……沒怎麼。」見她沒瞧見容修君，聶衍鬆開了她，微微抿唇。

也不是愛吃味，主要是剛成親她若就去瞧別的男人，那也不太好。

他這是在救她。

想通其中關係，聶衍輕鬆了些，按部就班地走完所有的流程，就去同人飲酒。

上清司的人自然是都來了，黎諸懷見著他來，與他飲了好大一杯酒，末了又將他拉到一邊，低聲道：「你可要堅持住，不管這位殿下如何不好相處，你都不能和離。」

聶衍眯眼：「你在命令我？」

「不是，哎呀，你別這麼凶，方才都還笑著呢。」黎諸懷連忙擺手，「我就是給你提個醒，這是皇婚，關係著整個上清司的出路。」

不太高興地喝完杯子裡的酒，聶衍含糊地應了一聲：「她也沒那麼糟糕。」

黎諸懷有些擔憂地看了他一眼：「之所以是你，就是因為我們知道你最不會感情用事，昱清侯，你可不能在陰溝裡翻船。」

大喜的日子，這人嘴裡沒兩句討喜的話，聶衍懶得理他，扭頭就走。

坤儀的確不是個好相處的人，她沒什麼規矩，又愛仗勢欺人，說話還沒羞沒臊，更是貪圖美色。

可是，當聶衍撞開門被她接了個滿懷的時候，他又想，只要她想要的他都給她，那不就沒事了麼。

不守規矩就不守，她反正是公主。

仗勢欺人，她也不是完全不講理。

至於貪圖美色……

苦惱地嘆了口氣，聶衍喃喃：「美色有什麼好的。」

第18章　猜不透的坤儀殿下

坤儀吃力地扶著他，還未來得及詢問夜半怎麼回事，就聽得他這沒頭沒尾的一句話。

她失笑，知他是醉了，便讓人下去，兀自將他扶到軟榻上坐下。

「美色自然是有千般好。」望著他如水的墨瞳，她滿眼讚嘆，「最大的好處就是，能叫人高興。」

酒香滿身，聶衍靠在軟枕上，怔愣愣地看著她：「那殿下今日可高興？」

「自然是高興的。」坤儀拆了鳳冠扔到旁邊，又擰了熱水來，先擦自己的臉，再擦他的臉，鳳眼裡一片溫柔，「我有了個很好看的駙馬。」

聶衍高興，但又不太高興。

好看的駙馬，這幾個字放誰身上似乎都說得通。

抬起沉重的眼皮，他有些惱地看向她的方向，想再問她兩句，卻不料她恰好正俯身下來替他擦臉。

嫣紅的唇與他的額頭輕輕一碰，又驟然分開。

像一片溫熱的羽毛。

聶衍眼睫顫了顫，下意識地抬手，扣住了她的後腦勺。

坤儀起身欲走，冷不防就被他攬了回去，四目相對，鼻尖相碰，她有一瞬的愕然，但只一瞬，眼裡便又湧上笑意，像欣賞一件極為漂亮的珍寶，從他的眉心一路打量到他的唇瓣，眼裡光華瀲灩。

然後她低頭，飛快地在他唇上落下一個吻。

「……」身下的人像是懵了，鴉黑的眼一眨也不眨地看著她，有些茫然。

「侯爺可會害怕？」她笑著覷他，嫣紅的丹寇撫了撫自己的唇，「與我同房的人，可都不會有好下場。」

酒氣氤氳，聶衍輕哼了一聲。

他抬袖，將自己的手腕橫在她面前：「那殿下也該送我一根紅色手繩。」

坤儀微哂，將他的手拉下去塞進薄被：「侯爺不是說過，送過別人的東西，莫要再送給你？等過幾日我給你尋個別的，今日你且先休息。」

說著起身，從櫃子裡抱出一床錦被，放在了他身邊。

這是要與他分床睡的意思。

聶衍抿唇，倒是沒說什麼，只是眸子黑沉沉的，像無月之夜下的湖。

那日在容華館，她說他若待她親近幾分，她必然會高興。可今夜，洞房花燭，他沒有絲毫推拒之時，她選擇了分床。

嘴裡到底有幾句真話呢。

懷裡還揣著那張為她求來的安神符，眼下聶衍也懶得給，藉著酒意就閉上了眼。

坤儀笑瞇瞇地看著他入睡，然後輕手輕腳地起身，去妝臺前將剩餘的釵環都卸下來。

這滿屋的紅燭紅綢她不是第一回見，但這一回，多少有些不同。

好像每一個物件都比之前的要生動鮮豔幾分。

也不知是不是因為聶衍睡在這房間裡的原因，她心安得很，和衣入睡，竟是一夜無夢。

醒來的時候，外頭有些吵鬧，可坤儀心情甚好，懶倚在床頭看了軟榻的方向一眼，見人已經不在，又輕輕地笑了一聲。

昱清侯孤身一人，上無父母旁無親戚，她也只剩一個皇兄還在，是以兩人這婚事收尾十分輕鬆，不用奉茶，不用上堂見禮，只消等晚些時候進宮謝恩。

懶洋洋地又翻一個身，聽得外頭的動靜越發大了，坤儀才喚了一聲：「蘭苕。」

蘭苕進門來，臉色有些發青：「吵著殿下了？」

「大喜的日子，這是怎麼了？」她問。

提起都來氣，蘭苕板著臉道：「昨日喜宴上人多且雜，好幾家人吃醉了酒歇在客院，本也是無事的，可有一位容家的公子，偏說自己母親的遺物丟了，要挨處翻找。這是什麼地方，哪裡容得他放肆，奴婢要勸，那公子卻是不依，與外頭奴僕對峙上了。」

這些小事，坤儀倒是不在意，擺了擺手又問：「侯爺呢？」

「上清司有事，侯爺卯時就出了門。」

坤儀起了興致，眼眸一轉，便朝她勾手：「新婚第一日，我夫君便如此忙碌，我是不是也該盡一下本分，為他送些湯水？」

蘭苕皺眉：「上清司那地方，不太安全。」

不說別的，就那關著妖怪的鎮妖塔，聽說最近有不少妖怪生變，雖是法陣重重，但萬一闖出來一兩隻，那也挺嚇人的。

坤儀倒是不怕：「這世上還有比我身邊更不安全的地方？」

蘭茗無奈，服侍她起身洗漱，又讓廚房備了花膠雞湯。

兩人出門的時候，隱隱聽見有人在喊求見殿下，蘭茗下意識地擋住了坤儀的視線，只道：「馬車已經備好了。」

坤儀覺得奇怪，看了她一眼，突然停下了步子：「那人有何奇特之處不成？」

蘭茗暗暗叫苦，想搖頭，又知這主兒一旦起了心就攔不住，只能無奈道：「奴婢覺得他唐突。」

外臣子弟，醉酒留宿客院雖是情理之中，但在人新婚第二日就貿然要見殿下，蘭茗不喜這做派，更何況，這位容修君生得好看。

殿下太喜歡好看的人了，平日裡她倒也不攔著，可剛成婚，到底是不妥。

坤儀掃了一眼蘭茗這複雜至極的神色，覺得甚是有趣：「讓他這麼一直喊叫著也不是個辦法，趁著時候還早，把事兒理了吧。」

蘭茗無奈，猶豫片刻，還是去將容修君請了過來。

坤儀在庭院裡的石桌邊坐下，剛理好裙子，就見一抹天青色長袍如翻飛的蝴蝶，飄飄然撲到她跟前：「微臣容修，見過殿下。」

她打量他兩眼，似笑非笑：「容大人請起。」

容修謝了恩，接著就起身抬頭看向她。

他確實生得不錯，夭夭桃李花，灼灼有輝光，著一身天青色雲紋縐紗袍，別有一股不食人間煙火的清麗姿態。

見殿下打量他，容修更是笑得如水溫柔：「臣請殿下憐惜，家母只留那一塊玉佩與我做個念想，竟還不慎遺失，臣無論如何都想將其找到，還請殿下通融。」

他說完又躬身，身段被腰帶勾得勁瘦有力。

坤儀托著下巴看著，眼裡帶著淺淡的笑意：「如此，本宮便差人替你去找，也不算誤了你的事。」

「多謝殿下！」容修君十分動容，又目光盈盈地望了她一眼。

要是先前，坤儀還真挺受用這一套的，畢竟人長得好看，做什麼都是對的，但今日，她突然就有些不爽。

昱清侯為國效力，那麼忙那麼累，這些人還想著撬他牆角。

拂袖起身，她沒再多看，帶著蘭苕就繼續出門。

蘭苕很是意外，一路上瞥了她的裙角好幾眼，還沒來得及將疑惑問出口，就聽得自家殿下陰惻惻地問：「那容修君同昱清侯是不是有什麼過節？」

竟不是打聽容修君的喜好。

蘭苕鬆了口氣，連忙稟告：「過節倒是談不上，侯爺許是還不認識他，但這容修君奴婢有耳聞，心胸狹窄，甚愛攀比，想來是不喜侯爺處處壓他一頭的。」

要說成就，容修君也還好，十五歲中舉，之後科考兩次便上榜，不到二十五便做了四品言官。

但比起聶衍，就始終差了一截。

坤儀嘖嘖搖頭：「沒想到男人和男人之間也有這些計較。」

蘭苕莞爾：「與皇室聯姻是何等的尊貴，定然會讓人眼饞。」

雖說坤儀情況特殊，但到底也是最受寵的公主，夫家只要命夠硬，那便是潑天的富貴盡數落進懷中。

不說別的，就說這一向清高的上清司，侯爺與公主的大婚一過，竟也就拿到了駐宮的權杖。

「早知道這條路這麼好走，我等何須白耗這兩年。」淮南望著那權杖，不住點頭，「侯爺這婚成得好，真是好。」

聶衍板著臉，眼裡看不出情緒：「我叫你過來，是讓你感嘆這個的？」

淮南一凜，連忙將卷宗遞上去：「這些道人，全是按照大宋兵部的規章所訓，駐守宮門不會出什麼岔子，請侯爺過目。」

只掃了一眼，聶衍就將卷宗重新捲好，準備等會進宮一併呈上去。

帝王還在養病，但許是被這一場婚事沖了喜，今早就能開口說話了，特意讓人送了駐宮權杖，還傳了一句話給他——「往後，你就是朕的妹夫。」

這世上什麼關係都不太牢靠，唯有家人的羈絆，才能讓這位多疑的帝王勉強安心。

聶衍微哂，眼裡滿是不以為意。

夜半突然敲了敲門：「主子，殿下過來了。」

渾身的戾氣突然一滯，片刻便都收斂回去，聶衍有些不自在地咳嗽一聲，神情恢復溫和：「她怎麼來了？」

「說是帶了湯水。」

上清司鮮少有人成家立業，這等待遇，自然也是誰都沒見過的，淮南當下就「譆」了一聲，興奮地想去看熱鬧。

然後他就被聶衍拎著衣襟丟去了校場巡邏。

坤儀進來的時候，聶衍正在看書，一身清輝，映得房裡如掛了滿月。她眼裡染了笑，拎著食盒坐到他身邊，輕聲問：「這是在看什麼呀。」

聶衍彷彿才發現她來了，漫手卷詩書，悶聲道：「在為陛下挑人。」

想起先前皇后說的事，坤儀抿唇，倒也沒多問，只將食盒裡的湯盅拿出來放在他手邊：「你昨日醉酒，今日喝些湯，正好養胃。」

第19章　昱清侯可不是個乾淨的人

說著又笑：「我將家裡廚子也帶了來，今日為你司裡做些好菜。」

聶衍一怔，想了想，倒也沒推辭，只說：「他們不吃肉。」

「行，正好運了兩車新鮮瓜果蔬菜，且讓廚子去操刀。」坤儀眨眨眼，又托著腮看著他，「你今日，怎麼倒比昨日還好看些。」

「……」

四周牆上還掛著上清司老前輩的畫像，聶衍聽著她這話，耳根微紅：「殿下慎言。」

「這裡就你同我，我慎言什麼呀，說的都是實話。」丹寇輕輕點了點他的下巴，坤儀滿意地道，「今日就算是天上的神仙下了凡，我也覺得你更好看。」

他抿唇，覺得她淺薄，只識皮相，可心情卻奇怪地變得不錯。

喝完她帶來的湯，味道一般，但她很雀躍，將東西收攏回食盒裡，眨巴著眼又問他：「我能去看看杜蘅蕪麼？」

杜蘅蕪的案子還在拖著，她變的那隻玉面狐狸自然也關在上清司的鎮妖塔裡。

聶衍點頭，又遲疑地道：「她生了一些變化，殿下莫要被嚇著才好。」

「什麼變化？」坤儀皺眉，「都已經是妖怪了，還能更糟糕不成。」

「鎮妖塔裡有一隻被困許久的大妖無心再活，自爆其血肉魂魄，餵食了塔中其他的妖怪。」聶衍想起這件事還有些頭疼，「不少小妖被牠餵養得了道行，杜蘅蕪更是藉此機會變成了人身妖尾。」

人身妖尾，也就是她又能說話了，關在鎮妖塔這幾日，不是罵天罵地就是罵坤儀，面容十分猙獰。

坤儀聽著倒是笑了，一點也不在意：「許久沒聽她罵我，我還有些不習慣，這便去討個罵。」

聶衍想隨她一起去，然而桌上還有事務沒清理乾淨，等會又要趕著進宮，他猶豫片刻，便將夜半給了她：「早去早回。」

夜半引著坤儀和蘭苕，一路都在笑：「侯爺似乎很喜歡殿下，每每見著殿下，心情都要好上不少。」

坤儀彎了眼：「你嘴倒是比你家侯爺還甜。」

「侯爺接觸的人少，不善言辭，有些事往往會做不會說。」夜半嘆息，「往後還請殿下多包容。」

坤儀笑著頷首，跟著他進了鎮妖塔的第一層。

杜蘅蕪化的這種小妖，實在沒什麼道行，就在符咒修築的普通牢房裡關著，旁邊一汪清水，一張桌板，一個木桶，看著倒還算乾淨。

瞧見坤儀，她滿眼都是不敢置信，接著就大罵起來：「妳這個剋夫剋父的孽種，連我都要害，妳還有臉來見我！」

揉了揉自己的耳朵，坤儀對夜半道：「勞煩帶蘭苕去別的地方看看，這丫頭膽子小，卻又愛看這些沒見過的東西，難得來一趟，讓她開開眼。」

夜半瞥了一眼這牢房，瞧著沒什麼危險，便應下了。

杜蘅蕪的罵聲持續不斷：「妳以為這樣就能把我杜家拉下水？做夢，我倒要看看妳這夫婿能不能活過一年，保住妳這條狗命。」

「我祖父不會放過妳的，我也不會放過妳。」

「妳遲早要為我杜家償命！」

聲嘶力竭，滿懷惡意。

坤儀瞥著，見夜半已經帶著蘭苕上了樓，這才好笑地看向牢房裡的人：「嗓子不痛？」

杜蘅蕪偃旗息鼓，清了清喉嚨，扁扁嘴，「痛。」

「痛還叫那麼大聲，活像是能把我罵死一般。」翻了個白眼，坤儀在牢房面前蹲下，聲音極輕，「就不能說些正常的話？」

杜蘅蕪臉色很差，精神卻是很好，拖著長長的狐狸尾巴，慢慢走到她跟前，隔著柵欄一同蹲下：「這裡日子雖是衣食無憂，也沒有刑罰，但到底無趣，我只能罵罵妳解悶。」

言語之間，已不復剛才的針鋒相對。

坤儀彎了眼，從袖口裡掏出一塊菓子來遞給她。杜蘅蕪眼眸一亮，左右看了看，接過來就整個塞進了嘴裡，含糊地道：「難得妳還有良心，知道帶吃的。」

「也就這麼點。」坤儀收手，「師父不日就到盛京了，到時候便能來救妳。」

杜蘅蕪點頭，又有些惱：「怎麼偏是我中了招，我看妳也不是什麼好命的，應該也進來待一待。」

扶了扶自己的鳳釵，坤儀微笑：「我若進來了，京都的兒郎該是何等寂寞如雪。」

杜蘅蕪隔著柵欄也對她翻了個大白眼：「妳新嫁這一個，真當他是好相與的不成，且小心些吧，別賠了夫人又折兵。」

「昱清侯？」坤儀歪著腦袋想了想，「他還挺乾淨的，不像有什麼問題。」

「乾淨？」杜蘅蕪眉頭直皺，「在這裡待了這些天，我覺得整個上清司裡最難琢磨的就是他昱清侯。」

雖然從未露面，但周圍的小妖一提起他都有一種傾慕之意。

若是別的地方，這些人傾慕，杜蘅蕪會覺得是聶衍的本事，可這是哪兒？鎮妖塔，裡頭的每一隻妖怪都是聶衍親手送進來的，牠們對他不怨，反而是傾慕，那可就太可怕了。

妖怪鮮少有將凡人看在眼裡的。

「行了，我會多加小心。」坤儀擺手起身，又指了指自己的臉，「妳瞧我，人逢喜事，是不是更美了幾分？」

杜蘅蕪深吸一口氣，終於還是沒忍住繼續破口大罵。

夜半帶著蘭苕下來的時候，杜蘅蕪已經大逆不道地問候到了皇家的列祖列宗。

兩人都是一驚，坤儀卻是不以為意，纖腰一扭就出了鎮妖塔，末了倒是撲去聶衍懷裡，嚶嚶嚶地道：「杜蘅蕪真的好可怕哦，我被她罵得耳朵都要聾了。」

聶衍正坐在進宮的馬車上，見她身子搖搖欲墜，只能伸手接了她一把。

他手有些涼，落在她裹著黑紗的腰間，倒讓她的肌膚微微瑟縮，綿軟的腰肢跟著扭了扭。

手腕微微一僵，他默了默，聲音低沉：「如此，少去便是。」

「我又怕她死在鎮妖塔裡，徐梟陽要找我玉石俱焚。」坤儀皺了皺鼻尖，「那人瘋起來十分厲害，我也未必能招架。」

「我不會讓她死在裡頭。」聶衍垂眼，「只要她別胡來。」

這話說著也算正常，但不知為何，坤儀心裡有些不安，下意識地就伸手將他的胳膊抱得更緊。

聶衍不太自在：「要到宮門了，還請殿下鬆手。」

「怎麼，你我都成親了，你還連抱都不讓我抱？」她鼓了鼓嘴，很是不滿。

聶衍沉默。

她身段好，雙臂一攏，柔軟便全落在他的臂上，黑紗一襯，更顯白嫩沉甸。

修道的確會讓人清心寡欲，但，再清心寡欲，那也是個男人。

聶衍別開臉，下頷繃得有些緊。

兩人到了御前，因著皇帝還臥床，儀容不佳，聶衍只回稟了幾句話，呈上了卷宗便隨皇后去了殿外說話，坤儀坐在帝王身邊，細心替他擦了手，見他想說話，又笑著問：「皇兄還有什麼吩咐？」

帝王說話不太清楚，要人俯身去聽才行，坤儀看了一眼旁側，伺候的小太監似乎太累了，立在旁邊打起了瞌睡。

於是，坤儀就親自湊過去，笑吟吟地道：「皇兄若是想吃什麼——」

聲音戛然而止。

她聽見自家皇兄微弱的聲音從唇裡吐出來，一字一頓。

快、救、朕、出、去。

背脊微涼，坤儀不可置信地看了他一眼，又看了一眼正在外頭殿前同昱清侯說話的皇后。

她的皇兄不肯輕易信人，但只要是家人，便是放心的。皇后與他成婚三十餘載，一向和睦，有皇后在的地方，皇兄怎麼可能向她求救？

伸手搭了搭帝王的脈搏，瞧著沒什麼異樣，坤儀遲疑了。

是當真有什麼問題，還是帝王生病的時候太過脆弱，不能安心？

她雖是受寵的公主，卻也只是公主，眼下帝王臥榻不起，就算有問題，皇后尚在，她無權擅自將他送去別處。

沉思片刻，昱清侯和皇后便已經回來了。

「本宮和侯爺說好了，往後妳二人進宮，都不必再另遞摺子，通稟一聲便是。」皇后和藹地望著她，「即便是出了嫁，也要多進宮來走動。」

坤儀笑了笑，十分甜美：「謝謝皇嫂。」

皇后看了看閉著眼的皇帝，張口欲送客，卻聽得坤儀接著道：「這一出嫁，反倒是念著家人親近了，皇兄病重，皇嫂看著也十分勞累，便不如我和昱清侯留下來，替皇嫂照看一晚。」

臉上怔愣了一瞬，皇后似是沒想到她會有這樣的要求，但看一眼聶衍，她想了想，倒也點頭：「難得妳有心，陛下想必也歡喜，雖是新婚不合規矩，但若說為著陛下龍體沖喜來的，便也說得通。」

「多謝皇嫂。」坤儀仍舊笑嘻嘻的。

聶衍看了她一眼，沒有說話，但等皇后走了，他引著她走到偏角，低聲問：「出什麼事了？」

坤儀回望他，眼裡的光時明時暗：「沒有，你隨我守夜，可會耽誤你的事？」

「無妨。」他道，「司內要事他們自己會處置，一兩日尚能得空。」

眼裡多了幾分促狹，她指了指殿內的小榻：「這裡可只有這一處能睡的，侯爺也不介意？」

第20章　美人兒有問題

兩人成親不過一日，大婚之夜都未曾同榻，倒是要在這裡共眠。

聶衍顯然是不太樂意的，嘴角緊抿，眼裡黑霧沉沉，倒也沒有直接開口拒絕，只道：「我先去四周瞧瞧。」

坤儀莞爾，湊近他身邊低聲道：「在府裡我便縱著你了，可是侯爺，在御前你可不能讓陛下瞧出端倪。」

她這話是為他考慮，本來麼，一場熱鬧的婚事，兩人各取所需，在人前定是要夫妻和睦的，否則陛下難信，上清司的心也難安。

可是，不知為何，昱清侯似乎並不領情，鴉黑的眸子淡淡地瞥了她一眼，拂袖轉身，藤青的衣擺拂出門檻，帶了兩分冷氣。

好難伺候的人哦。

坤儀看著他的背影，不明白又哪裡惹他不悅了，只能撇嘴，招手打發了皇帝身邊的小太監下去休息，又喚了郭壽喜準備枕頭被褥。

郭壽喜似乎是犯了什麼事，身上挨了板子，捂著腰來給她見禮。

「這是怎麼了？」坤儀好笑地道，「你這人精也有挨打的時候？」

郭壽喜苦哈哈地點頭，也不敢抱怨，只道：「前些日子伺候不周，砸了皇后娘娘的琉璃盞。」

坤儀有些意外，郭壽喜伺候帝王多年，向來只有皇兄能處置他，沒想到竟能挨皇嫂的打，皇嫂一向溫柔，能下這麼重的手，那得是多貴的琉璃啊。

「也就是說，你這幾日都不在正陽宮伺候？」

「是，奴才今日才下得來床。」

坤儀托腮打量這殿內，神情有些漫不經心：「如此，那你就去陛下身邊守著吧。」

「遵命。」郭壽喜捂著腰進了內殿，開始輕聲細語地吩咐人準備東西。

坤儀又在外頭坐了一會兒才起身，叫上蘭苕，說要出去尋昱清侯。

正陽宮落成已經上百年，幾經修葺，各處都還有殘留的鎮妖符文，坤儀走得不急，慢悠悠將這些東西掃過，發現幾乎都已經不能用。

皇兄疑心太重，雖也用心治理妖邪，但始終不願讓自己身邊留著這些東西，恐受其制。也就是說——

在一扇象牙嵌紅木的雕花圓窗外停下步子，坤儀多瞥了一眼。

——這裡的困囿陣，應該是新落成的，且非帝王之意。

困囿陣能困人的魂魄和妖物，要說是防禦的法陣也行，但放在正陽宮，這東西就有些突兀了。

「殿下，怎麼了？」蘭苕跟著看了看那雕花圓窗，「這象牙還是去年進貢的，陛下賞給了皇后娘娘，皇后娘娘卻命能工巧匠裝在了正陽宮。」

「帝后感情和睦，這是大好事。」收回目光，坤儀笑道，「我就隨便看看，走吧，侯爺許是就在前面。」

今日天氣不錯，聶衍站在正陽宮後頭的庭院裡，風拂其身，春芒落其懷袖，端的是姿容既好。

坤儀很是滿意地看著他，待他察覺到身後有人側過了頭，才喚了他一聲：「夫君～」

聶衍嘴角微抽，很是不適應，但一看庭院邊角上站著的禁衛軍正在朝這邊打量，他眼眸閉了閉，視死如歸地應了一聲：「嗯。」

坤儀笑意更盛，攏著黑紗裙朝他撲過來，雙臂環抱他的胳膊，繼續嬌嗔：「你出來得好久，也不想著回去找我。」

聶衍懷疑地看了看天色，要是沒記錯，他從跨出殿門到現在，也才兩炷香的時間。

沉默片刻，他道：「勞殿下久等。」

坤儀很是大方地擺了擺手，然後抱著他的胳膊就往偏僻的小道上走：「既然一同出來了，侯爺便陪我多逛逛。」

瞧這陣仗，四下禁軍退避遠了些，蘭苕也放慢了步子，留二人私語。

坤儀側頭看著聶衍，調笑似的問：「侯爺看這正陽宮附近，可有什麼異常？」

聶衍雙目平視前方，淡聲答：「沒有。」

沒有？

嘴角的笑意僵硬了一瞬，又重新擴大，坤儀連連點頭：「沒有便是好的，想必皇兄很快就會好起來。」

「殿下與今上的感情真好。」聶衍看著遠處假山上的雙頭迎春花，「與尋常人家的兄妹無異。」

皇室多算計，這樣的親情難得。

坤儀眨眼：「我與皇兄乃一母所生，感情自然是好，皇兄從小待我也好，我很喜歡他。」

頓了頓，她又道：「所以我怕有人要害他，特意留下守夜。」

話說到這個份上，坤儀覺得，但凡昱清侯對她有一絲顧及，都該將那象牙紅木雕花窗裡的法陣告訴她，她都看得見，他自然不可能疏漏。

然而，殷切切地盯著他的側臉看了半晌，這人卻只道：「殿下體貼。」

坤儀皺了皺眉。

她不高興。

她的美人兒果然有問題。

坤儀對男人的要求很簡單，好看、活的，最好還要活得久一點的。

聶衍當真是完美滿足了這些要求，並且好看是極致的，活得久的本事也是一等一的，她恨不得把他放在絲絨盒子裡好生愛護，日日擦拭賞玩。

然而，他有異心，這坤儀就不大喜歡了。

若是普通人，那還好說，總有辦法能摁死，但這人偏生修道，修為還很高，上清司眼下雖是勢單力薄，但真要鬧起來，也能讓盛京抖三抖。

皺了皺鼻尖，坤儀鬆開了他的胳膊。

臂上一輕，聶衍忍不住側頭看了她一眼：「怎麼？」

「腰疼。」扶了扶自己的腰肢，坤儀別開臉沒看他，「外頭起風了，實在瞧不出什麼便回去吧。」

真是十分嬌氣的公主，聶衍抿唇，看她這痛苦的模樣，也沒說什麼，隨她回正陽宮前殿裡繼續坐著。

晚膳時分，帝王又醒了一次，坤儀連忙湊過去，想聽他還有沒有別的話，結果卻迎上自家皇兄十分困惑的目光：「妳……怎麼進宮了。」

坤儀一怔，笑了笑：「下午便進宮了，還同皇兄聊了天，皇兄不記得了？」

帝王搖了搖頭，又越過她看向後頭的聶衍。

聶衍朝他拱手，眉目低垂。

「我倆今晚來正陽宮蹭這上好的龍涎香，皇兄不介意吧？」坤儀將枕頭墊在他身後，扶他坐起來了些，「皇兄放心，昱清侯睡覺很安靜，不會擾著誰。」

聽她這麼說，帝王有些意外，放低了聲音問：「妳與他同房，也……也相安無事？」

「是。」坤儀笑得溫柔，「皇兄可以徹底放心了。」

欣慰地點頭，帝王招來郭壽喜：「賞昱清侯府。」

「奴才遵旨。」

聶衍覺得好笑，與坤儀公主同房然後相安無事竟也能獲賞，他昨兒夜裡未曾見過任何異常，哪裡就有傳聞裡的那麼可怕。

他側頭去看坤儀，後者卻像是毫無察覺一樣，沒有與他對視，只笑著與帝王又說了兩句話，便讓人抬來屏風將小榻圍好，再抱了兩床軟被，與他分坐。

看這架勢，是打算熬個通夜。

莫名的，聶衍覺得她好像在疏遠他，可又想不明白緣由。

方才還倚著他在庭院裡走的。

微微抿唇，他有些惱。

女人就是麻煩，陰晴不定，還捉摸不透，比千年道行的妖怪還難纏。

說是這麼說，夜晚點燈的時候，他還是悶聲對她道：「晚上妳早些睡，這裡我能守。」

坤儀起了戒心。

開玩笑，有問題的美人兒在她皇兄的寢宮裡守著，她還敢睡覺？

「我是他親妹妹，你都願意守，我怎麼能醒著。」她義正言辭地說著，眼睛瞪得比銅鈴還大。

然而，入夜子時，這人倒在他的腿上，臉上已經睡出了一抹紅暈。

聶衍沒好氣地給她蓋上被子，瞥一眼門口的守衛，對郭壽喜道：「勞煩公公將這扇屏風往右移一些。」

郭壽喜照做，聶衍坐在小榻上，正好就能看見那扇象牙嵌紅木的花窗。

他凝神，剛想去破陣，就覺得腿上一滑。

坤儀熟睡的腦袋往他懷裡的方向一溜，驚得他連忙回神托住她的額頭，少頃，耳根染上了豔色：「殿下裝睡？」

懷裡這人沒理他，兀自閉著眼。

真是冤孽。

深吸一口氣，聶衍將她腦袋托著放在了枕頭上，而後捏訣，將自己和那扇雕花窗一併落進結界裡。

坤儀就在這個時候睜開了眼。

榻上的人已經瞧不見了，但她能看見面前有一層琉璃罩子，從榻上一直罩到半面殿牆。

神色嚴肅，她摸出幾張符紙放在了手邊，又無聲示意郭壽喜，多引了幾個禁軍守在帝王床頭。

結界內，聶衍執著卻邪劍，上前就要破陣，一道身影卻從旁邊出來，凶狠地衝向他。

看清來人的面容，聶衍哼笑，沒說多餘的話，徑直與他過招。

這人年歲比他大，但修為遠不如他，十招之內便敗下陣來，恨恨地捲身而去。

花窗裡的困囿陣破開，帝王三魂七魄裡的一魄隨著他的指引，落回了龍床之上。

聶衍收手，將身上濺著的血沫子抹掉，又摸了摸頭上的血玉簪子，這才撤了結界。

坤儀仍舊在軟榻上睡著，一動不動。大殿裡很安靜，連守夜的太監都有些昏昏欲睡。

瞥一眼龍床上帝王的臉色，見著好轉了許多，聶衍便坐回軟榻上，繼續將坤儀的腦袋托回來，讓她枕著自己的腿入睡。

第21章 醜荷包

坤儀心虛極了，借著翻身的動作，將手邊幾張符紙全揉進了衣袖裡。

什麼叫以小人之心度君子之腹，什麼叫恩將仇報惡意揣度，要不是她看在他臉的份上忍了一忍，差點就要遭遇十九年的人生裡最尷尬的瞬間。

聶衍竟不是要害皇兄，而是要救他。他知道那裡有困囿陣，卻沒說出來讓她擔心，反而是獨自處理完之後，再將她擁進懷裡。

多好的男人啊，她怎麼能懷疑人家呢！

太無恥了，太不知好歹了！

後半夜，坤儀輾轉難睡，倒是昱清侯睡了下來，氣息溫和，面容如玉。

……

第二日兩人起身，他瞥她一眼，微微皺眉：「殿下沒睡好？」

坤儀打了個呵欠，嬌聲道：「哪睡過這麼小的榻，脖子疼。」

這人真是驕奢慣了，堪三人睡的榻，在她嘴裡也小得很。聶衍搖頭，與她一起收拾妥當之後去看望今上。

原本有中風之險的帝王不知為何一夜睡醒就能下床了，笑聲朗朗，連連誇他們：「坤儀夫婦於社稷有大功，當賞！」

坤儀大喜，看過他一遍，又請御醫來診脈，確定是全好了之後，眼眸亮亮地看向聶衍：「昨夜有發生什麼事嗎？」

聶衍搖頭，神色淡淡：「睡得早，不曾察覺。」

瞧瞧，瞧瞧人家這風度，做好事不留名，立大功不炫耀，如此的好人品，她真是慚愧。

不好意思地摸了摸自己的臉，坤儀讓他先去宮門外等自己，又轉過頭去問帝王：「皇兄可還記得昨日發生了什麼？」

帝王有些茫然：「昨日，朕一直臥睡在床。」

「可還記得與臣妹說過什麼話？」

「問過妳為何來宮裡了。」帝王道，「除此之外，還有什麼？」

坤儀笑了笑，只說沒別的了，便告退回府。

他不記得曾經向她求救，可他的一魄又確實被法陣所困。

這其中蹊蹺，她不能問，只能查。

兩人一同坐車回府，鳳車銀鈴聲聲，黑紗隨風起伏。

聶衍一忍再忍，還是沒忍住黑了臉：「殿下可以看看別處，不是非要盯著微臣瞧。」

坤儀難得地聽話，立馬扭頭看向窗外，卻又還是小聲問：「你可有什麼特別喜歡的東西呀？」

聶衍道：「捉妖。」

「我說東西。」她噘嘴，「我能送給你的那種。」

「臣對器物無所好。」

好麼，就是個捉妖成痴的人，這可怎麼是好。

心虛地撓了撓自己的下巴，坤儀道：「那我回去繡個荷包給你。」

珍寶玉器巧奪天工他尚且不喜，她這一看就沒碰過針線的手，做出來的東西還能討他歡心不成？聶衍不以為然。

馬車行至半路突然停了，他皺眉，掀開簾子要問緣由，卻正好撞見容修君著一身亮青色長衫，朝馬車走了過來。

「……」他唰地放下了簾子。

「怎麼？」坤儀挑眉，「遇見仇人了？」

聶衍不答，只道：「我想快些回府。」

「好啊。」她點頭，側身對窗外喊，「蘭苕，停在半路做什麼？快些回去。」

蘭苕為難地跑到窗邊道：「殿下，有人攔車。」

坤儀皺眉，還沒再開口，就聽得容修君的聲音在外頭響起：「微臣見過殿下。」

這人……

她看了聶衍一眼，發現他臉色不太好看，便恍然，隨即冷聲道：「當街攔鳳駕鸞車，大人這是要造反不成？」

容修君被她話裡的怒意嚇了一跳，連忙拱手：「殿下息怒，微臣只是來謝恩的，家母遺物已經尋到，臣謝殿下體恤。」

「大人好生奇怪，謝恩竟成你攔駕之理了。」坤儀嗤笑，背脊挺直，語氣威嚴，「東西在本宮與侯爺的府邸丟失，派人尋回乃東道主分內之事。你當街攔駕，不知道的還當你與本宮有什麼牽扯，傳出去豈不是傷我夫婿的心。」

說罷一揮手，隨行的侍衛便將他從官道上請開，給馬車讓出了道。

駿馬長嘶，鳳駕重新上路，走得沒有絲毫停頓。容修君站在路邊，臉上一陣紅一陣白，滿眼都是不可置信。

坤儀殿下竟也會拒絕美人？

要是以前，坤儀定然是不拒絕的，甚至還會請他上車同坐，可眼下，她連多看也不想看，只十分狗腿地抱著昱清侯的胳膊，討好地問他：「我這樣好不好？」

聶衍覺得這問題很莫名其妙，可臉色到底是比方才好了不少：「殿下見過容修君了？」

「見過，樣貌平平，心眼還多。」她嗤之以鼻，「連與你相較都不配。」

他有些意外地瞥了她一眼，卻見她滿臉認真，不似昧心之言，心裡不知道為何就覺得挺舒坦。

不過，心裡歸心裡，昱清侯臉上卻還是一派嚴肅：「殿下最近眼神不太好。」

「我眼神可好了，不然怎麼就專看上你，再看不上別人呢。」坤儀笑嘻嘻的，又捏了車裡的菓子給他。

聶衍嫌棄地接過來，神色到底還是亮堂了，眉目清朗，容光映人。

回去府裡，聶衍接見上清司來訪之人，坤儀就讓蘭苕尋了料子來，要做荷包。

蘭苕含蓄地提醒她：「殿下，荷包是要掛在身上帶出去的，不宜太粗糙。」

坤儀自信地道：「那我給他繡個精緻的。」

一個時辰之後，兩塊布縫成的荷包上繡出了一個歪歪扭扭的線團。

「好看嗎？」坤儀問。

蘭苕沉默了半晌，豎起了拇指：「不拘一格，與眾不同。」

坤儀滿意地揣起荷包，又挑了幾件禮物，打算去好生補償補償這被她冤枉的美人兒。

聶衍正在聽淮南說事。

「……他的意思是，要麼各自為營，見面便是仇敵，要麼大人也與他們聯姻，他們那一支從此併入我們，同心協力。」

「做夢。」聶衍冷笑，「五六個殘兵敗將，也敢與我談條件。」

「可他們掌著皇宮內廷……」

「既然已經拿到駐宮權杖，這東西就成不了他們的優勢。」聶衍擺手，「不必再提。」

淮南應下，又多看了他一眼：「其實那邊的規矩，未必與這邊一樣，甚至連婚禮也不用，只消掛個名，殿下也不會察覺……」

他覺得是個很划算的買賣。

聶衍冷笑：「那你去。」

他倒是想，有那個本事麼。淮南嘆息，正想告退，卻聽得夜半稟告：「主子，殿下過來了。」

聶衍揮手收了屋中卷宗，神色也柔和下來，一轉身，就見坤儀笑嘻嘻地邊走邊喊：「夫君你來看，我做了個了不得的寶貝！」

進門來，瞧見淮南也在，坤儀大方地朝他頷首。

淮南行了一禮，垂著眼掃了掃她裙擺上的符文，然後識趣地告退。

退出來的時候，他聽見屋子裡女子清亮的笑聲：「你先猜，寶貝在哪個箱子裡？」生動鮮活，聽著就讓人高興。

走在走廊上，淮南忍不住想，大人到底是覺得沒必要，還是因為什麼不願意？

屋子裡，聶衍沒好氣地看著面前的三個紅木箱：「殿下連送禮也愛折騰。」

「乾巴巴地送過來多沒意思啊。」坤儀抱著他的胳膊晃了晃，「你猜嘛，猜中的話，三個箱子的東西都歸你，猜不中的話，那打開哪個箱子，就只得哪個箱子裡的東西。」

聶衍沉默，抬眼看過去。

第一個箱子裡裝的是古董花瓶，對她而言肯定不是寶貝。

第二個箱子裡是一棵紅珊瑚，雖然名貴，但也不值得她這麼興奮。

至於第三個箱子……聶衍嘴角抽了抽。

他從來沒見過這麼醜的荷包。

見他神情專注，坤儀有些警覺：「大人該不會能隔箱視物吧？那可就是耍賴了。」

垂下眼，聶衍道：「沒這門道術，殿下大可放心。」

說著起身，敲了敲裝著紅珊瑚的那個箱子：「就這個了。」

也不是嫌棄那荷包，主要是喜歡這個箱子擺放的角度。

坤儀一頓，接著就咧嘴笑開了：「恭喜侯爺，猜對了！」

說著，打開三個木箱，將花瓶和醜荷包都塞進了他懷裡。

聶衍：「……」

所以是為什麼要折騰這一遭。

放下花瓶，他兩根手指捏起那荷包，神色十分複雜。

「侯爺喜歡嗎？」她眼眸亮亮地望向他，「明日早朝的時候想戴上嗎？」

老實說，不想。

但她的目光裡的期盼實在太明顯了，像上好的東珠一樣閃閃發光，任誰瞧著都不好意思叫它黯淡下去。

「戴。」他咬著牙道。

坤儀開心了，圍著他轉了兩圈，親手替他將荷包繫上了腰間。

當夜，兩人分房而睡，因著房間隔得近，坤儀還是睡了一個好覺。但破天荒的是，聶衍做噩夢了。

他夢見一隻長得極醜的荷包精，追著他從盛京東跑到了盛京北。

銀盤高懸，照得盛京一片寂靜，有人站在高高的閣樓上，遠遠眺望昱清侯府。

「大人，他拒了。」身邊有人沉聲稟告。

那人一拂袖，眼神冰涼：「想來是瞧我一族人丁稀少，以為軟弱好欺。」

「大人息怒，宮中之事剛剛平息，皇后傳話來說，眼下不宜再動。」

「她也好意思跟我傳話，若不是她心慈手軟，聶衍怎麼進得了宮！」

殺氣突然四溢，簷上棲息著的烏鴉被驚得飛起。

第22章　有戾氣可不好

第二日。

聶衍正在府裡用早膳，一口粥還沒送到唇邊，就見夜半急匆匆進門來，湊到他身邊低聲道：「侯爺，昨晚盛京有高門出了事，上清司巡防有疏漏，未能及時將人救回。」

放了勺子，他皺眉：「哪戶人家？」

「盛京國舅府。」夜半嘆息，「國舅爺家剛滿兩個月的嫡子，被一隻三百年的孟極生吃了。」

「……」

孟極乃石者山所生的妖怪，石者山離盛京千萬裡，牠怎麼會跑過來的。

想起國舅那個人，聶衍神色不快，眉目間生了戾氣。

坤儀就在這時候打著呵欠跨進了門。

「夫君早啊。」她朝他一笑，目光落在他腰間的荷包上，笑意更盛，「今日的衣裳搭這荷包正好。」

眼眸一垂，聶衍收斂了表情，繼續捏起瓷勺：「殿下今日可要出府？」

坤儀在他身邊坐下，很自然地用臉頰在他肩膀上蹭了蹭：「皇兄給的賞賜太多了，許是還要進宮謝恩。」

「那便帶著淮南。」他側眼看著她白嫩的臉，淡聲道，「京中出了大妖，不太安全。」

「哦？」坤儀來了興致，「什麼大妖？吃人麼？」

夜半哭笑不得：「已經吃了人了，殿下莫要覺得好玩，那東西凶猛異常，普通道人都不是牠的對手。」

「那我便要與夫君同路。」她皺了皺鼻尖，抱緊了聶衍的胳膊，「與你同路應該最是安全。」

「微臣今日要先去國舅府。」聶衍將她的身子扶正，然後接過蘭苕遞上來的碗塞到她手裡，「國舅痛失幼子，想必舉府哀鳴，殿下跟著去，也沒什麼好玩的。」

坤儀鼓了鼓嘴：「我在你心裡，竟是個只知玩樂之人。」

難道不是嗎？

聶衍看著她，微微挑眉。

坤儀挺直腰杆，想與他對峙，可到底還是心虛，不一會兒就敗下陣來：「好吧，我自個兒帶著瓜果點心去還不行麼？國舅府雖然與我來往不多，但好歹也是我皇嫂的哥哥家，沾著關係呢。出這麼大的事，我不去看一眼怎麼行。」

沒有再推辭，聶衍將自己的粥喝完，瞥見她還沒動，將碗又朝她推了推。

「我想吃鞭蓉糕、鴛鴦卷兒……」坤儀扁嘴，嫌棄地看著碗裡的白粥。

聶衍漠然：「大婚剛過，妳的廚子勞累過度，妳昨兒大發恩典，放了他們半個月的假。」

「還有這種事？」坤儀扭頭看向蘭苕，「那咱們不能去盛京新開的掌燈酒樓裡端些好菜回來麼。」

「臣這便要出發了。」聶衍起身。

「誒——」連忙拉住他的衣袖，坤儀無奈，「好好好，我不折騰了，吃兩口就隨你去，你等等我嘛。」

她撒起嬌來十分甜軟自然，與她身上的金符黑紗一點也不搭，鳳眼含嗔，細眉溫軟，柔荑捏著他群青色的袖口，更顯得白生生的。

聶衍莫名地就盯著她的手看了好一會兒，直到她胡塞完半碗粥起身，他才回過神。

「走吧。」她興沖沖地就挽著他往外跑。

聶衍被她帶得一個趔趄，又氣又笑。外人瞧著又畏又怕的坤儀公主，怎麼私下跟個孩提一般，走路還會蹦蹦跳跳。

不成體統。

因著是去辦正事，聶衍不坐她的鳳車，坤儀委屈了好一會兒，還是只能把瓜果點心從鳳車上抱下來，跟著他坐進上清司的飛鶴銅頂馬車。

「這個國舅爺不是個討喜的人。」

車軲轆轉起來的時候，坤儀抱著食盒與他小聲嘀咕，「瞧著挺和藹，掛著笑，但我總覺得他身上有一股子戾氣，隨時都能殺人似的。」

聶衍瞥她一眼，抿唇：「有戾氣就不討喜？」

「那是自然，誰願意挨著凶神惡煞的人。」坤儀晃著小腿嘀咕。

外頭跟著的夜半突然笑了一聲。

這位殿下許是不知道，她身邊坐著的那位正是全上清司最凶神惡煞的人，就連以蠻力著稱的朱厭朱主事，在他面前也不敢大聲說話。

冷血、殘忍、毫無人性，這些都是昱清侯爺多年給人留下的印象。

然而現在，車裡的聶衍僵硬了半晌，竟是放軟了眉目，淡淡地「嗯」了一聲：「殿下說得有理。」

夜半沒忍住又笑了一聲，但只一聲，不大，他很快就惜命地收了聲，一本正經地護送馬車到了國舅府。

然而，聶衍下車的時候，還是和善地看了他一眼：「小廝刷的馬果真不如你刷的仔細乾淨，今日回去，車前這四匹馬全交給你了。」

夜半：「……」

國舅府尚未掛白幡，大抵是事出突然，整個府邸還正陷在一片恐慌和憤怒當中，國舅張桐郎紅著眼坐在前堂，面前站的正是上清司四司主事朱厭。

聶衍和坤儀進去的時候，張桐郎一個景泰藍的茶杯正好砸在朱厭的腳下：「皇室將身家性命託付給你上清司，盛京上下也將身家性命託付給你上清司，你們就是這樣瀆職的！」

朱厭力氣大，脾氣也大，雖是有過在先，但這人欺人太甚，他便沉了臉：「吾輩斬妖除魔之責乃是天所賜，不是皇家所賜，更不是你所賜，你責我便罷，但我上清司不欠誰的。」

「好哇，好！今上掏心掏肺，就養出你們這群趾高氣昂的廢物。」張桐郎大怒，起身就要喊人備馬，卻聽得小廝稟告，抬眼往外看。

坤儀和聶衍並肩而入，一個神色輕鬆四處打量，一個面沉如水，直直與他的眼睛對上。

張桐郎一頓，眼眸微瞇，坐回了太師椅裡：「哪陣風把昱清侯和坤儀公主給吹來了。府上有白事，且恕我招待不周。」

「無妨。」坤儀大方地在他主位一側坐下，抬手給了一個白封：「國舅爺節哀。」

張桐郎沒接，只由她放在桌上，怔頓了片刻之後，眼裡突然湧上淚：「我那小兒是他娘拚了命生下來的，剛兩個月。」

屋子裡四處都響起了隱隱的哭聲，氣氛壓抑。

聶衍查看了擱在一邊的遺物，皺眉：「昨夜上清司就算不曾巡邏到這條街，四處理應也布有法陣，這孟極是怎麼闖進來的？」

「這便要問朱主事了。」張桐郎恨恨地看向朱厭，後者有些怵地看了聶衍一眼，悶聲道，「昨日黃昏，我醉酒策馬，路過國舅府附近，撞壞了後院牆邊布著的一道法陣……」

迎著聶衍越來越凌厲的眼神，朱厭的聲音也越來越小：「已經回司裡領過罰了。」

「你皮糙肉厚，就算領二十鞭子的罰，也還能站在這裡同老夫拌嘴。」張桐郎悶喘一口氣，眼裡猩紅更甚，「可我那小兒，卻是再也回不來了。」

說著，扶著把手站起身：「正好坤儀殿下也過來了，就替老夫做個見證，今日之事，老夫要問陛下討個公道。」

坤儀托著下巴聽著，一開始覺得似乎是上清司理虧，但仔細一想又不對。

法陣被破壞的動靜極大，她當日踩破上清司的法陣，聶衍就立馬追出來了。這國舅府定然是養著道人的，緣何黃昏撞破的法陣，到夜晚都無人修補鎮守？

瞧著張桐郎已經起身往外走，坤儀輕輕勾了勾聶衍藏在衣袖裡的手指：「你得罪他啦？」

沒想到她會這麼問，聶衍想了想，輕聲道：「或許吧。」

在上陽宮的結界裡，他就與他交過一次手，這位看起來四十多歲的國舅爺，身手倒是靈活，就是如坤儀所說，戾氣重了些，瞧著就不討喜。

他原以為張桐郎和皇后是一條心，但就之前的事看來，似乎未必。

將她有些涼的手指捲進掌心，聶衍低聲道：「一同進宮吧。」

「好。」她笑瞇瞇地應他。

朱厭站在聶衍身邊，大氣也不敢出，他深知今上對上清司本就有疑慮，這剛拿著駐宮權杖，就出這樣的疏漏，侯爺想必不好交代，而侯爺這個人，太可怕了，剛從上清司領的罰完全不能平息他的怒火，待會兒不知還要受什麼罪。

這樣想著，朱厭突然聽見聶衍溫和地對他道：「錯不在你，你且回去，其餘的交給我。」

朱厭：？

我的侯爺不可能這麼好說話。

心口一個激靈，朱厭下意識地就掏出一張驅魔符，啪地拍在了聶衍的背上。

聶衍被他拍得五臟六腑都是一震，原本溫和的臉立馬沉了下去：「你找死？」

聽他這話，朱厭反而鬆了口氣，樂呵呵地道：「還以為侯爺被什麼東西迷了竅了，這樣就對了，這樣就對了。」

還真是聽不得好話。

翻了個白眼，聶衍撕了背上的符，往他懷裡一塞，冷聲讓他回去，之後又拂袖走回前頭坤儀公主的身邊，一身戾氣盡消，瞧著溫淡如月，謙謙抱風。

坤儀側頭一看他就笑：「侯爺不愧是見過大場面的，遇見這種事也不慌不忙。」

「兵來將擋。」聶衍雙目平視前方，眸子裡湖水瀲灩，「這種事，上清司每年會遇見三十多次。」

心疼地替他理了理腰間荷包，坤儀挽著他的手，夫婦二人和諧又恩愛地登上馬車，留朱厭在後頭捏著驅魔符，還是隱隱有種想往侯爺背後貼的衝動。

第23章　誰惹你我揍誰

上清司一直是帝王的刀劍，但因著怕刀劍傷害自己，帝王對其也是敬而遠之，好不容易因著聯姻願意接納上清司駐守宮門，結果天子腳下，國舅老來得的嫡子，竟就這麼夭在了妖怪嘴裡。

這讓上清司進駐宮門的過程又漫長了起來。

帝王坐在龍椅上，左下首站著國舅爺，右下首站著昱清侯，場面實在不輕鬆。

「若上清司當真能守好宮門，微臣自然無二話。」張國舅痛心疾首，「但陛下，老臣如今以骨肉親血替您查驗了，上清司並不值得信任。今日能疏漏我國舅府，他日就能疏漏宮闈，末了還要說他們是天賜的本事，不欠著誰的，當真十分狂悖。」

聶衍垂眼聽著，沒什麼反應。

上清司得罪的人太多，每年都會被人這樣告狀，一開始他還有心爭辯，到現在反而是選擇了沉默。說多錯多，不如聽天由命。

不過，與往常不同的是，今日殿上多坐了一個坤儀。

坤儀從進殿開始就得了恩赦坐在椅子裡吃瓜果甜心，小嘴一鼓一鼓的，似乎沒在聽他們說話。

但當國舅將話說完，她吐掉嘴裡的果核，嘻笑道：「國舅爺剛知道了妖怪可怕，不能失防，理當勸我皇兄加強戒備，保重龍體才是，這怎麼反過來勸皇兄摒棄上清司，撤掉守衛，豈不是更將肉往妖怪嘴裡送了？」

國舅一愣，抿唇道：「天下道人的歸處又不止一處上清司，微臣聽聞京郊外的夜隱寺，高人甚多……」

「倚仗多年的上清司不值得信賴，外頭山上的寺廟倒能讓國舅另眼相待？」坤儀挑眉，又咬了一口芙蓉卷，「國舅爺當這是皇宮大內，還是自家後院？」

張桐郎微怒，側頭想瞪她，卻被坤儀反瞪了回來：「據本宮所知，國舅府上養了不少道人，想必就是從那夜隱寺裡來的，才能讓國舅如此推崇。可昨夜府上出事，那些道人似乎也沒有一個派上用場。」

「若說上清司是未曾巡邏到那條街，有所疏漏，那國舅府上的道人就是在場而無一用處。這樣的人，國舅也敢舉薦給今上，安的是什麼心？」

牙尖嘴利！

張桐郎氣得夠嗆，朝帝王拱手：「我張家世代忠良，嫡女嫁與陛下二十載，育有兩位皇子在側，於社稷是何等的功績，公主殿下難道還能質疑我張家忠心？」

「倒不是質疑，而是國舅爺說話不講理，理說不通，就只能從情來斷了。」放下點心，坤儀嘆息，「國舅喪子心痛，本宮和今上都能體諒，但也該就事論事，不可憑著情緒任意攀咬。」

分明是上清司瀆職在前，倒說他是攀咬。張桐郎臉色難看極了，瞥一眼上頭的皇帝，卻明白自己這一遭應該是沒了勝算。

上清司今時不同往日，有坤儀公主這個紐帶在，今上願意多信任兩分，倒不像之前那麼好踐踏。

「好了。」看了半晌熱鬧的帝王終於開口，「國舅喪子，朕自當撫恤，也會著令上清司加強對官道附近宅院的巡視。」

咬了咬牙，張國舅想再說幾句，眼眸一轉，終究還是忍回嘴裡，給上頭磕了頭，悶聲退下了。

坤儀這才放鬆下來，笑眯眯地將手裡點心分了帝王半塊：「皇兄不必擔憂，臣妹去上清司查看過，他們有十分厲害的法陣，只要往宮門外頭一放，皇兄便可高枕無憂。」

帝王接過點心，倒是沒多說什麼，只又看向聶衍：「愛卿從進門開始就一直無話，可是有什麼心事？」

聶衍拱手：「臣請陛下先恕臣冒犯。」

帝王很大方：「你但說無妨。」

站直身子，聶衍道：「先前陛下臥病之時，臣曾在上陽宮發現不明來處的法陣，雖無大害，但臣憂其動機。」

帝王一聽，臉色頓變，他往前傾了傾身子，盯著聶衍的眼眸：「愛卿早先怎麼不報？」

「區區法陣，未曾對陛下有害，臣不敢貿然驚擾陛下。」聶衍回視他，目光坦然，「但今日，國舅想讓陛下撤走上清司之人，臣才想起此事，覺得甚為不妥。」

宮內守衛森嚴，但缺少懂道術之人，一個法陣落在上陽宮，所有人都無知無覺，還有人想讓他繼續聾著盲著，這就太可怕了。

帝王抿唇，捏緊了桌上張國舅的請安摺子。

坤儀瞧見自家皇兄臉色幾變，知他是動了真怒，便道：「這幾日臣妹得閒，皇兄要是無暇顧及宮闈，臣妹可以帶著人清查一遍，替您瞧瞧四處有何不妥。」

因著她體質問題，先皇在她十二歲時便給她尋了個道法師父，雖然坤儀嬌氣，不曾好好學，但到底是比他這一竅不通的要好得多。

帝王神色緩和下來，倒還打趣：「你倆剛成婚，就整日地替朕奔波，要是耽誤了子嗣可怎麼是好。」

坤儀嘻笑：「不著急，還早呢。」

聶衍垂眼，這才想起，他倆只是同房，並未行夫妻之禮。

原以為坤儀這歡喜他的模樣，定會想與他親近，誰曾想竟是和當初隨口說的那樣，一個月同房一次，且並不與他同榻而眠。

雖說他也不稀罕。

抿唇別開頭，聶衍看向旁側。

坤儀轉頭瞧見他，發現他好似又不太高興，以為是皇兄這話困擾到他了。

待兩人離開御前，她就拽著他的衣袖軟聲道：「皇兄也就是說來好玩，他自己有一堆皇子公主，才不會催我們生孩子，你放心。」

美人兒沒理她，表情清清冷冷的，如霜夜懸月。

坤儀撓頭：「誰又惹你不開心了？張國舅？他就那德行，先前還總與皇嫂吵架，他們張家分明還是靠著皇嫂才能光耀至此，不知道在逞什麼威風。」

「你若是還生氣，那趁著他沒出宮門，我找人套麻袋打他一頓？」

「不要胡鬧。」他終於開口。

坤儀莞爾，伸手替他理了理衣襟：「我沒胡鬧，你可是我的夫婿，往後誰要是惹你不高興，我便要找人將他套頭打一頓。」

輕哼一聲，聶衍垂眼看她，突然就伸手將她那寬大的黑紗袖袍撚起來，輕輕套上了她的腦袋。

黑紗如霧，隔著也能看見她漆黑的鳳眼和丹紅的唇，他似笑非笑，伸手彈了彈她的額頭：「打吧。」

坤儀被這突然瀲灩起來的無邊美色給迷得口水都快下來了。

見過清冷的昱清侯，也見過惱恨的昱清侯，獨沒見過眼前這樣別有情愫的他。像一輪寒月突然在春日的瀲湖裡化開，伸手可摘，流光盈盈。

她一時怔愣，抓著臉上的黑紗，耳根都有些發熱：「我，我哪裡惹你了。」

他不答，瞥她一眼，拂袖而去。

身上好聞的木香在她鼻息間繞過一瞬便被風吹散了，坤儀捧著臉在原地愣了好一會兒，才「哎」了一聲樂顛顛地追上去。

闖入盛京的那日孟極還沒有被抓到，整個盛京開始戒嚴，上清司之人緊密巡邏，貴人出行的隨從也都多帶了好幾個。

聶衍坐在議事堂裡，底下幾個主事已經吵成了一鍋粥。

「說得簡單，讓我等將孟極捉拿歸案，那可是三百年的大妖，早能化出人形的，藏去哪裡都有可能，就算有捉妖盤引路，這盛京各處，也不是我等能隨意擅入。就說那國舅府，眼下看我等如仇敵，他府裡有妖氣，誰能去查？」朱厭氣得直錘桌子，上好的花崗石桌，被他錘出了幾條裂縫。

「就算如此，也該加派人手去國舅府附近守著，好讓他想告狀也告不了我等。」黎諸懷瞥他一眼，「你省點力氣，這桌子剛換的。」

「那國舅爺不是個好東西，府上養著妖道不說，身邊也盡是不乾淨的，也好意思對我上清司指手畫腳。」朱厭嘀咕，「這差事我是不做，你們愛誰去誰去。」

黎諸懷嘆息，又看了聶衍一眼：「說來今日殿下在我司借了幾個道人，進宮巡查去了。」

「我知道。」聶衍曼聲道，「淮南說話不討喜，辦事倒也牢靠，讓他去查就是。」

「那這幾日，你府裡可就只有你一個人了。」黎諸懷意味深長地道，「要小心啊。」

聶衍心情本就不妙，聽他這陰陽怪氣的語調，當即就道：「國舅府交給你了。」

「……誒不是，我是為你好。」黎諸懷很委屈。

聶衍沒當回事，處理完上清司的要務，起身就回他與坤儀的新府邸。

結果，馬跑一半，在快到府邸的時候，一個不慎撞著了個從旁邊突然衝出來的姑娘。

那姑娘穿著素雅，長得也十分清秀，被馬一驚，話還沒來得及說一句，就在他面前暈了過去。

如果多接觸俗世，聶衍此時他就該知道有一個騙術叫碰瓷。可惜他雖然通權謀，卻不懂市井，只當是自己的過失，下馬就將這姑娘送去了就近的醫館。

姑娘的素裙飄飄，飄過容華館門前，落進了正曬太陽的龍魚君的眼裡。

於是，一個時辰後，正在巡邏宮闈的坤儀收到了個消息。

「殿下，不好了，他們說昱清侯當街抱了一個女子，進了婦科聖手妙郎中的醫館！」

第24章　真男人，不解釋

蘭苕說得很小聲，但語調很急，聽得坤儀直皺眉。

不是吧，這才成婚幾日，美人兒就給她戴綠帽子了。

婦科聖手的醫館，難道是什麼歲月遺留問題？

坤儀扁嘴，倒也沒多生氣，只是覺得昱清侯不厚道，始亂終棄便罷了，還違背與她的約定，叫她面上過不去。

私會就私會，也藏著點嘛。

長長地嘆了口氣，坤儀攏起裙擺，扭頭對後面的淮南道：「勞煩大人繼續帶人查看，本宮還有別的事要處理。」

「是。」淮南拱手，待她轉身離去，便抬頭看了看她的背影。

他耳力很好，方才蘭苕說的話他都聽見了，原以為憑坤儀殿下的性子，定會暴怒，氣勢洶洶地去找侯爺算帳，可眼下瞧著，她好像也沒那麼在意。

不妙啊。淮南想，明明是坤儀公主先開的局，眼下，她怎麼反而像是在局外。

張曼柔滿臉羞紅地抱著被子，愧疚地朝聶衍低頭：「小女神思恍惚，未曾看路，嚇著您了。」

醫館裡。

聶衍原本是打算付了藥錢賠了禮就走的，見她這模樣，倒是停下步子開了口：「可有哪裡疼痛？」

「沒，您若有事，只管先走。」張曼柔想了想，從身上摸出一塊玉玦，「這個送給您，就當我今日賠禮。」

倒還反給他東西。

聶衍搖頭，自是不打算收，可餘光一瞥，他倒是頓了頓。

普普通通的玉玦，上頭落著上清司祕術「追思」。

這是上清司用來守護朝廷要員以及皇室宗親的法術，極其損耗精力，她拿這東西與他做賠禮，委實貴重了些。

聶衍多看了她兩眼，淡聲道：「張家人？」

張曼柔一愣，連忙收回玉玦，仔細打量他。

這人看著像凡人，身上流光不溢分毫，但神情談吐，非同一般。

略一思忖，張曼柔臉色微白，試探地問：「昱清，昱清侯爺？」

聶衍瞇眼。

恍然反應過來，她連忙起身落地，朝他行禮：「國舅府正室長女，見過侯爺！」

要不是她神情實在是太驚慌無辜，聶衍定要覺得她是故意的。前腳張國舅才派人與他提了私下聯姻之事，後腳這姑娘就送到他跟前來了。

「既是有緣遇見，小女斗膽請侯爺救命。」張曼柔生得楚楚，臉上薄施脂粉，瞧著溫婉可人，半點沒有攻擊性，「小女與人早已暗自心許，自是不能聽從父親大人的命令，再擾侯爺與殿下的皇婚，但我張府家規甚嚴，我若忤逆，恐有性命之憂，還請侯爺與我遮掩一二。」

這姑娘倒是坦蕩，拚著名聲不要也與他說得清楚，倒讓聶衍想起了坤儀那張有什麼說什麼的嘴。緩和了神色，他道：「可以。」

張曼柔大喜，鬆了口氣之後，身子晃了晃，踉蹌往旁邊倒。

聶衍下意識地拉了她一把，想將她推向旁邊的被褥裡，好歹不至於磕碰。

然而，背後的門就在此時被推開了。

一陣風捲進來，掃得他耳後發涼。

聶衍側頭，就見坤儀一個人跨進門，目光落在他與人交疊的手上，微微一頓，而後看向他的眼睛。

心裡莫名有些發緊，聶衍鬆開張曼柔，將手負到了背後。

張曼柔見狀，立馬行禮：「給殿下請安。」

繡著金色符文的黑紗在風裡像一團霧，坤儀神色晦暗，在門口站了好一會兒，才問聶衍：「你何時回府？」

「現在。」聶衍抬步朝她走過去。

坤儀頷首，當沒看見張曼柔，與他一齊離開了醫館。

路上，坤儀一句話也沒問，聶衍自然是不會主動解釋，他只瞥了瞥她的神情，覺得一切如常，便想著過兩日就好了。

遇見上清司被栽贓陷害他尚且不會解釋，這種小事，他更覺得沒有解釋的必要，她那麼聰明，多讓人打聽打聽就知道，他與那張家人什麼事也沒有。

於是這份寂靜就維持了一路。

「宮裡有不少奇怪的法陣，本宮待會兒還要聽人覆命，侯爺先安寢便好。」用過晚膳，她笑瞇瞇地對他道。

聶衍覺得哪裡奇怪，但看她又笑得很甜，於是也就沒多想，徑直回了自己的房間。

「侯爺。」

淮南從宮裡出來，特意來了一趟他們的新婚府宅。

聶衍正查看著張家族譜，聞聲皺眉：「你不去上清司，過來做什麼。」

淮南乾笑：「我怕我不來，您這兒要出事。」

「能出什麼事。」

看一眼他的神情，淮南長長地嘆了口氣：「您不覺得殿下對您的感情，有些太淡了嗎？」

士之耽兮，猶可說也，女之耽兮，不可說也。

這天下女子大多比男兒用情深入，以一人為倚仗，便愛他敬他以他為天，若士有二心，當是惱恨的、傷心的、瘋狂的。

可這位殿下，別說瘋狂了，出宮之後甚至還順路買了她愛吃的果脯才去的醫館。

聶衍一頓，垂了眼眸，嘴角不悅地抿起：「你們所求不過是我與她成婚，現在婚已成，怎的還有別的要求。」

「大人。」淮南苦口婆心，「您有如此得天獨厚的條件，若能再多花些心思，必然能讓殿下死心塌地，既然能做到更好，為何不做？」

聶衍沉默，表情有些不太耐煩。

瞧他心情不好，淮南也不敢多勸，又說了說宮中情況，便告退離開。

屋子裡安靜了片刻，聶衍坐在軟榻上望著桌上的紫銅鎏金香爐出神。

坤儀對他太淡了？倒也不至於，她為了討他歡心，對容修君都能疾言厲色。

可要說特別喜歡他……聶衍皺眉。

怎麼樣才算特別喜歡？

「主子。」夜半打量他的神色，低聲勸道，「淮南大人性急，他的話，您未必要聽。」

聶衍嗯了一聲，慢慢歸攏了張家卷宗，又道：「也不是全無道理。」

能有什麼道理，兩人能成婚就已經是幫了上清司的大忙，還指望主子這樣的性子，反過來討好公主不成？

夜半心裡嘀咕，只道淮南多事。

然而，片刻之後，聶衍卻道：「替我辦件事。」

夜半連忙湊過來聽他吩咐，聽完卻是有些瞠目結舌：「這，這可要耗費極大的精力。」

聶衍擺手：「照做就是。」

主子近來脾氣好，能聽得進旁人的話，這倒是好事，可也沒必要為淮南那幾句話做到這個份上。

夜半嘆息，瞧著自家主子臉上平靜的神色，又覺得很感動。能如此費心費力地為上清司籌謀，將個人情緒放在公事之後，實在是深明大義，無愧於掌司之位。

他帶著無比的敬佩之情下去做事了。

坤儀倚在自己的房間裡吃水果，丹寇上染了些晶瑩的汁水，她將手浸在旁邊的金盆裡洗了洗，拿絲帕擦乾，才接過侍衛遞上來的卷宗。

「要說張家嫡女能自個兒跑上街被馬撞著，奴婢是不會信的，更何況，撞著的恰好就是侯爺的馬。」蘭苕連連皺眉，「想來是籌謀已久。」

盯著卷宗裡的畫像看了一會兒，坤儀伸手摸了摸自己的臉：「蘭苕，我不如她好看？」

蘭苕眉頭直皺：「殿下哪裡話，螢火怎堪與日月相較。您瞧，今日她就算湊到了侯爺跟前，侯爺也沒收她的東西。」

說是這麼說，兩人在醫館裡卻也稍顯親密。

坤儀倒不是吃味，就是覺得張家最近動靜頗大，宮裡許多暗陣與他們有關不說，女兒還跑來勾搭她駙馬。

不對勁。

合攏卷宗扔在火盆裡燒了，坤儀將下巴枕在蘭苕的肩上，苦惱地道：「男人也挺麻煩，怎麼就不能一心一意同我好，偏要去沾惹這些。」

蘭苕也替她不值，正要再順著擠兌昱清侯兩句，卻聽得外頭的丫鬟小廝驚呼不斷。

「什麼事？」她皺眉，「不通稟就吵嚷，成何體統。」

外頭靜了片刻，丫鬟魚白連忙進來，低聲稟告：「天上繁星燦爛，耀目非常，下頭這些人沒見過世面，驚擾殿下了。」

「哦？」坤儀來了興致：「盛京竟有星夜了。」

盛京一帶一向厚雲多雨，少有晴夜，更別說見星。坤儀一向喜歡漂亮東西，閃閃發亮的星辰就更能令她歡喜了，當下就命人抬軟榻去庭院裡，再備了乾果十二品，美滋滋地去賞夜。

星漢璀璨，銀河若現，光芒之盛，竟掩月華。

坤儀躺在軟榻上看了許久，正覺得夜風有些涼，身上就落了一張軟綿綿的薄被。

「好看？」聶衍的臉出現在她的視線裡，淡聲問她。

坤儀一怔，抓著扶手坐起來，眼裡劃過一抹驚豔。

他換了一身幽黑長袍，外罩黑紗，與她身上衣裳很像，不同的是，天上星河似落在他衣襟袍角，若隱若現，華光流轉，瞧一眼都讓人覺得恍若夢境。再配上他那雙湖水蕩漾的眼，並著薄情刀削的眉，如神君下畫，流連人間，真真是動人心魄。

坤儀下意識地就咽了口唾沫。

聶衍方才應該是沐浴過，身上帶著一股皂香，在她的軟榻另一側坐下，沉默半晌，淡淡地道：「妳給的荷包，我理應回禮。」

第25章　珍惜眼前人吶

有這等美色作饋，還用回什麼禮啊，他只用笑一笑，她就能連夜給他再做十個荷包出來。

坤儀呆呆地看著他，都忘了回話。

這人眼裡劃過一絲笑意，而後傾身靠近她，聲音低沉好聽：「殿下可喜歡這些星星？」

「喜歡，一百個喜歡。」坤儀傻笑，繼而又覺得不對，重新抬頭看了看天，又看了看他，「這該不會是侯爺……？」

聶衍默認，伸手往天的方向一抹，手若捏著什麼東西，攏過來，再往她裙上一落。

坤儀只覺得眼前一亮，接著慢慢變暗，黑暗之中，她的黑紗裙裡也綴滿了星辰，晶亮閃爍，華貴非常。

！！

一個激靈蹦了起來，坤儀興奮地捏著裙擺踩在軟榻上轉了個圈，滿眼都是星光：「還能這般？」

「古人常說，女子喜歡要星星要月亮。」聶衍看著她，矜傲地頷首，「妳不問我要，我便也送妳。」

旁人有的，她也要有。

坤儀怔愣地看了他好一會兒，想笑，又有些不好意思的彆扭。

她的侯爺怎麼這麼可愛，人家說要星星要月亮，頂了天也就是要星星一樣閃亮的珠寶首飾，他倒是好，真把星星揪下來給她了。

晃了好一會兒的裙擺，她坐下來靠在他身邊，似笑非笑地道：「侯爺是不是想為今日之事恕罪？其實我沒生氣，倒也不必費這麼大的功夫。」

「不是。」聶衍別開臉，「就是想著這東西，妳應該喜歡。」

豈止是喜歡，簡直能當場原諒他與人卿卿我我，甚至還能替他們打個掩護。

不過……坤儀猶豫了片刻，還是道：「那張家姑娘心思頗深，侯爺還是小心為妙。」

張家姑娘？

聶衍抿唇，想來以她的性子，眼裡也容不得沙子，他多解釋也無益，恐怕反而惹她著惱，不如不提。

於是他就安靜地坐著看她穿著星光閃閃的裙子在庭院裡晃悠。

坤儀很有錢，光憑這些年帝王的恩賜，就已經能揮金如土到晚年，可她再有錢也買不來這麼奇特華麗的裙子，當下就拍板決定，在府裡舉辦賞花宴，遍邀京中名媛貴女，來與她一同欣賞。

聶衍不擅長這類事，自是沒有插手，她一偷懶，他便接了清除宮內法陣的差，替她將尾事收拾乾淨，再去同帝王稟告。

盛慶帝大約是知道自家皇妹的性子，見他來回稟，也沒意外，只將摺子細細看過，長嘆了一口氣。

「昱清侯。」他沉聲開口，目光爍爍地看著他，「朕若將這闔宮上下的性命都託付給你，你可會嫌麻煩？」

聶衍長身半跪，拱手過眉：「乃臣應盡之責。」

「好。」帝王撫掌，「那今日起，朕便允你甄選上清司可靠之人，開設皇子學府，教授幾位皇子捉妖設陣之術，更能帶人巡邏宮闈，清除妖陣。」

「臣謝陛下倚重。」

上清司為了能守衛宮城，努力了三年，死了不少兄弟，都未能換來帝王點頭。可眼下，他與坤儀公主完婚不過幾日，帝王竟就大開宮門，將他視為了一家人。

聶衍覺得人情真是一個荒謬的東西，完全不符合任何規律，也十分難琢磨。

領了今上賜下的權杖，他讓夜半送去了上清司，自己悄無聲息地回了府邸。

府上門庭若市，花香陣陣，正是賞花宴最酣之時，流觴曲水，衣香鬢影，無數佳人端坐其間，嬌聲恭維坤儀的衣裙首飾。

「這料子可不是尋常能做出來的，天下也僅此一件。」

「真不愧是坤儀殿下，纖腰長裙，這番的好模樣，又是這般的尊貴體面，昱清侯有福氣。」

「不知可否用那貝殼裡層磨粉，拙仿殿下這裙子。」

眾人討論得熱鬧，坤儀自是萬分享受，懶倚主位之上，丹寇點水，取一盞清酒，淺飲而笑。

皇室公主嘛，就是為這種虛榮的場面而活著的，向臣子家眷展示皇族威嚴，順便引領引領大宋的穿衣風潮。

張曼柔作為國舅家的嫡女，今日赫然在座，不過她倒是沒有跟著逢迎，只暗自打量坤儀的裙子，而後唏噓。

這昱清侯真是好大的手筆，引星辰要耗掉常人數十年的修為，他倒是眼也不眨地用來討公主歡心。

莫不是真喜歡上這公主了？

可昱清侯那一族，最淡薄的就是人性，人的七情六欲，他又怎麼可能會懂。

搖搖頭，張曼柔繼續飲酒，順便打量這華麗的府邸的布局。

坤儀抬眼看她的時候，正好迎上她望過來的目光，乾乾淨淨，溫和友善，絲毫沒有扭捏和尷尬，彷彿那日她在醫館裡撞見的不是她。

難不成當真是她想多了？

坤儀認真地反省了片刻，然後決定再多吃一口果醬金糕，吃飽了再想。

「昱清侯爺如今也真是炙手可熱。」幾個年長的命婦坐在她下首笑著道，「陛下器重，他又頻繁立功，聽聞陛下已經有意讓上清司與禁軍一起駐守宮闈。」

「如此佳婿，殿下當好生珍惜呀。」

坤儀想，我還不夠好生珍惜他麼？自從成婚，連容華館的門都沒再多看一眼。

不過昱清侯最近是挺勞累的，禁宮太大，人又多，光是查一處宮殿的法陣就耗了她一整天的時間，更莫說他要挨個都查。

想了想，坤儀召來蘭苕，關切地問：「侯爺可回府了？」

「回了。」蘭苕低聲答，「但侯爺許是疲倦了，揮退了下人，獨自在屋裡休息。」

坤儀動容，想起身去看看他，卻又被蘭苕攔下：「侯爺特意吩咐，殿下只管盡興，不必掛念他，他也到了清修的時候，要閉關兩日。」

差點忘了他是個道人，還有閉關這回事。

坤儀覺得稀奇，卻是沒再多問，只吩咐好下人按時送吃喝過去，便繼續欣賞她的漂亮裙子。

聶衍剛在房裡靜坐了一炷香的時間，就接到了一封帖子。

他掃了一眼，還是起身赴約。當然了，沒走正門，也無人知道他離開了府邸，一張符紙扔在腳下，他須臾之後就坐在了國舅府的書房裡。

「你是不是以為搭上了皇室，從此上清司就可以高枕無憂？」張國舅笑吟吟地望著他，眼神十分冰冷，「整個皇室都在我手裡，你若與我一條道，咱們的路自然好走，可你若要一意孤行，那皇帝老兒半年之內必定死在你上清司手裡。屆時，老夫倒想看看，你要如何同坤儀交代。」

聶衍平靜地看著他，眼裡有淺淡的不屑。

張國舅的怒火被這點不屑徹底點燃，結界一落下，他一盞熱茶就砸碎在了他跟前：「皇后是我張家的，皇子也是我張家的，你當我是說笑不成！」

「非也。」聶衍淡淡地看著他，眼裡嘲意更濃，「國舅爺苦心籌謀多年，如今大可直接覆滅皇室，你有這個本事。」

但，這個皇室滅與活，跟他有什麼關係？

張國舅一愣，仔細思量，略微有些不敢置信：「你，你居然想？」

「近來盛京多了很多人。」聶衍端茶，眉眼裡一片輕鬆笑意，「人一多，事情就好辦，你說是不是？」

張國舅沉默半晌，搖了搖頭：「不行，做不到的，他們人數太多，真的太多，比我們多了幾十倍。」

「那又如何，上位者終究是少數人。」聶衍莞爾，「國舅想必也明白這個道理。」

「……」

渾身的戾氣都褪去，張國舅坐在椅子裡，想了半晌，還是軟了語氣：「你若能與曼柔成事，育下一子，我張家自此之後任你差遣。你若不願，那我張家也就只能明哲保身，作壁上觀。」

說著，又深深看他一眼：「曼柔對侯爺你，那可是傾心愛慕。」

好一個傾心愛慕，這張國舅的嘴裡還真是什麼話都說得出來。

聶衍擺手：「我無心子嗣之事，國舅若想要乘龍快婿，上清司六司主事裡大可去選。」

張國舅皺眉欲斥，想到他方才的話，又還是忍了忍，擺擺手不再提及此事：「你今日既然來了，我便送你一份大禮。」

袖風一招，一張紙落在了他手邊。

聶衍瞥了一眼，目光微凝。

竟是那隻大妖孟極的下落。

要說孟極真能吃了國舅爺的嫡子，聶衍是不信的，以這位國舅爺的修為，可以直接扒了那孟極的皮。果然，這大妖本就是他抓來的，眼下正被關在容華館。

又是容華館。

聶衍一看這名字就臉色不好，倒也沒在張桐郎面前說什麼，只拿了紙便走。

賞花宴散盡，微醺的女眷們各自乘車回府，一溜兒的香車經過容華館附近，都忍不住走得更快些，生怕落了個不好的名聲。

然而，有一輛車卻是慢慢悠悠的，甚至還在容華館的露臺前停頓了一下，才繼續往前。

「她們今日說，容華館來了個新的行首。」坤儀卸了釵環，坐在妝臺前溫水淨面，卻還忍不住興奮，「能從龍魚君手上把行首給奪下來，那得是多好看?」

蘭苕哭笑不得：「殿下，今日您才同幾家夫人說，會好生珍惜侯爺。」

「珍惜侯爺同聊這些事又不衝突。」坤儀撇嘴，「我就問問，又不進去看。」

「您怕是進去看也沒戲了。」蘭苕道，「今兒來的小丫鬟有個嘴碎的，同我說那新來的行首早已被李家三小姐贖下，不知所蹤。」

第26章　極為相似的人

李三小姐？

坤儀在自己嬌貴的腦袋裡搜尋了一圈，恍然想起那張恬靜的臉。

不就是杜蘅蕪那女子學院裡出來的學生，任職上清司的那個，原先對昱清侯頗有心思，昱清侯與她大婚之時，李府連賀禮都沒送，小家子氣十足。

她還以為她對聶衍是多深的執念，原來跟她一樣是個貪慕美色的人罷了。

「李家家風好似頗為嚴苛。」坤儀漫合妝匣，攏著外裳躺進軟床，「李三也不怕被她爹打斷腿。」

「就是怕了，所以李三小姐人不見了。」蘭苕唏噓，「聽人說，像是跟那行首私奔去了。李家正四處找人呢，她爹連『死要見屍』的話都說出來了。」

這麼刺激。

坤儀來了興致，抱著軟枕道：「叫人去盯著熱鬧，有情況再來稟我。」

蘭苕哭笑不得，別的皇家侍衛都是防刺客用的，這位殿下倒是好，滿天下地派人去聽熱鬧。不過瞧她那亮閃閃的眼眸，她也沒捨得勸阻，依命吩咐了下去。

於是，接下來幾日，坤儀就躺在貴妃榻上聽人來稟：「李家今日也沒找到人，只聽容華館的人說，李三小姐把自己的嫁妝都用來贖那行首了。」

「行首叫夢及，好似神仙一般的人物。」

「有人說，夢及長得很像昱清侯爺。」

捏著茶盞的手一頓，坤儀挑眉，哼笑不已：「原來是存的這個心思，可惜魚目類珠。」

蘭苕有些不高興：「她竟來這一套，八竿子打不著也能攀扯咱們侯爺。」

坤儀塞了個菓子給她：「這有什麼值得惱的，她攀扯侯爺，侯爺又不理她。」

話還沒落音，後頭的侍衛就進來稟告：「殿下，侯爺接了李家的案子，單槍匹馬闖入夜隱寺，救回了李三姑娘。」

「……」

坤儀瞇了瞇眼。

她往書房的方向看了一眼，又再回視面前的侍衛：「什麼時候接的案子？」

「今日一大早。」

好麼，她還以為他一直在閉關，沒想到聽說李三有難，連話都不給她帶一句就出了門。

英雄救美的戲碼她一向喜歡看，但，換做自己的駙馬和別的女人，那就另說了。

拂袖起身，坤儀拍了拍一臉怒意的蘭苕的肩：「我等皇家人，要端莊。」

說罷，卸了旁邊一條梨花木的凳子腿，拎著就往外走：「備車！」

夜隱寺在盛京郊外的山上，從山上下來到城門口，得耗上半日。

聶衍騎著馬，任憑身後馬車裡的人大喊大叫，也沒回頭。

「放開我，放開我！我又不是妖，侯爺憑什麼抓我！」李三哽咽不已，「他受了重傷，這麼顛簸的山路，他會死的！」

李三的旁邊，一個長得跟聶衍有九分像的男子正昏迷不醒，身上的傷口被馬車的顛簸抖開，血水滲透了兩層衣裳。

「妳既過了上清司的初審考核，就應該能看出來。」聶衍頭也不回地道，「他是妖。」

李三雙目通紅，看著起起伏伏的車簾，惱聲道：「妖又怎麼樣，我喜歡他。」

「姑娘喜歡的是他，還是他這模樣？」聶衍漠然，「妖怪形狀萬千，若喜歡牠們的皮囊，怕是會被拆解入腹，連骨頭也不剩下。」

像是被戳中了心事，李三大怒，秀氣的眉皺成一團，眼底隱隱有血色：「侯爺好似什麼都知道，既然知道我喜歡他這皮囊，又可知我為何喜歡他這皮囊？」

聶衍不答，神情漠然地繼續策馬前行。

李三瞪著眼等了片刻，眼皮顫抖著慢慢往下垂：「你以為我是為什麼要考入上清司，你以為我為什麼像瘋了一般與一個妖怪私奔。」

「昱清侯爺，你生辰當日分明未曾理會我的信，眼下又何必來抓我。」

聶衍生辰的時候，李三冒著女兒家的名節臉面都不要，寫過信給他求親，她自知自己家世不高，甘願與他為妾，原想著他只要回信，不管接受與否，她都能有個念想，誰曾想這人壓根不回她，甚至還在那之後，飛快地與坤儀公主成了婚。

李三多喜歡他啊，喜歡到吃了好多的苦頭學習道術，就想離他近些，結果呢，坤儀什麼都不需要做，只需要一個皇室公主的身分，就成了他的正妻。

她不甘心，又別無他法，去容華館買醉，卻正好遇見夢及。

夢及化了一張與昱清侯極為相似的臉，隔著容華館的嘈雜，衝她遠遠一笑。

一開始李三沒發現他是妖怪，後來兩人親近，她才察覺到了不對。可不對又怎麼樣呢，眼前這個人願意對她好，願意回應她，她就願意與他在一起。

「孟極乃我上清司要犯。」聶衍淡聲道，「今日掩護他逃跑的不管是李姑娘還是王姑娘，我都會來抓人。」

李三一怔，不可置信地瞪大眼，眼裡的光晃了晃，漸漸熄滅：「原來你是因為他。」

她還以為……她還以為……

一滴眼淚垂下來，落在她膝上孟極的眼角，又順著他的眼角滑落了下去。

「坤儀有什麼好。」她喃喃，「嬌縱任性，水性楊花，身上還帶著剋夫的命數，她有什麼好。」

臉色稍沉，聶衍冷笑：「她生得好看。」

李三一噎，氣憤更甚：「侯爺怎能以貌取人。」

坤儀是生得好看，雍容華貴，還帶著小女兒的俏，腰細如柳，一雙鳳眼顧盼生情，端的是又嬌又媚。可是，女兒家怎麼能只看臉呢，不賢良也不淑德，十指不沾陽春水，哪裡是能做好人妻子的。

聶衍不再說話，也不想趕路了，冷著臉摸出符紙就想把這輛馬車直接扔回上清司。

然而，他一抬眼，正好瞧見遠處十分張揚的儀仗隊華蓋。

「……」

坤儀顯然也看見他了，喊停了鳳車，拎著凳子腿就氣勢洶洶地朝他走過來，一身黑紗被風吹得鼓起，抹胸上的肌膚如雪一樣白。

「侯爺也出來散心嗎？」在他馬前五步站定，坤儀將凳子腿背在身後，皮笑肉不笑地詢問他。

聶衍覺得好笑，方才的不愉快一掃而空，翻身下馬走到她跟前：「臣來辦事，殿下是來為何？」

「本宮也是來辦事。」坤儀瞇著眼，虛偽地笑了笑，而後看向那輛馬車：「喲，都說侯爺是單槍匹馬闖來救人的，倒是體貼，還給人帶了馬車。」

「這是夜隱寺的馬車。」聶衍垂眼看她鼓起來的臉頰，微微勾唇，「上頭有傷患，走不了路。」

「腿斷了還是脖子斷了，怎麼能走不了路呢？」她外頭看他，笑得涼颼颼的，「讓本宮看看？」

聶衍點頭，倒是沒阻攔，只多說了一句：「車上那隻大妖活了三百餘年，十分擅長偽裝，活人靠近他恐怕都會被他生吞，還請殿下遠觀。」

三百年的妖怪？

坤儀一怔，這才發現那馬車上落著層層疊疊的法陣，她眨眨眼，無聲地回頭看了看來回稟的侍衛。

昱清侯是來捉妖的，他們怎麼不說清楚？

侍衛很無辜，說清楚了呀，確實是接了李家的案子來救人，只是不知道是從妖怪手裡救人。

「殿下還未說，來郊外辦何事？」聶衍好整以暇地看著她。

沒好氣地白他們一眼，坤儀回頭對著聶衍乾笑，背在後頭的手招了招，蘭苕就機靈地上前來把凳子腿換成了路邊的野花。

「這不是看侯爺捉妖辛苦，特地趕來慰問麼。」她刷地將花拿出來，捧在他眼前道，「瞧瞧，新鮮的花，還帶著露水和……」

她低頭打量，突然頭皮發麻：「和一條毛毛蟲。」

一條毛茸茸的、帶著兩隻花裡胡哨眼睛的、毛毛蟲。

牠立在花瓣上，半個身子都站了起來，彷彿在與她對視。

坤儀：「……」

聶衍一頓，瞧著她這突變的臉色，反應極快地將花奪過去，彈開了蟲：「挺好，微臣很喜歡。」

一聲尖叫卡在嗓子眼，坤儀眼淚都要出來了，她很怕蟲，後知後覺地渾身都起了顫慄，偏生美人在前，她又不想失態。

好在，美人還算體貼，將她擁在懷裡，輕輕拍了拍背：「臣多謝殿下。」

坤儀哽咽，順了半天的氣，才悶聲答：「侯爺不必客氣。」

抓著人家衣裳的手都還在發抖。

聶衍覺得好笑，忍不住拍了拍她的背：「殿下還是該在盛京主城裡待著，何必來這荒郊野嶺。」

「就想出來玩玩。」她扁扁嘴，吸了吸鼻尖，「我哪知外頭這麼多蟲。」

嬌嫩的小臉微微泛紅，柔荑捏著袖口抵在他胸前，她整個人瞧著又傲又慫，分外的可愛。

終於是沒忍住，聶衍低笑出聲，聲音淺淺的，分外惑人心神。

李三坐在馬車裡，一開始聽著動靜覺得震驚，到後來，越聽眼神越黯淡。

懷裡的人動了動，似是要醒，李三連忙抹了自己臉上的淚，低頭查看他。

「別哭。」孟極半睜開了眼，對她說的第一句話，還是這兩個字。

一如在容華館，她因著聶衍的大婚喝得大醉，他過來接住她要往桌上倒的腦袋，輕嘆著呢喃。

李三倏地就哭出了聲。

第27章　馳名雙標

荒郊野外的，這哭聲十分滲人，坤儀腦袋上的鳳釵都驚得顫了顫，不明所以地看向那車裡。

「不是說裡頭的大妖要吃人？怎麼把她也關在裡頭了？」

聶衍拉著她後退兩步，低聲道：「那大妖對她動了情，會吃旁人，不會吃她。」

坤儀很震驚，鳳眼瞪得溜圓：「妖怪也會動情？」

聶衍瞥她一眼：「殿下，萬物皆有情。」

「可是，可是凡人是妖怪的食物，這怎麼能動情呢？」坤儀很費解，「我那麼喜歡吃芙蓉卷兒，也沒對它動情呀。」

那怎麼能比，李三姑娘到底是個活生生的人。

孟極生於石者山，凶猛異常，平時是不通人性的，但妖怪都講究一個知恩圖報，一旦有人相助，哪怕只是一飯之恩，也必定會全力報答。瞧裡頭那隻孟極的模樣，想必就是在報恩，所以才會化成他的模樣。

聶衍對這些不太感興趣，他只覺得李三荒謬，與他毫無瓜葛，就因著他這張臉便執念至此，還犯下包藏妖怪的罪孽，真是可悲。

察覺到旁邊這人在盯著他瞧，聶衍眼皮也沒抬：「怎麼？」

坤儀瞧著他這黑夜一樣的眼眸，突然鬼使神差地道：「你若是妖怪，我應該也還是會喜歡你。」

長風幾萬里

心口不爭氣地一跳，聶衍猛地抬眼看她，又飛快地別開頭：「殿下怎麼突然說這個。」

「就是想到了嘛。」她抓著他的衣袖，撒嬌似的晃了晃，「你生得也太好看了，就算是妖怪，我也不願意放手。」

聶衍抿唇，將她扶回鳳車上，沒再搭她的話。

怎麼能有女子活得像她這麼恣意，想說什麼便說什麼，說完臉也不紅，還拿眼尾勾他。

像隻翹著尾巴的小鳳凰。

小鳳凰是金尊玉養的，來時滿懷氣憤，倒不覺得山路顛簸，此時返程，人都快被顛散了，細手扶著軟腰，哎喲哎喲地叫喚。

聶衍坐在她身側，一忍再忍，還是沒忍住，沉聲道：「殿下小聲些。」

坤儀可委屈了，淚眼盈盈：「我這麼難受，你還讓我小聲。」

難受歸難受，這雙人乘的車上這麼叫喚，成何體統。

瞥一眼她的腰，他沒好氣地道：「過來。」

坤儀一怔，接著臉上就是一紅：「這，不好吧？」

嘴裡這麼說，身子卻還是依偎了過去，軟軟地環住他的胳膊，含羞帶怯地看著他。

然後下一瞬，她就覺得身子一輕，整個人瞬間失重，一聲尖叫還沒出口，腰身就被他牢牢握住。

「殿下，睜眼。」

感覺到自己在空中飛，坤儀嚇了個半死，雙手抱緊他的脖子，整個臉都埋進了他的脖頸：「我不睜！」

「不是說要賞花？」他好像輕笑了一聲。

這笑聲還挺好聽的，坤儀耳朵動了動，接著將腦袋從他身上拔出來，試探地睜開一條縫。

繁花漫天，腳下光影瞬移，聶衍好像施了什麼符咒，兩人立在一方碧石上，四周景象變幻飛快，滿山的花都從她腳下飄飛過去，春風還捲來一陣花香。

坤儀生在皇家，從小到大什麼樣的場面沒見過。

……這樣的場面，她還真沒見過。

手緊緊地攀著他，她伸手想去拽空中飛過的花葉，幾次卻都沒拽到，正惱呢，面前這人就突然翻手，將一朵棠梨擷到了她眼前。

她大喜，倒是沒伸手接，反將腦袋湊到他手邊：「替我簪上。」

聶衍哪做過這等事，眉宇間閃過一瞬的不耐，可片刻之後，他還是笨手笨腳地將花簪進了她的髮髻。

面前這人立馬就笑了起來，銀鈴聲聲，腰肢輕顫。

「旁人都說侯爺不近人情。」坤儀伸手摸了摸他的臉側，「但我瞧侯爺，真是可愛又有趣。」

聶衍：「……」

這位殿下似乎對他誤會頗深，他本人，殺妖不眨眼的昱清侯爺，與可愛和有趣沒有絲毫的關係。

不過就這點把戲，她好像就很開心，細眉彎彎，明眸皓齒，手摟著他的脖子，還輕輕晃了晃。

多看了她兩眼，他將人帶回了府邸。

坤儀一落地就扶著自己的腰，忙不迭地傳丫鬟來讓她溫湯沐浴，再尋了手藝好的嬤嬤來給她按揉，那嬌滴滴的模樣，像一陣風就要吹壞的小花。

聶衍心下嗤之以鼻，卻還是將護身符為她留在了妝匣邊。

這麼嬌氣的小姑娘，可別他還沒死，她先丟了命。

孟極也被送回了上清司，聶衍過去的時候，他單獨被關在鎮妖塔的第三層，正頗為暴躁地撞著欄杆。

「放我出去。」孟極紅著眼瞪他。

聶衍看著他的臉，有些煩：「你換個相貌。」

「不。」孟極冷冷地道，「我偏愛這張臉。」

「你頂著這張臉，她喜歡的就永遠不是你。」聶衍沒什麼耐心，「你要是想丟命，我也就不多說，但你若還想有以後，就聽我的。」

上清司殺妖如麻，鐵面無私，進了這裡來，怎麼可能還有以後？孟極狐疑地看著面前這個人，猶豫片刻，還是化回了自己的本容。

長髮如墨，雙眸泛銀，少年人姿勢野蠻地蹲在柵欄前，眼含戒備地看著他。

聶衍眉宇稍鬆，拎了一把竹椅來坐下，淡聲道：「兩條路，第一條，你繼續聽命於張桐郎，我便順了他的意，將你斬殺以示眾人，連累李三姑娘戴罪入獄。第二條，你為我所用，暫關鎮妖塔，你與她，也還有相見之日。」

傻子都知道該怎麼選，但已經被人出賣了一次，孟極的眼裡充滿了不信任：「你要我如何為你所用？」

聶衍沒答，眼神瞧著很冷，像雪化的水，凍得人打顫。

孟極漸漸地收斂了身上的刺，乖順地蹲在柵欄裡，瞧著有點委屈：「那我什麼時候才能再見著她？」

「待今上給你定了罪之後。」聶衍答完，看他一眼，微微皺眉，「她有什麼好的，讓你如此念念不忘。」

孟極低頭，沉默半晌才道：「凡人不太好，薄情寡義，壽命也短，我師父早就說過，選伴侶，大妖也好小妖也罷，就是不能選凡人。」

「那你為什麼不聽？」

「我也想聽。」苦惱地揉了揉腦袋，孟極突然抬眼，十分認真地看著他道，「我覺得他們凡人也是會法術的，還讓人難以察覺，與她相識不過月餘，我幾天不見她便要難受，見她哭也難受，見她看著我的臉出神也難受。與她繁衍倒是開心，可她說她們的規矩，沒有拜堂不能一直繁衍……」

「停。」聶衍站起了身，「我哪有空聽你說繁衍之事，只說你選什麼路便是。」

孟極一頓，額頭抵著柵欄，老實地道：「那我選能和她見面的路。」

得了想要的答案，聶衍扭頭就走。

凡人戀上妖怪其實不是什麼稀罕事，妖怪變化多端，大多容貌極佳。可妖怪能戀上凡人那就是天大的怪事，除卻報恩一事不論，凡人在妖怪眼裡如同螻蟻，誰會喜歡螻蟻呢。

腦海裡劃過一隻矜傲的小鳳凰，聶衍搖了搖頭。她那樣嬌滴滴的人，是螻蟻也是螻蟻裡最嬌貴的一隻，不可怠慢。

府邸裡。

坤儀將自己捏過有毛毛蟲的野花的手洗了二十遍、塗抹了各種香膏才甘休。

蘭苕帶著人珊珊歸遲，瞧見她完好，才鬆了口氣：「侯爺也真是，您這樣的身分，哪裡能用千里符來趕路，萬一出什麼岔子……」

「他那符可省了我這一把腰，要真坐車回來，現在準折了。」坤儀輕笑，伸手彈了彈她的額頭，「小丫頭，別總生氣，會長細紋的。」

蘭苕不滿，但看自家殿下似乎挺高興，也就沒再說這事，只道：「聽說侯爺把李家三姑娘關在上清司的普獄裡了，李家要去見人，他沒允。」

坤儀輕哼，尚算滿意地頷首：「這才像話。」

她比李三好看千百倍也尊貴千百倍，哪有放著寶石不喜歡去親近一塊頑石的道理。

說是這麼說，心裡到底是不太舒坦，當天晚上，坤儀就抱著自己的小被子去了聶衍的屋子裡睡。

「不是說一月一次？」聶衍有些意外地看著她。

坤儀眨眼，把被褥在他床上鋪好，然後噘嘴：「最近皇兄問得緊，說好端端的為何要分房，我搪塞不過去，便只能來找你了。」

原來是這樣，聶衍不疑有他，瞥一眼她雪白的鎖骨，腦海裡莫名就想起了孟極說的話。

繁衍倒是開心。

妖怪嘴裡的繁衍，便是人間行房之意，人一旦沾染了妖氣，也是能懷上妖胎的，妖怪生妖難，凡人產子倒是容易，是以現在很多妖怪為了綿延子嗣，都會蠱惑凡人。

但，不知為何，聶衍不太想動坤儀，大抵知道她也是不願的，所以哪怕同塌而眠，一晚上也沒有任何越矩之舉。

坤儀倒不是不願，而是她每每一脫衣裳，露出後背上的胎記，四周的妖怪都會像嗅到烤鴨的香味一樣蜂擁而至，殃及她身邊的人，所以喜歡美人歸喜歡，她也就只是看看，並不能吃。

但，她不能歸不能，這人躺在她這麼個活色生香的大美人身邊，卻一點反應也沒有，這像話嘛！

第28章　背後的胎記

聶衍翻身的時候不經意將眼睜開一條縫，就正好對上旁邊坤儀瞪得溜圓的鳳眼。

他驚了驚，又有些哭笑不得：「怎麼？」

「你。」坤儀鼓著嘴用下巴點了點他，「沒什麼想對我說的？」

黑燈瞎火，孤男寡女，他側頭看著她，眼裡盛著乾淨的月光，但這問題似乎讓他有些為難，薄唇輕抿，半晌才道：「殿下好夢。」

就這？

坤儀氣笑了，伸手捏著他的下巴，陡然拉近兩人的距離。

鼻尖相蹭，鼻息都融作了一處，聶衍心口動了動，有些狼狽地移開眼。

這躲避的姿勢讓坤儀好生沮喪，鬆開手扯過被子裹緊自己，悶悶地道：「你是怕我，還是怕死？」

聶衍不解，她雖然驕橫，卻也講理，有什麼好怕的。至於死，上清司之人，最大的特點就是不怕死。

「還請殿下明示。」他道。

意識到面前這人壓根不知道她身上的祕密，坤儀氣悶，不再與他胡鬧，擺擺手就翻了個身朝外躺著。

先前為了試探他，坤儀故意在侯府後院褪了外袍引來貓妖，但眼下兩人已經成親，她就沒有再害他的道理，今夜同榻，算是與他拉近距離，但她沒打算入睡，想著捱到天亮便是好的。

然而，想是這麼想，鼻息間一直縈繞著若有似無的沉木香氣，叫她覺得十分安心，這心安著安著，她的眼皮子就垂了下去。

聶衍原本就沒什麼睡意，再被坤儀這莫名其妙地一問，當下就更是精神。床幃依舊是他熟悉的床幃，但身邊多了個人，香軟可口的人，他得花些力氣，才能控制自己不動手。

然而，他不願動手，這個香軟可口的人兒卻還是自動朝他靠了過來。

素手輕抬，搭上他的腰，坤儀像是睡熟了，眉目間一直緊繃著的線鬆開，露出幾分恬靜，再往下看，鼻梁秀挺，粉唇飽滿，不像白日裡驕縱的公主，倒像個毫無防備的小姑娘。

聶衍沉默地看了片刻，打算將她的手挪回去。

然而，手一抬，這人鬆鬆垮垮的黑紗外袍竟就滑開了，雪白的肌膚在黑夜裡如同大片的溫玉，後頸往下三寸的地方，似乎印著什麼東西。

聶衍是打算非禮勿視的，但這黑紗袍一落，他突然察覺屋子裡溢滿了妖氣。

十分濃烈的、強大的妖氣。

屋外擺著的捉妖陣跟著一顫，有東西朝他的房間闖過來了。

眼神一凜，聶衍翻身而起，沒驚動坤儀，只捏了三張符紙朝窗外一甩。

闖過來的妖怪迎頭被貼上三張誅神符，當即慘叫。

叫聲傳遍整個府邸，熟睡的下人紛紛驚醒，出來查看，坤儀自然也被吵得睜開了眼，十分茫然地看向身邊的人。

聶衍神色凝重，目光灼灼地看向窗外，而屋內，他剛立下的三個法陣如同發光的油紙傘，緩慢環繞在她周圍。

坤儀回過了神，這才發現自己外袍繫帶鬆了，袍子在她放肆的睡姿裡被掙落，露出了後頸上的胎記。

「不妙。」她皺眉，擔憂地看向外頭，「侯爺，得護住府上的奴僕。」

看這反應，倒像是見怪不怪。

聶衍原先是怕她受驚，既然她這麼說了，他也便起身，縱上府邸裡最高的一處屋簷，開始落陣。

衝在最前頭的一隻妖怪已經被他的誅神符撕成了碎塊，但如同先前一樣，這些妖怪明知他在，還是會不要命地朝坤儀的方向衝。

有什麼東西在不斷地吸引牠們。

「殿下？」蘭苕飛快地跑進房間，想也不想地就將坤儀抱住，「侯爺在外頭，沒事的。」

坤儀十分乖巧地坐著，將衣裳扣得嚴嚴實實，漂亮的鳳眼裡滿是自在：「蘭苕妳別怕，我都不怕。」

蘭苕哽咽，一下又一下地撫著她的背。

殿下從來沒說過怕，哪怕是先前在鄰國，眼睜睜看著鄰國那位皇子被妖怪撕成碎片，她也只是看著，畢竟那位皇子暴虐成性，死有餘辜。

可是蘭苕知道，她是怕的，得有人抱著她安撫她，不然她會一直害怕，接下來的幾個月都無法安睡。

妖怪們來勢洶洶，大的妖怪上百年，小的妖怪也不過剛化人形，有聶衍守著，它們連府邸院牆都上不來。可這些妖怪還是像潮水一樣湧過來，將沿路看見的人畜都吃進肚腹。

半夜三更，街上已經沒了行人，遭殃的頂多是些棚子裡的牛馬，但這動靜還是分外滲人，像秋日裡摧枯拉朽的風，帶著些殘暴的咆哮聲。

坤儀將腦袋擱在蘭苕的肩上，忍不住想起了趙京元。

趙京元便是皇兄要她嫁的鄰國皇子，自小被寵溺長大，為人狂悖，手段陰狠，因著母家勢力大，離太子之位也就一步之遙。

他不喜歡美人，覺得天下的美人都是來禍害他江山的，更何況她這種別國來的和親公主，所以成親一年，兩人別說同房，見面都要吵架。

原以為能這樣混完一生倒也不錯，可趙京元不知哪根筋搭錯了，突然對大宋邊境起了想法，並且想讓她生下世子，好以此為籌與大宋談判。

她認真地提醒過他，不要動她的衣裳，趙京元沒聽，徑直將她的外袍扯開，露出了後背上的胎記。

坤儀記得妖怪撲過來的時候趙京元的眼神，帶著厭惡、震驚和無邊無際的恐懼。

沒關係，是他自己找死。

坤儀是這麼想的，對旁人同樣的眼神也並不在意。

反正那裡不是她的家，她不會和這些人再見面了。

可眼下，她突然害怕聶衍也會用那樣的眼神看她。

聶衍很厲害，一人鎮守府邸，洶湧的妖怪就一隻也沒能再闖進來，金光在他周身閃現，他神色嚴肅，卻也從容，袖袍起落間清風朗月，卻邪落處卻是風馳電掣，震得雙眼迷蒙的妖怪們紛紛回了神，開始驚慌逃竄。

有他在，她完全不用擔心身邊人的性命。

但他回來的時候，坤儀卻不敢抬頭。

「……辛苦侯爺了。」她笑道。

聶衍深深地看了她一眼，道：「以後有這樣的情況，殿下可以早些告訴微臣。」

「我不是告訴了麼。」坤儀眼神躲閃，「你自己沒注意。」

聶衍瞇眼，仔細回想了一番，發現她說的是她在侯府後院引來那隻貓妖的時候。

當時他只當貓妖不要命，心裡有疑竇，卻也礙於她的身分沒有多查。眼下再看，就是她身上的東西在吸引妖怪。

「臣不憚於為殿下守門，誅殺妖怪。」聶衍淡聲道，「但還請殿下據實以告，以免臣疏漏。」

他的目光看向她背後。

坤儀沉默。

蘭苕站在旁側，猶豫半晌，輕聲道：「侯爺莫要怪殿下不坦誠，此胎記乃是天生，殿下也不知是怎麼回事。」

屋子裡原先濃烈的妖氣已經散開，坤儀坐在他面前，身上只剩下淺淡的花香。

她好似有些委屈，可又不肯露怯，只含笑看著地面，笑意不達眼底：「情況侯爺也瞧見了，如此生活一年，侯爺可能承受？」

說實話，這麼多的妖怪，偶爾一次聶衍是不在話下的，但若是夜夜都來，就算是他也會吃不消。

但他更好奇的是，什麼東西能引來這麼多的妖怪？

「殿下放心。」垂下眼眸，他答，「臣既然允了殿下，就定能護殿下周全。」

輕輕鬆了口氣，坤儀抱起了她的被子：「那就辛苦侯爺了。」

「去哪兒？」他挑眉。

她一頓，哭笑不得：「都鬧成這樣了，我難不成還要與侯爺同榻而眠？這便回去睡吧，也讓侯爺睡個安穩覺。」

說罷，十分瀟灑地擺手，然後就跨出了他的房間。

外頭的夜風裡還隱隱能嗅見妖氣，蘭苕接過了她手裡的被褥，替她鋪回了拔步床裡，坤儀坐在床邊發了會兒呆，揉了揉直跳的太陽穴，長長地嘆了口氣。

府邸四周有妖怪闖門，就算聶衍守住了，未曾有人傷亡，但第二日，消息還是不脛而走，入了御書房。

「先前老臣就說過，坤儀公主並非只是單純的體質特殊，她定是妖邪，才會有如此多不祥之事在盛京裡發生。」杜相跪在御前，連連搖頭，「昨夜殿下新府附近一片狼藉，牛馬死了七八，妖怪爪印遍布院牆，已經引起了四周百姓的恐慌，還請陛下聖斷。」

盛慶帝坐在上頭改摺子，眼也沒抬：「只死了牛馬，那就讓公主府去賠償。」

「可是陛下……」杜相皺眉。

停了朱筆，盛慶帝終於看了他一眼：「相爺那未過門的女婿與朕打的賭，賭的可是昱清侯的性命，昱清侯活得尚好，早朝之時還立了新功，你也好意思來讓朕處置公主？」

杜相一頓，頗為惱恨地垂頭。

誰能料到聶衍的命那麼硬，他派出去的好多高手皆不知所蹤，聶衍不但活得好好的，還屢建奇功，眼瞧著是越來越受帝王器重了。

「對了，國師遊歷山川已經一載，不日便要回京。」帝王想起了這回事，深深地看了他一眼，「你若還有什麼困惑難解之事，到時候自去問他。」

第29章　你小心他

國師？

杜相想起那個人，眼底神色更為嚴肅。

國師有鮫，秦氏長男，秦氏一家死於妖禍，他自小隨著道人長大，精通道術，能辯妖魔，曾被先帝聘為太學院的老師，教授過不少皇族子弟和世家子弟，雖為人公正，但畢竟與坤儀有師徒之誼，要他指認坤儀，那是不可能的。

不過，他若是回來，倒能壓一壓上清司的勢頭。

看一眼這篤定要偏私的帝王，杜相嘆了口氣，拱手退下。

而坤儀這邊，因著昨夜禍事，她心裡有愧，一大早就命人打開府庫，把好東西流水似的往聶衍的庭院裡堆。

聶衍冷著臉看著進出的下人，一絲高興的神色也無。

「主子。」夜半失笑，「殿下這是在意您的表現。」

在意他，還會跟哄女兒家似的送這些沒用的東西給他？聶衍不悅得很，袖袍一揮就往外走：「告知殿下一聲，上清司事忙，午膳不必等我。」

「這……」夜半有些為難，連連看了他好幾眼，才道，「主子，不太妥當。」

「怎麼？」

「因著昨日之事，盛京今日流言蜚語甚多，您要是再不回來用膳，殿下怕是要腹背受敵。」

原本就有不少人將坤儀視為不祥之人，杜相的針對、再加上昨日府上出的妖禍，聶衍已經是坤儀能依靠的唯一一個人，憑著上清司這塊招牌，她還能勉強洗清妖怪的嫌疑，若連昱清侯都疏遠她，那她在盛京可能真的寸步難行了。

想起昨夜房內驟然湧現的妖氣，聶衍抿唇，心下其實也有疑竇。

坤儀沒有妖的特徵，身體確確實實是人，但昨晚她身上湧現的妖氣，又是異常的強大濃烈。

這是什麼緣由？

他原也想今日查清楚，但坤儀稱身子不適，就是不見他，不見他就算了，還送這些東西來搪塞他。

面沉如水，聶衍在庭前立了許久，還是扭頭去面對那一屋子大大小小的金石玉器。

「這是鎏金纏絲朝陽佩，這是碧玉藤花冠釵，這是金絲香木嵌蟬把件，這是殿下要您戴的紅玉手串。」

蘭苕一邊說，一邊把東西往他身上戴，不消片刻，聶衍就從個一身清朗的少年郎，變成了珠光寶氣的公子哥。

原本是要問他喜不喜歡的，但看一眼他的臉色，蘭苕覺得自己有了答案，剩下的東西就沒再往上加。

「替我謝過殿下。」聶衍冷臉瞥著箱子裡的珠光，順手將身上的東西一一取下，放了回去。

他還算給坤儀面子，留了一串紅玉手串，沒全摘。

蘭苕瞧著，輕嘆了一聲，行禮告退。

「侯爺似乎不太喜歡這些。」她回去對坤儀小聲道，「以前送的，也都堆在庫房裡，未曾多看。」

坤儀覺得很驚奇：「這年頭，還有人不喜歡寶物的？這一樣可抵得上民間百姓舒舒服服過幾年好日子呢。」

蘭苕為難地道：「興許，侯爺就喜歡簡單的東西。」

坤儀輕哼，不以為然地撥了撥妝匣裡的東珠：「他那般的如日東升，怎麼會喜歡簡單的東西，興許只是不喜歡我，連帶著看我的東西也不順眼。」

蘭苕想了想：「也未必，昨夜出事，瞧著侯爺神情與往常並無不同，今日也沒有迴避殿下，想來是比旁人強些的。」

這倒是，坤儀撐著下巴嘆了口氣。

杜蘅蕪還在鎮妖塔裡，徐梟陽自然也不願意放過她，昨夜之事已經在大街小巷裡流傳，版本從妖怪想吃坤儀公主，已經變成了萬妖朝拜坤儀公主，坤儀公主是轉生的妖王，必將覆滅天下。

愚民之言，官府當然是不會信，有朝廷鎮壓，他一介商人也翻不出什麼大浪，但閨閣女兒嘴多又碎，她如今想再擺宴賞花，這些姑娘怕是一個也不會來。

正說著呢，外頭突然來了人通稟：「殿下，門外有位姓徐的商人求見。」

眉梢一垮，坤儀扭頭跟蘭苕撇嘴：「他是不是想欺負我一個弱女子？」

女子倒是真的，弱麼……蘭苕失笑：「殿下可要見他？」

「見吧見吧，我倒要看看他能在我的府邸裡對我說出什麼。」坤儀輕哼，拔了頭上玉釵，重新簪上九鳳步搖，再將黑紗金符裙一裹，翹著下巴就去了前廳。

徐梟陽跨進門的時候，外頭的天色都變暗了。

他生得也好看，但因著兩人結怨太深，坤儀從來不多看他一眼，只一邊讓丫鬟給她塗著丹寇，一邊拿眼尾掃他：「喲，稀客啊。」

皮笑肉不笑，徐梟陽朝她行了禮，復又站直身子：「原是聽聞府上遭難，想過來慰問，沒想到殿下還是一如既往地沒心沒肺，惹了禍事還活得好好的。」

坤儀翻了個白眼：「我這兒是死人了還是塌了天了，要徐大商人過來慰問。牆上多了幾道爪印便算是惹了禍事，那徐大商人壓榨百姓勞力、蠶食民脂民膏，豈不是要下十八層地府的罪孽。」

「殿下能惹出多大的禍事，自己心裡還能不清楚不成？」徐梟陽眼底冰寒，「若不是我讓蘅蕪遠離殿下，她早些年就該沒了命，不曾想如今，還是被妳害得身陷囹圄，遲遲不得出。」

還是這些話，坤儀聽都聽煩了：「你若是覺得我是災星，那便拉著杜蘅蕪，叫她別請我過府，免得出了什麼禍事都要不分皂白地怪在我頭上，還要被你這八竿子打不著的平民百姓站在這裡數落。」

徐梟陽嗤笑：「殿下是不是覺得如今有昱清侯做靠山，等閒事傷不著您分毫？」

沒他做靠山，等閒事什麼又能傷她了？坤儀不以為然。

像是料到了她的反應一般，徐梟陽突然上前兩步，驚得周圍的護衛拔出了劍。

然而，他也只是靠近了她一些，並未有別的動作，一雙微微泛紫的眼眸死死地盯著她，而後輕聲道：「早晚會知道的，他娶妳，不過是為了擺脫張國舅的鉗制，讓上清司在朝中立足，妳於他，也不過是踮腳之石、登高之梯，等他達成夙願，妳就會死在他手裡。」

他說罷，退後兩步，好整以暇地朝她行禮：「殿下若不信，便等著瞧。」

坤儀聽得直冷笑，挑撥離間的手段，她十三歲之後就不這麼用了，她才不管聶衍為何要娶她，兩人各取所需就是好的。

再說了，他那麼溫和一個人，就算要過河拆橋，也能與她好聚好散，何至於要殺她。

徐梟陽這是被急得魔怔了，什麼話都往外吐。

揮手讓人送客，坤儀拎著裙擺就往她的院子走，一邊走一邊在心裡罵徐梟陽小人。

一個不留神，到牆角轉彎的地方，她撞上了一個人。

「你長沒長……」坤儀抬頭要罵人，卻對上一張萬分熟悉的臉，「侯爺？」

那人一愣，飛快地搖頭，接著就越過她往外跑。

「誒？」坤儀不明白聶衍為何要躲她，伸手就要去拉他的袖口。

下一瞬，有人摟了她的腰，將她抱到另一側，放走了那個人。

「殿下今日精神有些恍惚。」聶衍的聲音在她面前響起，「可是昨夜受了驚嚇？」

抬頭看他，又是方才那張臉，坤儀怔愣，一時間真的以為是自己被嚇糊塗了，出現了幻覺。可稍稍一定神，她就察覺了不對。

不是她眼花，方才那個人就是長得像聶衍，但不是聶衍。

想起先前侍衛回稟的消息，坤儀臉色微變。

容華館的新行首生得像昱清侯，但那位新行首被聶衍抓了回來，說是妖怪孟極所化，回稟了陛下之後，當街斬殺了。

孟極吃掉了國舅府的嫡子，能抓回牠，對國舅府和今上都有了交代，聶衍自然算是又立一功，在朝堂上多被嘉獎。

但，他要是真的斬了孟極，方才那個人又是誰？

「殿下？」聶衍喊了她一聲。

坤儀回神，移開了視線，垂眼笑道：「是有些害怕，頭也有些暈眩，正趕著回去休息呢。」

聶衍深深地看了她一眼，沒多說，只拱手行禮。

坤儀倉皇地抱著裙擺回了房。

「找人去跟著方才出府之人。」她輕聲道，「別被他發現。」

「是。」蘭苕領命下去。

晚膳時分，派出去的人回來了，跪地稟告：「那人去了城西一座別院，小的沒敢跟太近，自然不知道他在裡頭做什麼，但是找人打聽了，那院子是李家三姑娘名下所屬。」

坤儀盯著桌上的花燈發呆，良久沒有說話，直到蘭苕喚了她一聲。

「我知道了。」她點頭，抬眼看向下面跪著的人，又道：「說來，本宮一直沒過問過，先前藺探花一案，上清司可有定論？」

侍衛搖頭：「上清司事務繁多，此案還未審結。」

人證物證俱在，事情經過也清楚，為什麼不審結？若是能查出那種符咒的來源，蘅蕪也能直接從鎮妖塔裡出來，不必再找別的由頭。

她起身，有些焦躁地在屋子裡轉了兩圈，又坐回了床榻裡。

「侯爺現在在做什麼？」

「回稟殿下，侯爺用過午膳，去了上清司，說是要提審李三姑娘。」

第30章　殿下眼光甚好

李家行三的姑娘，閨名寶松，從小就是個爭強好勝的性子，盛京一眾閨門，獨她一人有本事考入上清司，知書達理，溫柔賢淑，頗受清流名士推崇。

這姑娘十七年都未曾讓家人操過心，沒想到臨出閣了倒是闖下大禍，一心包庇妖怪，執迷不悟，被囚上清司典獄。

坊間有傳言說，是坤儀公主棒打了鴛鴦，憑著權勢招其心上人昱清侯聶衍為婿，這才逼得李三姑娘劍走偏鋒，移情那個與侯爺十分相似的妖怪。

當事人坤儀對此表示，她得跟李三談談。

聶衍坐在上清司的側堂裡，正打算讓孟極過來見李三，不料傳信的人還沒出門檻，就一臉慌張地退了回來：「侯爺，殿下過來了。」

「這個時候，她來做什麼？」聶衍有些納悶，剛想讓人去攔著她，就被夜半一把按住。

「主子，聽屬下一句勸。」夜半咽了口唾沫，「殿下這時候過來，雖是有妨礙公務之嫌，但也是合情合理，您與其遮掩，不如先撇清關係，好讓殿下安心。」

聶衍不明所以，他撇清和誰的關係？李三姑娘？原本就沒有關係，他只是按照約定讓孟極來見她。至於面前半跪著的這姑娘為何一直哭，他也不耐煩問。

夜半的語氣十分語重心長：「主子，沒有哪個姑娘見自己夫君和喜歡他的人處於一室而不吃味的，更何況殿下又是那般的驕縱。」

不把上清司拆了都算給他面子了。

聶衍沉默，半晌之後，揮手讓人將坤儀引了進來。

因著昨日之事，他料她也睡不太好，可當這人一臉蒼白地跨進門，聶衍心頭還是不太舒服。

他起身走到她面前，目光從她毫無血色的嘴唇上掃過，又看了看她稍顯凌亂的髮髻，還有因走得急而不停起伏的胸口，忍不住皺眉：「殿下這麼著急做什麼。」

坤儀來的時候就想好了藉口，當即抬著一雙泛紅的眼，委屈地望向他：「你說我做什麼。」

她指了指屋子裡還跪著的李三，又將丹寇抵在他心間：「你堂堂上清司六司主事，是手下的人不夠用了還是這案子有多麼地驚天地泣鬼神，竟值得你親自來提審她？」

小女兒家打翻的醋罎子，十里地外都聞得著酸味。

聶衍忍不住側頭瞥了一眼夜半，後者露出了一個「你看我說的是對的吧」的表情。

他抿唇，跟著將視線轉回她身上，心情不錯，但語氣還是頗為無奈：「此案是今上分外關心之事，我親自提審也是應當。」

「我看你就是想見她。」坤儀跺腳，細眉耷拉下來，嬌嗔如鶯，「不然你說說，你都審了些什麼？」

方才他只是瞧了一眼李三尚且安好，能與孟極有個交代，別的一概沒說，能審些什麼？聶衍一時語塞，眼前這人登時就要落下淚來。

「好，你不肯說，我問她。」坤儀指了指地上的李三，扭頭吩咐後面的蘭苕，「將她給我領到另一處空房去。」

「殿下。」聶衍皺眉，「她是上清司要犯，待會兒還有口供要錄。」

坤儀橫眉瞪他：「我問幾句話也不行？就一炷香的功夫，能耽誤你們什麼正事？若是今日不弄清楚，我可就睡不好覺了，我若是睡不好覺，侯爺也不能睡好。」

威脅起人來都軟綿綿的，配上她這蒼白的臉蛋，顯得格外地好欺負。

要是平時，聶衍是斷不會讓人這樣胡鬧，可瞧著面前這人，他想嚴厲都有些不忍，猶豫幾回，還是讓了一步：「就一炷香。」

「你不許偷聽，不許威脅她。」坤儀叉腰，「我只想聽實話。」

「好。」聶衍嘆息。

李三對坤儀十分抵觸，但架不住後頭的侍衛力氣大，掙扎了一二還是被帶走了。她有些不敢置信，一向鐵面無私的昱清侯，竟然會允許自己的妻子在上清司胡攪蠻纏。

門開了又合，她被放到屋內的椅子上，坤儀站在她面前，臉色依舊蒼白。

「本宮就問妳一句話。」她神色冷淡，帶著上位者慣有的威壓，「夢及是不是還活著？」

李三怔愣，這問題跟她想的完全不一樣，還以為她會問昱清侯之事，她還想編造幾句話來氣氣她，沒想到問的居然是夢及。

夢及自然還活著，但聶衍說過，此事不能告訴任何人。

眼神躲閃，李三選擇了沉默。

坤儀慣會察言觀色，見她不說話，掃一眼表情也能知道答案。

坤儀一時有些怔忪。

聶衍竟然真的放過了孟極，吃人的孟極，三百年道行的孟極。

他不是痴迷捉妖麼，他不是寧殺錯也不放過麼，為何有妖不斬，欺君罔上？

一炷香燃盡，坤儀出了房間，迎面就看見了夜半。

「殿下。」夜半朝她拱手，「侯爺最近忙於公務，當真沒有絲毫閒情顧別的事，您也不可偏聽偏信，白為難了自己。」

坤儀抿唇，再抬頭時，臉上神情就變得十分自然，且帶著些餘怨：「我瞧最近京中也沒多少大事，你家侯爺何至於忙成這樣？」

夜半笑著搖頭：「就是因著侯爺忙，京中才無大事。不說別的，光是大戶人家裡的妖怪顯形之事，這個月就出現了十餘起。」

妖怪顯形。

坤儀抿唇，也沒說什麼，扶著蘭苕的手輕哼了一聲：「那就當是本宮冤枉侯爺了。」

夜半含笑低頭，為她讓開路。

聶衍撐著眉骨坐在側堂裡，見夜半回來，輕輕挑了挑眉。

「殿下走了，看起來氣色好了一些，想必是解開了誤會，還讓屬下給侯爺帶話，要侯爺好生注意身子。」夜半笑著拱手，「侯爺可以寬心了。」

聶衍輕舒一口氣，倒是又白他一眼：「我寬什麼心，原也沒放在心上。」

還說呢，也不知道是誰從人家進門開始就一直心思難定。

夜半不敢笑得太明顯，只挑了挑眉梢，然而聶衍還是看出了他的心思，冷哼著將桌上的擺件朝他砸了過去。後者笑著躲避，連連告饒。

「我倒不是對她有什麼心思。」不甚自在地拂了拂衣袖，聶衍垂眼，「我只是瞧著她，好像對我比先前更用心了些。」

若不是更喜歡他了，她就該像之前說的一樣與他各玩各的，大家面子上過得去就好，可她今日不但吃味了，還親自過來一趟，又是瞪他又是惱他，哪裡還像個矜傲的公主。

嘴角勾得老高，聶衍漫不經心地道：「要得人芳心，好像也不是特別難。」

只要她與他朝夕相處，再過一段時間，定能更將他放進心裡。

夜半欲言又止，到底是不忍打斷自家主子的暢想，只道：「您英明。」

他不忍心，黎諸懷可就沒那麼寬和了，聽著這幾句話進門來，當即道：「世間人心隔肚皮，侯爺還是莫要高興得太早，那坤儀公主久經情事，遠不是你可輕易掌握之人。」

臉色稍沉，聶衍拂袖：「你事做完了？」

「還沒。」黎諸懷頓了頓，又挑眉，「沒做完也不耽誤我提點你幾句，你也就是叫她看上了這張臉，別太大意。」

他尚且能教訓孟極，喜歡容顏的情愛並不長久，自己又怎麼可能栽在同一個溝槽裡？

聶衍不以為意，黎諸懷卻是反手翻出一方新得的法器：「打賭麼？就以這璿璣琴作賭，你若能贏，它歸你，你若輸了，你的紅玉手串歸我。」

袖口收緊，聶衍抿唇不語。

日薄西山，各處奔忙的人都三五歸府，坤儀正坐在妝臺前出神，突然就見外院的下人來稟告。

「聽聞容華館又找來了一個容貌豔麗的小倌，還未登臺掛牌，老闆娘特意送來了府內北院，請殿下過去幫著相看。」

「哦？」坤儀來了興致，「都送到府上來了，那得多好看？」

「老闆娘說，比夢及還好看三分。」

夢及像聶衍，比他還好看三分的得是什麼神仙人物？坤儀立馬起身，興奮地讓人帶路。

下頭的人頓了頓，又道：「還有一事：侯爺說他胃口不好，晚膳不來正廳用了。」

胃口不好？

腳步頓了頓，坤儀想了想，還是繼續往外走。

昱清侯在南院，容貌豔麗的小倌在北院。

她帶著蘭苕行至走廊分岔口，一點也沒猶豫，徑直拐向了南邊。

聶衍坐在屋子裡，有一搭沒一搭地敲著桌沿，神情看著很輕鬆，但夜半知道，他有些緊張。

房門被推開的一剎那，光從外頭流淌進來，勾勒出一道窈窕有致的影子，風從她身後捲過來，帶著一陣花香，將他那一點緊張抹了個乾淨。

他抬頭，正對上那一雙滿是擔憂的鳳眼，喉結微動，低低地笑出了聲。

「你怎麼了？」她跑到他跟前蹲下，一雙眼巴巴地望向他，「怎的連飯也吃不下？」

聶衍回視她，鴉黑的眼眸裡湖光瀲灩，不答反道：「北院應該離殿下的院子更近些。」

「嗯。」坤儀點頭，滿眼疑惑，「那又怎麼？」

沒怎麼。

聶衍將她拉起來，想從容些，嘴角卻是止不住地往耳根靠攏：「微臣覺得，殿下的眼光甚好。」

第31章　印堂發黑

黃昏風淡，吹得人恍然如夢。

坤儀被他輕攬著，有些迷茫地眨了眨眼。

眼光好麼？她選中他，信任他，也算她眼光好？他這話，是在澄清她的懷疑？可是，她的心思誰也沒告訴，還特意棄了那絕色小倌不顧來看他，就是為了避免打草驚蛇，他又是從哪裡瞧出來的端倪？

聶衍鬆開她，瞧見她臉上的茫然，想起自己竟與黎諸懷打這樣的賭，當下就十分愧疚，補償似的將那一方璿璣琴拿出來，放進了她手裡。

璿璣琴以烏木鑄就，光華流轉，弦上若有虹，若不當法器，只當個一般玩意兒，也是分外討喜的。

「近來司內事忙，殿下身邊也不甚安寧，若是想……有事想找我，便撥這琴弦。」他說著，將璿璣琴化成巴掌大小，掛在了她腰間。

坤儀雖然修道術很差勁，但眼力一向不錯，只一掃就知道這法器貴重，不由地有些納悶。

他若當真像徐梟陽所說，只是拿她當工具，又何必給她這些東西，不給也能憑藉駙馬身分做他想做的事才對。

想來徐梟陽對她也沒有說完全的實話。

搖頭不去多想，坤儀高興地收了東西，然後笑著問他：「侯爺可是想吃掌燈酒家的飯菜了？上回外帶，瞧著侯爺吃了不少，今日若沒有胃口，我便再去帶些回來嘗嘗，你總不能餓壞了身子。」

原本只是個賭約，聶衍也不至於這麼挑剔嬌氣，但不知道為何，他突然也想任性一下，當即就點頭：「我便在此處等殿下回來。」

「好。」坤儀笑眯眯地起身，扭頭就去吩咐蘭苕準備車駕。

堂堂公主，為了他的一頓晚飯，竟要親自上街去買回來，聶衍覺得沒有比這更有說服力的了，坤儀就是很喜歡他，或許因著他對她的保護，又或許因著兩人的朝夕相處，無論如何，結果總是好的。

有此倚仗，他便能多查一查她那詭異的胎記，也好早些助她脫困。

想到這些，聶衍的心情挺好，起身挪坐到靠窗的小榻上，一邊翻閱卷宗，一邊瞥著外頭。

可是等到天色完全黑透之時，飯菜回來了，坤儀人卻沒回來。

他望著回稟的下人，輕輕皺了皺眉。

坤儀原本是打算買了飯菜就回去的，她連鳳車都沒坐，只坐了普通的軟轎，就是為了避免一路上有人行禮問安耽誤功夫。

沒曾想轎子剛從掌燈酒家出來，就被個帶著黑紗斗笠的道人攔住了。

「姑娘，我看妳印堂發黑，恐有災禍，在下行走江湖二十年，能替人消災解難，只要二十兩……」

蘭苕氣得直趕他：「去去去，什麼人也敢攔我家主子的轎子，簾子都落著，你看的哪門子印堂發黑。」

那人瞧著瘦弱，蘭苕伸手卻是沒推動，他兀自晃著腦袋繼續道：「恕我直言，你家主子少眠多夢，有厄運纏身，近來身邊還多有妖邪，若是花錢消災，還有回頭之路，若是繼續耽誤下去，怕是小命難保唷。」

多晦氣的話，也敢對著殿下說。

蘭茗氣得直叉腰，招呼了幾個侍衛過來就要動手，坤儀卻是喊了一聲：「且慢。」

她打簾下轎，仔細看了那人一會兒，忽而一笑：「先生高才，還請酒樓上坐。」

這算哪門子的高才，就是江湖騙子的套話嘛，蘭茗欲勸自家殿下，可殿下似乎鐵了心，愣是將人請上酒樓，點了一大桌子菜，還讓隨從先將給侯爺的食盒帶回去。

「先生打哪兒來啊？」坤儀給他倒了杯酒，揶揄地問。

這人含笑接過，感慨地道：「山河秀美，萬物靈動，我應該是從仙境來。」

「仙境裡可有仙女？」她嘻笑，「怎好出去是一個人，回來還是一個人。」

看來是被她認出來了。

秦有鮫摘下斗笠，嗔她一眼：「知妳是不愁婚嫁的，倒還打趣到為師頭上。」

坤儀展顏一笑，當即畫了一張煙火符給他。

燦爛的煙火從符咒裡飛出，躥上夜空，炸開朵朵盛景。五彩的光映照之下，坤儀捏起酒盞，輕輕碰了碰他的杯子：「徒兒有幸，給恩師洗塵。」

秦有鮫很感動，端起酒一飲而盡，然後將酒盞狠狠地拍回桌上：「妳跟我學這麼多年的道術，怎麼厲害的一個不會，光把這些花裡胡哨的東西記在了心裡！」

什麼引雷符尋孽咒，她照著都畫不好，修道數年，身邊還需要護衛防身，丟盡道人顏面，竟也能眼也不眨地把煙火符用水給施出來。

像話嗎像話嗎！

坤儀被他嚇得縮了縮脖子，委屈地道：「師父，我是公主。」

「公主怎麼了，公主就不會被妖怪吃了？」秦有鮫恨鐵不成鋼地瞅著她，「妳自己說，先前在鄭國，若不是有這一技傍身，妳豈不是也要葬身妖腹？」

這倒是，她吸引來的妖怪吃了趙京元之後就被她打死了兩隻，餘下的數量太多，她便借著瞞天符躲避牠們的耳目，直到師父千里迢迢地趕過來，救下她的性命。

「提起這事，徒兒尚有一事不解。」坤儀納悶地道，「若說那一次是因著我會道術才保住性命，那之前我尚年幼之時，身邊的人被我害死，我怎麼活下來的？」

她比劃了一下，鳳眼眨啊眨：「每次都來好多好多的妖怪，我年幼之時，豈不是牠們嘴裡的一塊肉？沒道理母后死了，我卻活得好好的。」

秦有鮫一愣，泛灰的眼眸裡閃過一道奇異的光，之後就垂了眼：「那時候我還不認識妳，妳問我，我問誰去？眼下既是知道了那胎記的厲害，就老實些，為師可不能每回都來救妳。」

提起這個，坤儀連忙道：「昨日我還引了一回妖怪，但是聶衍在，他護住了我。」

聶衍。

秦有鮫淡淡地應了一聲，似乎對他完全不好奇，也沒多問半句，只道：「任誰也不能一直護著妳，既然為師回來了，妳便跟著我繼續修習道術，也免得妳再遭禍事。」

「這……」坤儀有些為難，「徐梟陽和我打賭，要聶衍在我身邊活一年，所以我與聶衍是成了婚的，已然成婚，還跟著師父去修習的話，不太妥當。」

「他盡會胡鬧！」秦有鮫惱了，「蘅蕪自己疏忽大意化了妖，哪能怪在妳頭上。」

坤儀連連點頭，又給他倒了酒：「所以師父什麼時候去救蘅蕪出來？」

「我找人遞了冊子給她，她若能潛心修習，不日便可變回人形，自然就能出來了，何須人救。」

聽著這話，坤儀眼眸一亮，忙問：「那若是尋常百姓也誤食這符咒，可否也用這法子讓他們復原？」

秦有鮫輕哼，長睫微垂：「妳當那符咒是隨手畫的？一顆妖心之血才能寫一張符，令食者化妖，厲害非常。蘅蕪命好，有道術的底子，尚能修習回來，可普通百姓，你要他們如何學得會這高階的道術。」

小臉微垮，坤儀喃喃：「那可完了啊，倘若朝廷要員都吃了這符咒，我大宋豈不是要落於旁人之手。」

「他們哪來那麼多的妖心。」秦有鮫伸手一彈她的額頭，「小徒弟，別異想天開。真要有人覬覦妳們家的江山，也不會只選這一條路子。」

比如還會讓妖怪不知不覺地與凡人高門結親，比如會在上位者裡混入他們的自己人，再比如……

身後的門突然被推開，一陣夜風捲進來，吹得桌上的蠟燭搖搖欲滅。

秦有鮫一瞬瞳孔微縮，可很快又放鬆下來，聽著那人邁進來的步子，他頭也不抬：「小徒弟，妳身上這璿璣琴裡掛了『追思』，下回別戴了。」

追思？坤儀低頭看了一眼腰上的東西。

但眼下這情形容不得她深究這個，聶衍已經進來了，手裡捏著卻邪劍，一雙眼定定地落在秦有鮫的頭頂。

「北海鮫人。」他眯眼。

坤儀見勢不對，連忙上前攔住他：「侯爺，這是我師父。」

她師父？聶衍頓了頓，看向她的眼神裡多了幾絲深究。

秦有鮫放下酒盞起身，將她拉到自己身後，正面迎上了他，目光幽幽，似嘲帶諷：「昱清侯爺不愧是上清司主司，看誰都像妖怪。」

像是想到了什麼，聶衍臉色不太好看，收了卻邪劍，朝坤儀道：「還請殿下隨我回府。」

坤儀點頭，想走卻又被秦有鮫拉住：「她是我徒兒，我既回來，她便要隨我回去侍奉。」

「侍奉？」聶衍睨著他，眼神裡帶著輕蔑。

夾在這兩人中間，坤儀頭皮發麻，忍不住一手一個將兩人推開些，乾笑著朝聶衍道：「這是我師父，救過我性命，你應該是頭一次見吧？」

說著，又朝秦有鮫道：「這便是我的駙馬。」

秦有鮫吹了個口哨，灰色的眼眸上下打量他：「也沒比趙京元好看多少。」

「師父。」坤儀微惱。

秦有鮫擺手，算是打了招呼。聶衍也只垂了垂眼皮，當做見禮。

奇了怪了，這兩人應該是不認識才對，怎麼只打了個照面，就像有幾世的舊仇一般？

第32章　怎麼都是妖怪

掌燈酒家位於合德大街的朝南街頭，菜品上乘，服務周到，是以生意一直興隆，三層的回字樓裡歌舞昇平，熱鬧非凡。

然而，快樂是別人的，坤儀所在的屋子裡氣氛凝重得像一潭死水。

聶衍覺得面前這個人並非常人，秦有鮫亦是看他不順眼，兩人僵持片刻之後，竟是同時伸手拽住了坤儀的左右手腕。

「誒誒誒，有話好說，你們神仙打架，莫要殃及我這個凡人。」坤儀睫毛直顫，「我身嬌體弱的，可經不起你們拉扯。」

秦有鮫聞言就翻了個白眼：「妳是紙糊的不成？」

「恩師明鑑啊，我這水豆腐一般的美人兒，比紙可軟多了。」她嘻笑，試圖緩和兩人的氣氛，「今日時候也不早了，咱們不如就先到此為止，等有空再一起用膳？」

「好啊。」秦有鮫眯眼，「那你是要隨我回府，還是要跟他走？」

聶衍輕哼，手上的力道微微加重：「我與殿下尚在新婚。」

「家國天下，向來排在兒女情長的前頭，大人既是執掌上清司，想必該明白這個道理。」

眼瞧著兩人又要吵起來了，坤儀連忙道：「我來的時候就收了宮裡的傳召，皇后娘娘要我進宮去坐坐呢，侯爺事忙，師父也是剛回京，二位不如就都先回去，我也好進宮去回話。」

知她是在和稀泥，秦有鮫微惱地瞪她一眼，暗罵她一聲沒出息，他教她多少年了，她才剛認識這人多久，竟就要拿他與他平起平坐。

聶衍也不太高興，他不喜歡秦有鮫，可她卻沒像先前對容修君的那般果斷，反而還要顧及這人的感受，連晚膳都不隨他回去用。

「我說幾句話妳再走。」他拉著她，避開秦有鮫，去了外頭的露臺上。

坤儀往後看了看，見師父沒跟上來，才小聲對他道：「你別這樣呀，那畢竟是我師父。」

停住步子，聶衍面無表情地側過頭來：「妳可知妳師父是妖怪？」

坤儀一怔，接著失笑：「怎麼可能呢，他是教我們道術的老師。」

「誰告訴妳妖怪就不會道術？」

喉頭一噎，坤儀看了看面前這人分外認真的眼神，表情也跟著凝重了起來。

聶衍是能識妖之人，雖然看起來與秦有鮫不太對付，但也不至於頭一次見面就污蔑他。他這麼說，應該是有些緣由。

可是，妖怪都是會吃人的，她與秦有鮫相識這麼多年，別說人了，他連肉都不怎麼吃。且先帝在世之時，對他頗為倚重，他也未曾恃寵而驕，謀求私利。若是妖怪，他這麼多年圖個什麼？

小臉微皺，坤儀揉著袖口沉默了許久，低聲道：「我會留心的。」

一看她就是不當回事，聶衍臉色更沉：「好心才提醒妳，殿下若與他感情深厚，便當我沒說過。」

說罷一拂袖，徑直離開了掌燈酒家。

像是生氣了。

坤儀望著他離開的方向直嘆氣，一扭頭，正好對上朝她走過來的秦有鮫。

「為師也只和妳說幾句話。」秦有鮫難得地嚴肅起來，剛硬的輪廓顯得十分冷峻。

坤儀打起精神，乖乖地捏著手等著他發話。

然後她就聽見一句：「妳可知妳夫君是個妖怪？」

坤儀：……

坤儀：??

這兩人別是走失的孿生兄弟吧，怎麼說的話都一模一樣，多大仇啊，在當下這個談妖色變的朝代裡，一見面就都說對方是妖怪，也幸好是她在聽，要是皇兄聽見，這還得了？

哭笑不得，坤儀給他解釋：「師父，昱清侯確實不是常人，他幼年就開始修道，如今已經是斬妖無數功績赫赫的道人，他若是妖怪，這天下就要翻了。」

秦有鮫沒有笑，淺灰色的眼靜靜地看著她，等她說完，才慢悠悠地道：「這就是他的可怕之處。」

一個上清司的主司，集結天下道人，統管斬妖之事，若其真身是個妖怪，那誰還能將他如何？

坤儀怔愣地回視他，想起這段時間遇見的怪事和心裡對聶衍的疑惑，也覺得他對朝廷興許是有所隱瞞，但要以此說他是妖，那也未必太寒人心。

多少妖怪來襲都是他幫著擺平的，若沒有他，這天下還不知道會是什麼樣子。

搖搖頭，她又嘆了口氣，低聲道：「我會留心的。」

聽她這漫不經心的語氣，秦有鮫惱得伸手戳了戳她的腦門，想到這人新婚燕爾感情正濃，到底是不忍苛責，恨鐵不成鋼地瞪她一眼就走了。

留坤儀一個人站在露臺上，吹著滿懷的夜風，內心無比惆悵。

她分明是皇室公主，嬌滴滴的女兒家，怎麼會突然像個被婆婆媳婦夾在中間的可憐的男人，裡外都不討好。

造孽啊！

原還有些懷疑聶衍，聽完這兩人的話，坤儀只覺得男人鬥起嘴來可怕，再也沒往多處想。不就是互相攀誣告狀麼，這樣的氣話她若往心裡去，那該有多少愁不完的事。

府邸是回不去了，她乾脆如先前說的那樣，扭頭進宮去見皇后。

這幾日皇兄身體好轉，宮內氣氛輕鬆不少，但皇后瞧著還是有些憔悴，給她免了禮之後就坐在主位上撐著眉骨喘氣，臉色蒼白，眼神也有些渾濁。

若是往常，她見狀也就不會多叨擾了，可今日，坤儀打量了皇后兩眼，突然笑著問：「三皇子和四皇子近來可還和睦？」

皇后一聽這話就又嘆了口氣，揮退左右，招她到身邊坐下：「陛下有意立三皇子為儲君，小四不情願得很，近日正鬧得厲害，連帶著今上也不願意來本宮的宮裡坐了。」

帝后感情甚篤，雖也有宮嬪伴駕，但這麼多年了，皇兄對皇嫂一直隆寵不衰，怎的到了這個年紀，反而是因著皇子的事疏遠了？

坤儀有些唏噓，伸手剛想寬慰寬慰她，就驀地瞧見了她手上的傷。

三條爪痕，看起來十分可怖。

她一怔，還沒來得及細看，皇后就將袖口落了下去，略顯慌張地道：「這是被宮貓給抓的，殿下可莫要告訴今上，以免他覺我一把年紀還用苦肉計爭寵，平白惹他厭煩。」

「我省得。」坤儀抿唇，丹寇卻是悄悄攏緊。

宮貓爪子尖細，不可能抓得了那麼寬的口子，她這傷口邊緣泛紫，隱隱有些黑氣籠罩，與其說是獸爪，不如說是妖怪傷的。

離開皇后宮裡，坤儀找到了如今在宮內當差輪值的淮南。

「和福宮？」淮南想了想，「並未發現什麼異常，甚至比起別的宮殿，和福宮附近的妖怪反而更少些，也沒有什麼來路不明的法陣。」

這就怪了，最平靜的宮殿裡，當朝國母反而是受了妖傷？

坤儀猶豫再三，還是沒告知皇兄此事，只吩咐淮南，在上陽宮附近多增派些人手。

「娘娘，坤儀公主出宮了，未曾去向陛下請安。」宮人低聲回稟。

張皇后坐在寢殿裡，聞言點了點頭，神色稍鬆，卻又問：「今上呢？」

宮人有些為難，將頭磕在手背上，悶聲道：「賢才人身子不適，今上過去探望了。」

這個時辰過去探望，今夜想必是不會再過來。

眼裡的光黯了黯，張皇后揮退宮人，兀自倚在鳳床上出神。

她嫁給盛慶帝已經有二十年了，他還是頭一回這樣冷著她。

是因為她露出馬腳了嗎？

低頭看了看自己手背上的傷，張皇后苦笑。

張國舅最近被聶衍的勢頭逼得有些急了，接連對今上出手，就想讓皇子早些登基，好讓江山徹底落在張家手裡。

那兩個皇子都是她所出，身上流著她的血。今上對張桐郎而言，只是一個暫時保管龍袍玉璽的外人，想要龍袍玉璽的時候，這個人就得死。

可她不想要他死。

她替他擋了幾次暗殺，前段時間遇見的大妖卻是有些難纏，傷她太重，導致她隱約顯了原形。他推門進來之時，她雖是極力掩飾，但應該多少也察覺到了端倪。

似乎就是從那時候起，他開始疏遠她了。

盛慶帝疑心向來深重，她知道。只是沒料到有一天，他的這份疑心也會落在自己的身上。

「結髮為夫妻，恩愛兩不疑。」她撚起自己一縷青絲，喃喃地唸出了聲。

月下梢頭，宮內又是一個氣氛緊張的深夜，上清司的人來回巡邏，盛慶帝睡在賢才人的宮裡，眉宇間也不甚平穩。

他夢見自己的親妹妹坤儀變成了一隻老鼠，生得碩大可怖，毛皮油亮，張了嘴就要來吃他。他連忙奔逃，遇見皇后，一把便拉上她一起跑。

結果跑著跑著，他覺得不對勁，回頭一看，手裡捏著的哪裡還是皇后，分明是一架會說話的骷髏。

「陛下。」她幽幽地道，「您不是說了，今生今世，都只念臣妾一人麼？」

猛地驚醒，帝王急促地扶著床弦喘氣，旁邊的才人連忙替他拍背，低聲詢問他怎麼了。

「今上。」守在外間的郭壽喜見他醒了，便跟著進來道，「和福宮那邊守著的人來回話，已經在外頭站了一個時辰，您可要見見？」

第33章　張皇后

和福宮是皇后寢宮，自然也會有上清司之人鎮守，只是這個鎮守的人，盛慶帝親自挑選，特意選了個能拿捏其家人的，好讓他完全為自己所用。

眼下他來回話，定然是和福宮有動靜。

旁邊的才人有些吃味，抱著他的胳膊撒嬌：「這都什麼時辰了，皇后娘娘總不至於要陛下趕過去，陛下還是就寢吧。」

才人年輕，生得又貌美，自認比皇后那年老色衰之人強上不少，一直不受恩寵，便覺得是皇后刻意打壓，眼下好不容易有了機會，她不願意放過。

然而，方才還十分溫和的帝王，當下竟是直接甩開了她的手，一邊起身讓郭壽喜更衣，一邊冷冷地瞥了她一眼。

才人有些莫名，還沒來得及問自己哪裡做錯了，便有宮人湧進來，將她的嘴堵上，用被褥裹著抬了出去。

「宣他進來說話。」

「是。」

上清司的暗衛來得無聲無息，見盛慶帝摒退了左右，便直言：「皇后娘娘每到深夜都會離開和福宮，或者是前往上陽宮，或者是跟著陛下來其他的宮殿，身法精妙，不為尋常侍衛所察。」

一介女流之輩，竟能躲過宮中禁軍的耳目，一直跟著他？

盛慶帝覺得後背發涼，神色也愈加緊張：「她跟著朕做什麼？」

暗衛搖頭：「到陛下附近便會立下結界，結界之中發生的事，屬下並不能知道，但多日以來，娘娘行為詭異，恐有妖邪之嫌。」

盛慶帝是真的很害怕妖邪，那東西奪人性命都不給人反應的機會，他幾十年的江山基業，哪裡能甘心死得不明不白？

可一聽這人說皇后是妖邪，他心裡又不舒坦，臉繃得十分難看：「沒證據之前，此等話莫要再說。」

「是。」暗衛應了，躬身退下。

帝王無心再留宿其他地方，徑直帶著人回了上陽宮，批閱奏摺到了天明。

天明之時，張皇后也回了寢宮，帶著更為嚴重的傷，開始休養生息。

「我看她能撐多久。」張桐郎站在池塘邊餵著魚，魚餌撒了滿池，「再這樣下去，別怪我心狠手辣。」

張曼柔被自家父親嚇得後退了半步，可想起那個很是疼愛自己的姑姑，還是忍不住小聲道：「到底是骨肉……」

「我們拿她當骨肉，她可曾拿我們當骨肉？」張桐郎冷眼橫過來，「妳與她都一樣，自私自利，胳膊肘往外拐。」

臉色白了白，張曼柔低頭：「父親又不是不知道昱清侯，那個人豈是好糊弄的，他眼下與殿下正新婚，我們選的實在不是時候。」

「何為時候？等他再登高一些，我們手裡能擺出來談的籌碼只會更少。」張桐郎冷眼打量她，「妳別當我不知道妳在想什麼，既想要我張家的榮耀，又不想為家族出半分力氣，天下沒有這麼便宜的事。」

他扭頭，目光深沉地看向池塘裡搶食的魚：「妳若是不知道忘恩負義的下場，我就讓妳的姑姑給妳作個前車之鑑。」

張皇后一心想護住盛慶帝的性命，但她又不敢現出原形，是以只能自封部分妖力，再與他派去的人廝殺，他派去的人越來越多，她受的傷也就越重，只消再過幾日，她便要與那盛慶帝死在一處，也算成全她這一腔妄念。

一覺睡醒，坤儀捏著玉碾打著呵欠坐上飯桌，正好對上聶衍一張冷冰冰的臉。

昨兒與秦有鮫的會面太過不愉快，他似乎到現在還沒消氣，兀自喝著粥，也不搭理她。

坤儀倒是有心與他說話，奈何這人從頭到尾都沒抬頭，視線都不與她交織。

今日有朝會，馬車已經在外頭等著了，聶衍用完早膳，起身就往外走，坤儀見狀，跟著放下碗筷追出去。

「誒，你昨晚沒睡好啊，眼下烏青好重。」她一邊在他身後蹦跳一邊歪著腦袋去瞅他，「本就憔悴還板著臉，不好看啦。」

聶衍恍若未聞，周身結著三尺寒冰，將她從飯廳一路凍到偏門。

門外馬車已經在候著，兩人氣氛卻是不太融洽。坤儀正琢磨要不分坐車駕，結果就見朝中臨近住的幾位重臣的車馬在前經停。

「見過殿下、侯爺。」眾人紛紛與他們打招呼，略帶好奇地看著這對新婚眷侶。

坤儀拉了拉聶衍的衣袖，後者突然就化了臉上的寒霜，溫和朝他們回禮，然後攬著她的腰，十分體貼地將她扶上了馬車。

「這二位感情融洽，真是好事。」

「是啊，也算是良緣。」

各家要進宮的後眷瞧著昱清侯那溫柔的模樣，一邊豔羨一邊道：「看著沒什麼問題，侯爺都這般親近，殿下又怎會是妖。」

「當說不說，這位殿下身上的怪事確實多，也就昱清侯爺能鎮得住她。」

「可惜了昱清侯爺，年少有為的棟梁材，始終要擔著個駙馬的頭銜。」

……

車簾落下，方才還親密的兩個人瞬間又回到了相對無言的氛圍之中。

聶衍是真的在生氣，秦有鮫身分特殊，他都已經告訴她了，她卻還是要進宮去見他，到底是多了不得的情誼，讓她連性命都不顧了？

昨兒回府，他還當她會來解釋兩句，結果好麼，直到三根蠟燭燒完，他也沒等來半句話，一打聽，這位殿下為著容顏常駐，早早地就入睡了。

完全沒將他放在心上。

她要如此，他便也懶得多說話，將外頭的場面做夠了，便連多看也不看她。

要是以往，坤儀怎麼也會找兩句話來同他說，可這會兒，馬車都要走到宮門口了，她也還是沒開口。

不說拉倒，他也不盼著。

聶衍冷冷地移開了視線。

坤儀自是不知他這一番心思，她只是又想起了皇后，想著今日師父也要進宮，不如請他去看看皇后。

可又想著，皇后已經生了兩個成年的皇子了，她要是出岔子，這奪嫡奪得正起勁的兩個皇子該如何自處？

「殿下，侯爺，到了。」馬車停下，夜半的聲音在外頭響起。

坤儀回神，終於看了看聶衍：「你下朝之後別走那麼快，來尋一尋我。」

聶衍看著遠處，淡淡地道：「上清司事忙。」

上清司如今確實是忙，聽他這麼說，坤儀自然不再強求，只讓夜半記得提醒侯爺用午膳，便帶著蘭苕往後宮的方向去了。

聶衍站在宮門口，沉默了好一會兒。

夜半整理著馬車上的韁繩，瞥他一眼，忍不住道：「侯爺，很多時候只是一些小事，若是悶在心裡久了，便會生根發芽，變成大事。」

「你最近很閒？」聶衍沒好氣地問。

夜半一凜，當即閉嘴，拱手送他上朝。

什麼大事小事，聶衍一邊走一邊冷漠地想，他才不在意，她願意說就說，不願意說也就過去了，昱清侯爺一向大度。

只是，在朝堂上看見秦有鮫的時候，他還是沒忍住，借著道術的掩護，暗裡朝他飛去好幾道顯妖符。

秦有鮫正在給帝王述職，察覺到異動，嘴裡沒停，一隻手卻背到身後，暗暗與他鬥起了法。

符咒在空中飛舞又僵住，被推過來又被擠回去，最後啪地一聲貼在了正在為三皇子說話的朝臣的嘴上。

始料未及，這位朝臣突然就變成了一個兩人高的樹妖，枝葉繁茂，直衝房梁。

群臣大驚，聶衍反應倒是極快，當即落下法陣。

樹妖還沒來得及吭聲就化作一道金光，消失在了法陣之中。

帝王驚駭不已，皺眉看向聶衍：「這等妖怪，怎麼進的朝堂！」

宮門各處已經有上清司的人做眼，按理說妖邪再不該出現才對。

聶衍只頓了一瞬，便上前稟告：「臣追查這隻樹妖已有三月，一直無法捉拿其潛伏黨羽，故而今日不得不將其放入宮門，好引蛇出洞。」

說罷，一抬手，遞給郭壽喜一份奏摺，上頭詳稟了這樹妖的來歷，牽扯來往的其餘人。

盛慶帝只掃一眼就消了氣。

聶衍做事很細緻有理，那樹妖方才還在朝上讚頌三皇子，將其誇得天上有地下無，一看來往人員，果然是涉嫌黨爭。

這些妖怪已經精明到意欲裹挾他的皇子，真是豈有此理，若不是昱清侯在側，他還真拿它們沒辦法。

合上摺子，帝王當場發落了好幾個重臣，大多是三皇子的擁躉。

朝臣心驚，以為四皇子逆風而上，突然翻盤，秦有鮫卻是似笑非笑，瞥了瞥聶衍的手。

這人，摺子是剛寫出來的，用了極高的道術，修為還真是不淺。

但也就是說，若是方才那符紙沒有飛錯，一隻妖怪便要繼續在朝堂上進出，雖然是隻沒有攻擊性的樹妖。

這昱清侯，打的是什麼算盤？

朝堂上出現妖怪可是一件大事，哪怕沒有任何傷亡，消息傳到後宮，皇后還是掙扎著下了榻：「我去看看陛下。」

「娘娘莫急，陛下沒有受傷，昱清侯還在呢。」宮女連忙扶著她，「待會兒國師就來回話了。」旁邊來請安的妃嬪也一併勸說：「娘娘先養好身體要緊。」

張皇后搖頭，神色很是慌張，揮開來扶她的宮女，低聲道：「先讓坤儀公主來和福宮一趟。」

第34章　瞿如一族

坤儀今日原就是要進宮去見皇后的，只是瞧著時候還早，她便先去了一位太妃的宮裡請安，結果剛坐下沒喝兩口茶呢，就被抬到了和福宮。

「殿下。」張皇后容色憔悴地倚著鳳床，一看見她，便淚如雨下。

坤儀嚇了一跳，連忙揮手讓後頭的人都下去，而後坐到她床邊：「皇嫂這是怎麼了？」

「我沒法子了，當真沒法子了。」張皇后一邊落淚一邊搖頭，「妳可一定要保住你皇兄的性命。」

大宋天子何其尊貴，怎麼會要她來保命？坤儀皺眉，剛想問緣由，就感覺周遭暗了下來。

華貴的擺設都被黑暗吞噬，偌大的皇后寢宮，轉眼就只剩了床前這一方天地。

她心裡一跳，站起來後退了兩步：「皇嫂？」

「妳莫要怕，我不會害妳。」張皇后淚光楚楚地看著她，「妳母后生妳生得晚，我雖只是妳嫂嫂，卻也是看著妳長大的，這麼多年，我若有歹心，妳也活不到現在。」

「理是這個理，但……」坤儀左右看看，有些苦惱，「妳未曾修習道術，卻會落結界。」

這很難不讓人懷疑是妖怪啊。

抹開眼角的淚，張皇后輕嘆一聲：「今日找妳來，我便沒想瞞妳，坤儀，你可知『瞿如』是何物？」

瞿如，古書裡長著人臉的鳥，生於禱過之山，聲音婉轉動聽，但早在幾千年之前就消失於人世。

直覺告訴她，這天不能繼續聊，會給她找來一堆麻煩事，可是人都有好奇心，尤其是坤儀這種又閒又尊貴的人，再害怕也還是忍不住多嘴問一句：「皇嫂與那異獸有什麼淵源？」

張皇后坦誠地道：「那是我的祖輩，因著凡人捕殺而避世，繁衍至我們這一代，族眾已經不剩多少，因而我們只能化身為人，混入妳們當中，才能繼續活下去。」

坤儀被她嚇得打了個嗝。

當朝國母，入主中宮二十餘載的皇后娘娘，竟然是妖怪？

這等的祕密，一旦洩露出去，皇室必將大亂，她怎麼會突然告訴她？

「起初我嫁與妳皇兄，是哥哥的安排。」張皇后低垂著臉，側顏蒼白而恬靜，「可後來，我是當真喜歡他，才與他生兒育女。」

「如今兩位皇子長大了，我哥哥也起了別的心思，一連數日都派了得力妖怪來暗殺。」

「我快攔不住了。」

露出手上和脖子上的傷，張皇后憂心忡忡地看向她：「坤儀，妳救救妳皇兄吧。」

她身上的傷有些可怖，坤儀只瞥了一眼就不忍再看，兀自站著，沉默。

張皇后盤算過，坤儀雖是驕縱，但本性純良，告訴她這件事，她不會鬧大，只會想法子護著她的皇兄，又能借著昱清侯的勢，是最好走的一條路了。

可是，坤儀聽完竟然不說話，她看不明白她在想什麼，當下也有些慌：「妳不願？」

「不是。」回過神，坤儀抿唇，「護駕之事我自然會辦，但有幾件事，我想先同皇嫂問個明白。」

「什麼？」

「皇兄先前中風之時，上陽宮有一法陣，是何人所落？」

張皇后嘆了口氣：「是我，有人想將陛下那一魄直接打碎，好讓陛下久病不起，我從中動了手腳，將陛下那一魄困在花窗裡，只是，哥哥很快就發現了，我別無他法，只能借著陛下的口，留你二人在宮裡過夜。」

昱清侯道行極高，救出那一魄不成問題。

只是……

坤儀定定地看著她，問出了第二個問題：「妳既是妖怪，昱清侯與妳交談過，他難道沒發現？」

張皇后一愣，下意識地別開了臉：「像我們這種修為極高的妖怪，凡人輕易是不能看穿的，我未曾危害過陛下，昱清侯沒有發現也是情理之中。」

坤儀不信。

聶衍能一見面就說秦有鮫是妖怪，不可能沒看出皇后的身分。

想起先前他的行為和秦有鮫的話，坤儀神色有些嚴肅。

「妳莫要多想，」張皇后直搖頭，「昱清侯現在是咱們唯一可以倚仗的人，只有他能壓住那些大妖，保住皇室眾人的性命。」

秦有鮫雖也厲害，但他勢單力薄，一人難以護那麼多人的周全，而聶衍，他有整個上清司。

「他能保住我等性命，便也是說，我等的性命都在他手裡。」坤儀抬頭，鳳眼裡神色有些迷茫，「若有朝一日，他也起了別的心思，我等又該如何是好？」

張皇后啞然，手指攏緊身上的被褥。

坤儀想得沒錯，聶衍那個人是有更大的野心在的，但眼下，她們沒有別的路可走了。

好在，坤儀似乎只是在問她自己，並未想從她嘴裡得到答案，說完就起身，示意她解開結界。

張皇后放她出去了，又有些不放心：「坤儀，我絕不會害妳皇兄。」

「我知道。」她擺擺手，走得頭也不回。

其實坤儀不恨妖怪，哪怕牠們總想吃了她。這天下本就不是獨屬於人類的，人類占據了牠們的領地，牠們要麼去更遠的山林裡，要麼就混入人群一起生活。

只是，坤儀做夢也沒想到，連當朝皇后竟然都是妖怪。

妖怪數量遠不及凡人，但若上位者都成了妖怪，每年無辜死去的人該有多少？

腦子裡亂成一團，她走路也沒看路，一出門就撞到了人。

秦有鮫被她撞得悶哼一聲，瞪一眼她頭上尖銳的鳳釵，又揉了揉自己的心口：「殿下，一日為師終身為父，您這是弒父。」

坤儀抬頭，懵懵地看了他好一會兒，張口想說什麼，想起聶衍說他是妖，她抿唇，將話在舌尖打了個轉，換了字句：「師父瞧這和福宮，可有什麼異樣？」

秦有鮫瞥一眼宮簷上頭有些橫亂的妖氣，曼聲道：「能有什麼異樣，她做皇后都二十年了。」

就算有異樣，也只能是沒異樣。

面前這小徒弟似乎很不開心，失望地垂下頭，繞開他就繼續往外走。

「坤儀。」秦有鮫難得地正經了神色，看著她的背影道，「妳不必思慮過多，為師既然回來了，便會護妳周全。」

又是一個能護周全的。

坤儀頭也沒回，只伸手朝他揮了揮。

聶衍不可靠，她師父也不可靠，這事兒，她還是自己琢磨吧。

老實說，坤儀很貪慕享受，錦衣華服，珍寶珠翠，她樣樣都要用天下最好的，每日描眉點妝都能用上一個多時辰，出行的鳳駕更是盛京街上獨有的風景。

但，公主就是公主，打出生身上就挑著擔子，遇見這種離奇事，她怕歸怕，卻也不至於退縮。眼下只有她能救皇兄，而她能做的，就是去找聶衍。

今日的朝會不太平，群臣出宮的時候臉色都不好看，聶衍雖是逃過了帝王的懷疑，但卻惹了三皇子一黨不滿，於是一下朝就有人將他攔在宮門口，企圖談談話。

聶衍剛要發火，遠遠地就看見一團黑霧朝這邊衝了過來。

「幾位大人這是做什麼，找不到出宮的路了不成。」坤儀笑著行至這群人面前，眼底神色卻是冰涼，「反了天了，在皇宮門口欺負我的駙馬。」她朝他們的背影撇了撇嘴，而後戴上最真誠的笑臉，盈盈望向聶衍。

幾個大臣一愣，尷尬地朝她行禮，而後紛紛尋藉口告退。

「要不要本宮捎帶各位一程？」

聶衍微微一怔，想起自己還在生氣，當即別開了頭：「殿下怎麼還在這裡。」

「自然是等你一起回家啦。」坤儀道，「不過在回家之前，想請你幫個忙。」

就知道她一定是有事相求。

沒好氣地將手負在身後，他示意她直說。

於是坤儀就說：「皇嫂最近老是做噩夢，我今日去她寢宮一看，發現有些不對勁，先前問過淮南，他說和福宮一切正常，我想著也許是他們本事不夠，看不出來，便想請你去看一看。」

和福宮。

聶衍不用去就知道是什麼問題。

張桐郎為了自己的私心，在皇后的宮裡留了一條能容妖通過的暗道，是以就算上清司把守宮門，他的人也能出入皇宮。

聶衍早有想法要封鎖這條暗道，但今上十分愛重皇后，一時沒找到合適的機會，沒想到坤儀倒是主動來提了。

他垂眼，面露難色。

「怎麼？」她拉著他的衣袖，眼睛眨啊眨地看著他，「沒空麼？」

「不是。」聶衍低聲問，「陛下可知此事？」

坤儀擺手：「皇兄最近忙得焦頭爛額，哪裡有空管後宮，你隨我去一趟，只當是請安便好。」

他抿唇，目光掃過她這張滿是期盼的小臉，沒吭聲。

坤儀在求人的時候態度還是十分端正的，立馬道：「我也知是勞煩你了，等忙完回去，我替你上清司的人討個賞，叫那幾個主事今年都能跟著去春獵，可好？」

頓了頓，又道：「也可以把侍奉師父的時間都空出來，陪你用膳。」

春獵是個好事，上清司那些人能去一趟，以後行事能方便不少。

但聶衍更喜歡的還是後頭這半句。

「一言為定。」他鬆了眉眼。

第35章　她該被嬌養

坤儀覺得，昱清侯其實也挺好哄的，只要你照顧到他的手下人。

比如上回，她帶廚子去做菜給上清司的人吃，他就很高興，眉眼裡都是笑意。

再比如這次，他分明好像有什麼為難的地方，一聽主事們能去春獵，便也答應她了。

如此看來，他也算是有情有義。

既然有情有義，那她就還有機會。

心裡有了主意，坤儀先與他一起去了和福宮，張皇后瞧見他，有些高興，又有些許的畏懼，帶二人行至後庭，藉口與坤儀說話，只將他一人留在那裡。

聶衍做事向來俐落，瞧見了缺口，幾張符紙帶著法陣就落了下去。

他道法蠻橫，震得十里之外的暗道另一側守著的小妖都顫了顫。

「好厲害的道人。」幾隻妖湊在一起嘀咕，「上清司多久沒出過這麼厲害的道人了？」

「有些年頭了，不過這道行比起當年上清司的祖師爺，還是差些火候。」

「也不錯了，至少眼下盛京裡咱們的人都不是他的對手。」

「先去稟告大人吧。」

聶衍收手，盯著那地方看了片刻，便拂袖要走。

「你既落陣，為何要落活陣？」背後突然響起一個人的聲音。

步子一頓，聶衍微微側頭。

秦有鮫不知何時出現在後庭，一身柏色長衫，墨髮束攏，眼神別有深意：「以你的修為，完全可以落一個死陣，徹底守住這宮闈平安。」

聶衍睨他，眼裡盡是嘲諷：「我做事也得與你上個摺子？」

「不敢，但我能與我那蠢徒弟說說，看她會怎麼想。」

「隨你。」

說是這麼說，秦有鮫還是察覺到他動了怒，當即失笑：「這裡只你我二人，你又何必忍耐。」

廢話，想與他動手有的是地方，他怎麼可能挑在和福宮的後庭。

聶衍嗤笑，剛想走，不料身後卻有殺氣朝他襲來。

卻邪劍自手中化出，聶衍想也沒想，反身就擋了這一擊，末了劍刃一橫，一道劍光直衝秦有鮫的面門。

「師父！」

坤儀原是想過來瞧瞧他的，誰曾想正好遇見這場面，當即喊了一聲，提著裙擺就朝秦有鮫的方向衝了過去。

瞳孔微縮，聶衍想收回劍光已經來不及，只能眼睜睜地看著她跑到秦有鮫的身邊——

然後在離他三步遠的地方停了下來，堪堪躲過劍光，讓劍光直衝秦有鮫而去。

聶衍：？

秦有鮫：……

祭出隨身的法器將這一道劍光擋下，秦有鮫簡直要氣死了：「妳跑過來給為師喊魂的？」

坤儀十分無辜地眨了眨眼：「我修為不如師父百分之一，上去接這東西，沒命了怎麼辦？」

「妳就不怕為師沒命了？」秦有鮫瞪她。

她嘿嘿兩聲，笑得十分甜美：「師父福大命大，不會的。」

笑完，神色收斂了些，轉頭看向聶衍。

他已經飛快地收了劍，面容鎮定，但眼神有些躲閃。一身的戾氣雖然掩得快，卻還是都落進了她眼裡。

說實話，這是對方先動的手，他還手已經算是輕的了，但不知道為什麼，迎上她的眼眸，聶衍還是有些心慌。

他想起她說張國舅，一身戾氣，看著凶狠，不招人喜歡。

那方才他的模樣，她是不是也會不喜歡？

坤儀朝他走了過來，聶衍將手背到身後，薄唇緊抿，略顯不安。

然而，這人只是歪著腦袋看了看他，然後就牽起了他的衣袖：「侯爺看起來心情不佳，我陪你先回府好不好？」

下頷緊繃，聶衍想說點什麼，瞥一眼那邊虎視眈眈的秦有鮫，還是將話咽了回去，任由她牽著自己，將自己帶出後庭。

微風徐徐，宮裡河岸兩邊的柳樹都抽了碧綠的枝條，隨風飄拂，春意盎然。

坤儀拉著他，一言不發，從和福宮一路走出西側的宮門。

聶衍悶了許久，眼瞧著要上馬車了，他才沉聲問：「妳不高興？」

坤儀一頓，轉過身來仰頭看他，輕輕嘆息：「宮闈之內是不能擅帶兵器的，你雖特殊些，但若叫皇兄知道了，他難免心裡不痛快。」

聶衍垂眸，嘴角抿得更緊：「他先對我出手。」

「師父？」坤儀皺眉，「好端端的，他為何要對你出手？」

她這話，擺明了就是偏心。那麼信任她師父，卻不肯信他。

聶衍冷了臉，甩開她的手就要走。

「誒。」她連忙將人攔住，哭笑不得，「我有疑惑，你可以替我解答，怎的話沒說完就要走？又不是幾歲的孩提，還要鬧彆扭不成？」

他死抿著嘴，眼裡霧沉沉的，瞧著甚是委屈。

坤儀心軟了，捏起他的手，緩和了語氣：「別說是他先動手，就算當真是你先動手，我也不會怪你，就是怕你氣性太大，誤傷著旁人。」

要是先前，她還能只把他當個美人兒看待，可現在，知道他或許不是人，坤儀就要小心得多了。

得哄著，不能讓他獸性大發，更要對他好，要讓他欠下恩情。

孟極一事裡他就說過，妖怪若是欠了恩情，就必定要償還——這也許就是破局之法。

定了定心思，坤儀碰了碰他的手指，發現涼得很，便伸了兩隻手去裹住他的拳頭。

柔軟的暖意自她手心裡傳過來，聶衍眉目鬆了下來，輕哼了兩聲，表情還有不忿，卻緩和了許多，只悶聲道：「方才妳徑直跑向他。」

分明與他成了婚，跑向的卻是別人。

坤儀一臉莫名：「我從拐角的月門過來，他離我最近呀，就算我要跑向你，也得經過師父身邊。再說了，你那時候那麼凶，我朝你跑過去，你一劍砍了我怎麼辦？」

手微微收緊，聶衍垂眼：「不會。」

「嗯？」

「我說，不會砍到妳。」他悶聲道，「我要對付的是外人，不是妳。」

她與他尚未圓房，竟也就算他的內人了？

坤儀聽得有點感動，下巴蹭了蹭他的胳膊，嬌聲道：「那我給你賠不是，請你去珍饈館用膳可好？」

「在府裡用便是。」聶衍不太高興，「外頭亂得很。」

「你先嘗嘗他們的菜嘛，比我府上的廚子做得還好吃，而且味道新奇，有用油炸的小肉丸，還有新研製的炒菜。」坤儀抱著他的胳膊搖晃。

軟綿綿的身子這麼貼著他，聶衍就算是再清心寡欲，也忍不住動了動喉結：「殿下坐好。」

「我坐好啦。」她低頭看了看自己，不明白哪裡不妥，「難道要坐你腿上不成？」

「……」聶衍扭頭，看向窗外，身子微微緊繃。

身邊這人渾然不覺，依舊抱著他的胳膊撒嬌：「你放心，我絕不會讓旁人吵到你。」

她現在也挺吵的，分明生的是一張小巧櫻唇，卻總能說個沒完。

喉結幾動，聶衍覺得自己不太對勁，忍不住鬆了一寸衣襟，想透透氣。

結果一側頭，就發現旁邊這人瞪大了眼盯著他的襟口瞧。那目光，赤裸又理直氣壯，帶著欣賞和愉悅，瞧得一抹惱紅順著他的心口爬到了脖子根：「殿下！」

「嗯？」她好似沒發現他在惱，還伸手摸了摸他的鎖骨，「侯爺，你到底吃什麼長的，能生得這麼完美無瑕。」

身體的每一寸形狀都好看極了。

緋紅爬上了耳根，聶衍惱怒地擋開她的手，合攏了衣衫。

坤儀可惜地嘆了口氣。

馬車恰好在珍饈館外停下，她起身下車，反過來伸手扶他，眼角一挑，眉梢裡盡是風情：「侯爺別摔著了。」

誰要她扶。

聶衍兀自下了車，冷著臉進了館子。

坤儀跟在後頭，忍不住笑出了聲，她覺得害羞的昱清侯真是格外有人味兒，比什麼都可愛。

「殿下駕到，有失遠迎。」珍饈館的東家誠惶誠恐地出來迎她。

指了指前頭那人，坤儀嘆氣：「掌櫃的，我惹了美人兒不高興，得包場哄回來，您行個方便。」

珍饈館這地方來往的權貴甚多，還真不是那麼好包場的，但坤儀是誰，這話落下去，掌櫃的還真就應了，挨桌去賠罪，不到一炷香就替她將整個珍饈館清了場。

金描的飛鳳柱，銅打的看門獸，這麼個日銷萬金的富貴地，眼下絲竹依舊，歌舞依舊，人的吵鬧聲卻沒了。

聶衍挑了位置坐下，對她這分外鋪張的行為不甚贊同：「妳也不怕言官彈劾。」

坤儀依著他坐下，丹唇含笑：「彈劾我沒好處，那些精明的老頭子不會做的，頂多在你身上做文章，可你是誰呀，勢頭正好的上清司主司，必定能應付過去。」

說著，端起桌上的雕花銀盃，遞到了他唇邊。

流水似的佳餚接連上桌，聶衍越看越皺眉，她這一頓飯，能抵上尋常百姓吃一年。

然而，嘗了一口味道，他覺得，貴也有貴的道理，還真挺好吃。

聶衍不是個貪圖享樂之人，也未必喜歡這麼奢華的地方，但看著身邊這人，滿室燭光將她映得面容如玉，望著下頭順著水流經過的菜色，眼裡水波盈盈，舌尖一卷就將一片軟筍含進了嘴裡。

他又覺得，她就是該被嬌養在這些地方的。

金絲錦繡，碧玉鳳釵，天下的好東西全堆在她身上，好像也不過分。

第36章　般配

坤儀是慣會享受的，筍只吃尖上最嫩的兩寸，肉只吃脊背上最鮮的二兩，酒要喝十年的陳釀，佳餚鹹淡甜辣一分都不能偏。

珍饈館送上來幾十道菜，最後也只有三道入了她的眼，叫她捏著銀著多吃了兩口，眼眸微瞇，像一隻饜足的貓。

察覺到他在看她，坤儀挑眉，眼尾一掃，哭笑不得：「侯爺，菜在桌上，不在我臉上。」

聶衍默不作聲地收回目光，夾菜入碗，餘光瞥見她開心地繼續吃了起來，忍不住又多看她兩眼。

明眸皓齒，皎皎如月。

珍饈館的絲竹是一絕，綿長悠揚，動人心神，她一邊吃一邊和著曲調輕輕叩擊桌弦，身上的黑紗懶散地攏著，被燦若星漢的燈光一照，隱隱能瞧見裡頭細膩雪白的肌膚。

聶衍突然皺了眉，放下筷子問她：「殿下一直穿著這樣的衣裳？」

坤儀聽得正高興，想也不想就答：「自母后仙逝，我便一直穿著，司織局給我準備了各種各樣的黑紗，雖然顏色單調些，暗紋卻是有得挑的。」

「冬日不冷？」

「冷的時候裡頭多穿幾件便是。」

聶衍不說話了。

這個朝代女子衣著寬鬆大膽是尋常事，他連上清司的事都管不過來，怎麼會有心思去管她穿什麼。

坤儀敏銳地捕捉到了一絲他的不悅，十分意外地挑眉：「你覺得它不好看？我師父親自畫的符文，說能為我護身。」

「這上頭畫的是瞞天和過海符。」聶衍不喜歡她語氣裡的崇拜之意，冷著臉解釋，「瞞天符能掩飾凡人的氣息，讓一般的妖怪看不見妳，的確是能護身，但過海符是鎮妖用的，於妳並無什麼作用，妳師父為了唬人才加上去的。」

坤儀震驚了：「還能這樣？」

「行走江湖的騙子，多少都得有點花架子。」他沒好氣地道，「有空我幫妳重畫。」

「好呀好呀。」她高興地應下來。

月上柳梢，兩人用晚膳打道回府，倒是沒乘車，而是相攜走回去，車輿隨從都遠遠地跟在後頭。

「我瞧著皇嫂挺擔心皇兄的，你多派些人去守著他吧。」坤儀把玩著他修長的手指，身子懶洋洋地倚著他，「我瞧淮南就不錯。」

聶衍瞧著遠處的月亮，淡聲答：「陛下是一國之君，他不會受人安排。」

也不用他安排，他就已經自己籠絡了不少上清司的人，雖然都是些修為不高的普通道人。

「你既然接管宮闈巡防，加強戒備總是不難的。」她晃了晃他的胳膊，「我可就這麼一個哥哥。」

以往聽說誰家的大人被家眷吹了枕邊風，聶衍只覺得可笑，心志堅定之人，怎麼可能為婦人左右？然而現在，也不知道是夜風吹得太舒坦還是月亮太好看，他思忖片刻，竟是「嗯」了一聲。

後頭的夜半腳下一滑，差點沒站穩。

聽見他古怪的咳嗽聲，聶衍才意識到自己不太對勁，耳根微微一熱，拂開她就走快了些。

坤儀正高興呢，冷不防被他一甩，連忙追上去攔住他：「出什麼事了？」

「沒。」他有些惱，「時候不早了，快些回府。」

「也不用這麼快啊，剛用完膳，走這麼快會肚子疼。」她又來勾他的手指。

聶衍是想躲的，但這人動作蠻橫不講理，他還沒來得及抽手，她就已經將纖指塞進來，與她牢牢相扣。

都這樣了，甩開難免顯得有些小家子氣，這麼一想，聶衍就順理成章地任由她將他的步伐拉慢。

兩人並肩行在合德大街的街邊，她腰上掛著他送的璿璣琴，他腰上掛著她繡的醜荷包，一黑一白，一低一高，一繁一簡，倒是意外的和諧。

龍魚君趴在容華館的露臺圍欄上，半垂著眼瞧著遠處那兩人的背影。

「不甘心？」有人問他。

龍魚一怔，滿眼戒備地回頭，就見徐梟陽立在他身後，一身寶藍錦袍，面若白玉。

「是你。」他瞇眼。

徐梟陽展扇而笑：「整個盛京知你苦處的，也就只有我。」

「用不著。」將頭轉回去，龍魚君淡漠地道，「這兩人便就是你送作一處去的。」

「我給了機會，你沒抓住，怎麼還能怪在我頭上。」徐梟陽在他身邊坐下，伸手幫自己倒了茶，「你若能狠心將她蠱惑，讓她非你不可，今日的駙馬又怎麼可能是昱清侯。」

蠱惑坤儀？

龍魚君突然笑了：「徐大官人，我還當你什麼都知道。」

這世間的人，誰都好蠱惑，獨坤儀，誰也拿她沒辦法，她喜歡誰便是喜歡誰，通天的妖術於她都無用。

徐梟陽不太高興，放了茶盞道：「你若與我坦白，又願意助我，我便替你拆散了他們，再給你一次機會。」

龍魚君頭也沒抬：「今日事有些多，這就不送大人了。」

現在被他拒絕，徐梟陽也不意外，只道：「等你後悔了，讓人把這個送到任意一家徐家的鋪子上。」說著，扔下一塊腰牌。

龍魚君瞥了一眼，沒動，只先看著徐梟陽下了露臺，身影消失在樓梯之後。

再給他一次機會麼？他看向那塊腰牌，默不作聲地抱著雙膝，墨髮被晚風吹得翻飛，眼裡一片迷茫。

有了坤儀的枕邊風，第二日宮內上清司的人就多了不少，皇后看著十分高興，心裡一鬆，整個人就開始發起高熱。

盛慶帝聽見消息，急忙去了和福宮，可他沒帶任何太醫，只請了秦有鮫與他同去。

秦有鮫覺得盛慶帝是個十分矛盾的人，他分明很害怕皇后，可偏偏要所有護衛都站在外頭，只與他進寢殿。分明是來看皇后，但站在隔斷處，又不願再往前了。

「你只管替朕看看，她是真病還是假病。」

秦有鮫有些好奇：「陛下是不是知道了些什麼？」

盛慶帝抿唇，搖了搖頭，不願意說。

秦有鮫無奈，先去替皇后診脈，一炷香之後，寫完方子交給了外頭的宮人。

「如何？」皇帝問他。

「身上很多妖傷，看起來已經經歷過十餘次的打鬥，新傷疊舊傷，又無人為她送藥，這才發起了高熱。」秦有鮫一邊說一邊打量帝王的臉色，見他滿臉意外，卻沒有多餘的驚恐，便知他應該是料到了皇后的身分。

「今上。」秦有鮫忍不住道，「這世間妖怪很多，有好妖也有惡妖，不能一概而……」

「國師慎言！」盛慶帝沉了臉色打斷他，眼神十分凌厲，「妖比人強壯百倍，比人厲害百倍，若容妖於世，凡人無論貴賤，終會淪為桌上食物。」

秦有鮫閉了嘴。

他說得沒錯，一旦妖成了上位者，那不管是皇親國戚還是平民百姓，它們都是想吃就吃，凡人唯一還能活下來的理由，就是妖怪吃不下那麼多。

「還請國師，在這和福宮設下法陣。」盛慶帝悶聲道，「就設困囿陣即可。」

這是要軟禁皇后了。

秦有鮫往內殿的方向看了一眼，有些替張皇后不值。

背叛自己的家族，就為護住這麼一個男人，可這個男人還視她如洪水猛獸。她若被軟禁，無醫無藥，魂飛魄散也不是沒可能。

不過，秦有鮫和她畢竟不熟，今上這麼吩咐了，他就這麼做。

金光閃閃的法陣籠罩在了和福宮四周，帝王沉默地看著，眼裡顏色深如滄海。

但也只是片刻，他便回過身來，對淮南吩咐：「帶著上清司的人，查封國舅府。」

……

坤儀睡了個懶覺起身，正在用玉碾碾她的小臉蛋呢，就聽得專湊熱鬧的侍衛回來稟告：「皇后娘娘被打入了冷宮，連帶著三皇子和四皇子近期也被禁止參與早朝議事，劉妃一大早被抬成了貴妃，宮裡亂成了一團。」

玉碾差點被驚到了地上，坤儀不敢置信地哈了一聲，拽著侍衛問：「原因呢？」

「屬下沒聽著。」

吃瓜最討厭的就是一知半解，坤儀撓心撓肺的，當即起身，帶著蘭苕就往外走。

原是想直接進宮去，但想著聶衍今日休沐，還在府裡，坤儀也就繞個路過去同他說一聲。

然而，剛走到他的院落附近，坤儀就聽見夜半十分慌張地咳嗽了起來。

「殿、殿下怎麼這個時候過來了？」

不對勁。

沒理他，坤儀徑直闖了進去。

聶衍書房的門不但緊閉，還上了栓，坤儀推了一下，然後後退幾步，一腳踹了上去。

哢——嘭！

灰塵起了又落，屋子裡的兩個人像是被她這神力驚呆了，一個挑眉，一個愣住。

挑眉的是聶衍，至於愣住的這位……

坤儀上下打量她，又看了看外頭的天色，似笑非笑：「張家姑娘，在這兒過了一夜啊？」

張曼柔沒想到她這麼大力氣，連門栓都能踢斷：「見、見過殿下。」

「也甭見過我了，我昨兒就沒見過妳，今日一早倒是在這裡瞧見，怪不高興的。」徑直走到聶衍身側，坤儀捏起他的下巴看了看他，又瞇眼看了看張曼柔，「您二位在這兒做什麼呢？」

今日外頭露重，這位姑娘的衣衫卻是乾淨清爽，面色憔悴，髮髻微散，顯然是早就來了，並且待了很久。

第37章　我對你的真心

可看聶衍，身上衣裳很整齊，也沒別的味道，不像與她有染。

孤男寡女共處一室過了一夜，什麼也沒有，那在幹什麼，聊家國大事不成？

坤儀不高興，很不高興，小下巴一抬就盯著聶衍，等他一個解釋。

聶衍原是有些煩的，張桐郎自己引火焚身，為什麼要把女兒推來找他求救，可看見坤儀這模樣，他反而是鬆了眉，眼裡略有笑意：「殿下懷疑微臣不忠？」

「尚未。」她傲氣地點了點他的額心，「但侯爺若是說不出來緣由，那我不懷疑也得懷疑了。」

「殿下。」張曼柔連忙跪行兩步，「是小女深夜來向侯爺求救，侯爺謙謙君子，並未越矩。」

聶衍簡單地附和了個「嗯」。

坤儀氣極反笑：「侯爺解釋也不多花些心思。」

「如何才叫花心思？」他微微歪過腦袋，疑惑地看著她。

坤儀清了清嗓子，給他做了個樣：「卿卿！事情不是你看見的那樣！我與她沒有半分瓜葛！你千萬莫要往心裡去！我對你的真心天地可鑑！」

張曼柔：「……」

她覺得這位殿下應該少看些話本，戲也太過了，昱清侯這樣冷血無情的人，怎麼會有閒心……

「卿卿。」

他眸光流轉，微微啟唇，學著她的詞，卻換了個語氣，鴉黑的眼眸深深地望進她的眼裡，「事情不是妳看見的那樣。」

薄唇親抿，一字一句，像纏綿的綢緞，慢慢地朝她裹上來。

坤儀愕然，臉上驀地一紅，慌忙想推開他，這人卻伸手拉住她的衣袖，將她拽到了他懷裡。

「我與她沒有半分瓜葛，妳千萬莫要往心裡去。」他嘆息，氣息溫熱帶著木香縈繞在她耳側。

「我對妳的真心，天地可鑑。」

這人可真是，她就隨口一說，他還真能學，學就算了，還說得這麼……

心裡咚的一聲，接著心口就飛快地跳突起來，坤儀掙扎著推開他，雙手朝自己搧著風。

「好了好了，我信了。」

聲音本就蠱人，再配上他這張臉，簡直是要了人命。

臉皮極厚的坤儀公主，平生第一次害了臊，站在他跟前被他看得手足無措，只得扭頭去看下面還跪著的張曼柔。

「張姑娘有何事要我夫婿相助啊？」

沒什麼要相助的，眼下只想問問二位要不要殺了她助助興。

被秀了一臉恩愛的張曼柔長長地嘆了口氣。

「皇后娘娘為了陛下的安危，與張家決裂，陛下將她打入冷宮的同時，也查封了國舅府。」張曼柔長話短說，「張家其餘人尚能自保，我是想來求侯爺救救我姑姑，她一片痴心，不該是這個下場。」

原來是這件事，坤儀正經了神色：「妳姑姑可有留下什麼話給妳？」

「沒有，但我知道她身上的傷應該很重，若是被軟禁，還沒有太醫，便活不過這個月。」張曼柔掏出幾個青色瓷瓶來放在旁邊的茶案上，「還請殿下幫幫忙。」

直覺告訴坤儀，她方才求聶衍的應該不是這件事，但今日她本就要為這件事進宮，也就恰好了。

收了藥瓶，坤儀問聶衍：「你要收留她？」

聶衍搖頭：「沒興趣。」

「那我便順路送送張姑娘吧。」坤儀招手，讓蘭苕帶著她一併往外走，「侯爺記得好生用膳啊。」

聶衍輕嗯了一聲，看著她瀟灑地消失在門外，不免失笑。

倒是個脆生的性子，不矯情也不拖拉，風風火火的，像一把鑲滿寶石的小彎刀。

小彎刀坐在鳳車裡，對外頭的張姑娘沒什麼太好的情緒：「妳現在應該是通緝犯，本宮這麼帶著妳也不妥，等到街口，本宮便不送了。」

張曼柔眼裡有淚，欲言又止。

坤儀隔著黑紗，壓根不看她的臉，只道：「妳求侯爺一夜都無用，求我就更不可能了，我雖然喜歡美人，但不太喜歡危險的美人。」

聶衍除外，他太好看了，可以讓她忽略一部分的危險。

「小女不會與殿下爭搶侯爺。」張曼柔淚如雨下，「小女早有心上人，但眼下他不在盛京，小女無人可依。」

「有心上人那就更得避嫌了，這年頭男人的清白多重要啊，總不好為著這點善心，把清白也搭進去了。」坤儀輕笑，「再者說，妳又不是什麼普通的姑娘。」

張曼柔驚得一愣，一時都忘了哭。

她怎麼會知道的？

聶衍告訴她的？聶衍怎麼可能連他們張家人的身分都告訴她？不怕他們殺人滅口麼？

想起她腰間戴著的璿璣琴，張曼柔滅了心思，但又更覺委屈。

聶衍那樣高貴的族類，又有無上的法力，怎麼會看上這麼個驕縱的公主。

「沒關係。」她低了聲音，「殿下今日的送藥之情，曼柔記住了，以後若還能活著，必定會來還。」

說罷，在路口便混進人群消失了。

坤儀一眼也沒多看，打了個呵欠倚在軟墊上，晃了晃腳上新做的緙絲寶鞋。

妖怪的心思她未必會懂，但女人的心思，大家都一樣。她做不來活菩薩，只要兩人還是夫妻，她就不會願意他身邊多一個人。

鳳車很快到了地方，坤儀剛遞了請安帖上去，郭壽喜就親自出來將她引到了皇兄跟前。

她的皇兄，當今天子，穩重又心懷天下的皇帝，眼下正站在和福宮附近的露臺上，對一個宮人使著杖刑。

那宮人叫得太慘，嚇得坤儀邁上最後一個臺階的腳都頓了頓。

「罷了，莫要驚擾公主。」帝王瞧見她，連忙讓人撤了刑，將那半個血人給拖了下去。

「皇兄。」坤儀皺了皺鼻子，「這人犯了什麼事，竟用這麼重的刑罰？」

「他大逆。」帝王餘怒未消，「朕今日剛下令封鎖和福宮，他下午便偷摸送東西進去。」

坤儀好奇：「送了什麼？」

「給皇后的傷藥。」

坤儀：「……」裝著藥的袖袋突然變得好沉。

乾笑了兩聲，她有些不解：「皇嫂何至於連藥都不能用？」

帝王揮退了左右，粗粗地嘆了口氣：「她是妖怪，坤儀，她是妖怪。」

坤儀努力裝出一副驚訝的模樣：「怎麼會呢？先前有妖怪屢次從暗道進宮行刺，是皇嫂讓我找人將那暗道封鎖的，並且還日夜為皇兄安危擔憂，哪裡像妖怪？」

「傻丫頭，她若不是妖怪，又怎麼會知道妖怪的暗道在何處。」帝王擺手，「妳要記住，我們皇室中人，最不能信的就是妖怪。」

嘴角微抽，坤儀望了望天。

她該不該讓皇兄知道，他們身邊可能不止皇嫂一隻妖怪呢。

「對了，妳這麼著急進宮，是有什麼事？」帝王關切地看向她鼓囊囊的袖袋。

「沒。」坤儀擺手，「就是想皇兄了，來請個安。」

頓了頓，又道：「順便也想勸勸皇兄……」

「妳不必勸，朕是帝王，有帝王該做的事，斷不能失了原則，引亂民心。」帝王擺手，「妳今日就且在宮中轉轉，朕還有事，要先去一趟御書房。」

「是。」將話都吞了回來，坤儀低頭行禮，看著他踩著雲龍靴怒氣騰騰地走遠。

待她再抬頭，和福宮周圍一個人也沒有了。

連個引路太監都不給她留下？

坤儀撇嘴，打算原路返回，可沒走兩步，她覺得不對勁，又轉回和福宮，瞧見院牆上有一處沒落陣的地方，當即縱身爬了上去。

和福宮一改往常的尊貴繁華，法陣頂頭，沒有燭火，裡頭森冷又淒涼，坤儀有些膽寒，試探著喊了一聲：「皇嫂？」

微弱的回應聲在寢殿的方向響起，坤儀連忙入內，將藥瓶全放在她桌上，又去給她倒了杯茶。

張皇后的高熱已經退了，只是身子還發虛，瞧見她身上的金光，以為是帝王來了，眼淚一連串地掉：「三郎……」

「皇嫂，是我。」坤儀有些於心不忍，「妳別怪皇兄，他也有自己的不得已。」

張皇后眼裡一片渾濁，似是聽見了她的話，又似是沒聽進去。

坤儀撩開她的衣袖，發現她身上的傷都已經上過了藥，不由地挑眉。

帝王旨意這麼嚴苛，誰能越過那重重守衛，給皇后上這麼細緻的藥啊？

想起方才外頭那陣仗，又想了想自家皇兄的話，坤儀失笑。

皇兄什麼時候也這麼彆扭了。

按照祖訓，皇兄早晚是要在江山和皇嫂之間做個選擇的，但寧殺錯不放過如今上，眼下竟也在猶豫。

輕嘆一聲，坤儀給張皇后掖好被褥，正打算走，卻突然被她拉住了手。

「殺了……殺了他們。」她淚流不止，拚命搖頭。

「他們是誰？」坤儀不解。

張皇后卻沒繼續往下說，像是在夢魘裡一般，鬆開她的手，又倒了下去。

眼下張家上下全部被通緝，她還想殺誰？

坤儀心裡有些擔憂，又問不出什麼來，只能拿手帕替她擦了擦汗。

「皇嫂好生休息。」她輕聲道，「只要皇兄願意保妳，妳就會好起來的。」

「她好起來，那你宋家的江山可就好不起來了。」有人突然開口。

坤儀嚇得一個趔趄，忍不住回頭怒喝：「說了多少遍了，出現的時候給個動靜成不成！」

第38章　不能妨礙你

秦有鮫被她這呵斥聲驚了一跳，下意識地低頭回了一句：「抱歉。」

等他反應過來，不由地黑了臉：「有妳這麼對師父說話的麼！」

旁的徒弟不管什麼身分，都恨不得將他供起來，這位主兒倒是好，完全不把他當回事。

坤儀捂了捂嚇得撲通亂跳的小心口，平靜了好一會兒，才放軟了語氣：「師父，也沒您這樣不聲不響就出現在內闈的外男啊，這要是讓人知道，您和皇后一個也活不了。」

他行事，什麼時候讓凡人知道過。

秦有鮫不以為然，拂開衣袍在外殿坐下，隔著屏風看向皇后的位置：「瞿如一族因被人類所傷而退隱世間，論沒有人性，他們一族在妖界排前三，我勸妳不要管她的閒事。」

「可是。」坤儀皺眉，看向屏風上用金線繡著的雙飛翼，「她畢竟在皇兄身邊這麼多年，還養育了兩個嫡親的皇子。」

「所以呢，妳就想讓她好起來，帶著她生的皇子，奪了妳宋家的江山？」秦有鮫樂了，「沒看出來啊小徒弟，妳還有這等捨己為人的高潔品行。」

坤儀：「……」

按皇家的行事規矩，皇嫂自然是死了比活著好的，可這世間萬事又不是都只依規矩就能做好的，法外還有人情呢，就算皇嫂真的是妖怪，她又沒想著害皇兄，平白讓她就這麼死了，皇兄也不會好受。

老宋家的江山肯定不能丟，但有沒有法子能保全皇嫂？

瞧見她那糾結的神情，秦有鮫白眼直翻：「妳往後出去莫要說是我的徒弟，我沒這麼蠢的徒弟。」

「師父！」坤儀惱了，「您也別光說風涼話呀，替我想想有沒有什麼出路？」

「眼下妖怪橫行人間，妳還問我怎麼保全一隻妖怪，我能給妳什麼出路？」秦有鮫拂袖，別開頭去看外間隔斷處晃動的珠簾，「而且，妳很快就沒心思操心別人了。」

她這師父老這樣，說話只說一半，神神祕祕地叫人猜，活像是說完了就拿不著俸祿了似的。

坤儀很氣，雙頰都鼓了起來：「下次拜師，我一定要拜個能把話說清楚的。」

秦有鮫氣極反笑：「孽障，要不是因為妳，為師也用不著這麼早回盛京。裡外為妳指了明路，妳悟性不夠，還怨起為師來了。」

「您給我指的明路，就是讓我去滅妖？」坤儀叉腰，「您瞧瞧我，我這點法術，我配麼？」

「妳不配，所以為師壓根沒指望妳滅了誰，就指望妳別摻和，然後好好在聶衍的手裡活下來。」

在聶衍的手裡活下來有什麼難的，她現在不僅能活，還能欣賞美色呢。

坤儀不服，覺得秦有鮫在耍著她玩。

後者被她這冥頑不靈的模樣氣了個夠嗆，張嘴剛想多說一些，太陽穴卻是一跳，彷彿有鋼針將他的腦袋扎了個對穿，疼得他側頭吐出一口血來。

「師父？」坤儀嚇著了，連忙繞過屏風出來扶著他。

地上的血烏黑泛青，慢慢滲進正紅色的織錦地毯裡，變成了一塊深色水跡。

秦有鮫抬袖擦唇，豔麗的眉眼裡滿是無奈：「天機不可洩露，妳能不能自己聰明點，少讓為師操心。」

坤儀很想說她哪讓他操心了，但看人家已經被氣得吐血了，還是決定少頂嘴，只乖順地點頭。

秦有鮫是很厲害的道人，這麼多年了，他的容顏還沒變過，一如她初見時的明豔俊秀，像極了日光最盛時的海棠。

可有時候，坤儀覺得他很像她的奶嬤嬤，一邊替她收拾爛攤子，一邊讓她早些懂事，絮絮叨叨，苦口婆心。

想想也是難為他了。

受到了良心的譴責，坤儀決定親自送秦有鮫去司藥坊，好好盡一盡徒弟該盡的孝。

巧的是，今日聶衍也進了宮，聽六司各處彙報了宮中情況之後，便與朱厭和黎諸懷一起邊走邊議事。

「禁軍裡有幾個刺頭都已經解決了，眼下除了有些人心惶惶，其餘的都礙不著咱們什麼事。」黎諸懷很高興，「能進展如此之快，多虧了侯爺捨小為大。」

「你瞧這話說得。」朱厭粗聲粗氣地道，「活像是跟殿下成親，侯爺吃了虧。」

黎諸懷失笑：「你又不是不知道咱們侯爺，讓他近女色比讓他修習道術還難，殿下雖生得貌美，但性子驕縱，與她在一起，可不就是侯爺吃了虧。」

說著，還側頭問聶衍：「您說是不是？」

這人，看著是在問他，實則是在揶揄他最近與坤儀走得太近，多少帶了些試探的意思。聶衍不太高興，一張臉冰冷如霜，沒有答話。

朱厭瞧著他不高興了，連忙眼神示意黎諸懷收斂些，後者卻當沒看見，接著道：「要我說，侯爺既然都捨了一回了，不如再捨一回，將張家那姑娘也收了，好讓張桐郎安靜些，別總在暗處使陰招。」

聶衍停下了步子。

宮道一側的花圃裡春花開得正好，蝴蝶蹁躚，香風陣陣，可朱厭卻察覺到一陣寒氣，自侯爺身上傳過來，順著他的脊背往上躥。

「我的婚事。」聶衍平靜地看向黎諸懷，「什麼時候輪到你來指點了？」

先前答應與坤儀成婚，除了於上清司有利之外，更多的是他自己願意。

想是近來是脾性太好了，以至於這些人漸漸失了分寸。

意識到他眼裡真的出現了殺意，黎諸懷不笑了，後退兩步拱手：「侯爺，屬下冒死請柬，您最近這狀態不妥。」

跟坤儀成婚可以，親近也可以，但不能一心撲在她身上，連提一提別人都成了罪過。

那與世間為情所困的痴兒有什麼區別。

「你擔心的事不會發生。」收回目光，聶衍淡聲道，「她不會妨礙到我分毫。」

要是以前，他這麼開了口，黎諸懷自然就信了，但如今，他只聽著，並未應聲。

黎家跟隨聶家太多年了，情分遠勝一般的上下屬，若坤儀當真會妨礙大事，就算聶衍會殺了他，黎諸懷也會動手。

「有人過來了。」朱厭突然警覺。

三人一齊收斂了情緒，側眼看過去，就見坤儀扶著一個人經過月門，邊走邊說著話。

「是秦有鮫。」黎諸懷挑眉，餘光悄摸打量聶衍的神情。

秦有鮫是個難惹的人，他回朝，對他們來說不算好事，但聶衍三番五次對他動手，要說全是為大局著想，黎諸懷是不信的。

可眼下，瞧著那兩人親密地走遠，聶衍好像也沒什麼反應，鴉黑的眼裡無波無瀾，只尋常地問了一句：「宮裡出什麼事了？」

黎諸懷回神，低頭拱手：「除了和福宮那邊，暫無別事。」

想來這兩人也就是剛從和福宮出來，秦有鮫不知在哪兒受了傷，坤儀身邊也沒個宮人，就這麼親自扶著他。

收回目光，聶衍語氣也如常：「讓淮南儘快趕製出新的宮闈防守圖。」

說罷，拂袖就走了。

黎諸懷和朱厭低頭應了一聲，眼看他走遠，兩人都有些納悶：「瞧著好像也不是特別在意？」

「有可能，但大人最近不知哪兒學的滑頭手段，情緒掩飾得很好。」

「那依你看，這坤儀公主到底是要緊還是不要緊？」

「再看看吧。」

兩人的聲音漸漸消失在風裡，聶衍神色如常地走出宮門，瞥見外頭坤儀的鳳車，一聲沒吭，徑直掀了黑紗上去。

蘭苕在旁邊看著，有些意外，卻也沒多問。

坤儀帶秦有鮫去找御醫診了脈，又拿了一堆他壓根吃不了的藥給他，再聽一堆老頭子絮絮叨叨地讓他多保重身體。等兩人離開皇宮，外頭已經是日暮偏西。

「難得妳體貼我一回。」秦有鮫輕哼著，眼角眉梢卻掛著欣喜，「皇后那邊，為師自會替妳盯著些。」

「多謝師父。」坤儀撫掌輕笑，走到自己的鳳車邊停下，「不日便要春獵，蘅蕪那邊還請師父多操心，能讓她早些出來，我也能多個人拌嘴玩兒。」

秦有鮫失笑：「妳怎麼不求妳家夫君放了她？」

「您回來得晚，怕不是還沒聽過昱清侯鐵面無私的威名。」她咋舌，「他哪裡肯聽我的。」

「威名這東西，於男兒也不過是身外物。」秦有鮫深深地看她一眼，「他若當真將妳放心上，妳在意的，他便也會在意，什麼公事大局，都不過是敷衍妳們這些小姑娘的托詞罷了。」

坤儀怔愣，還沒來得及反駁，這人就擺了衣袖道：「走了。」

目送他遠去，坤儀笑著搖頭，輕嘆一口氣，轉身就迎上蘭苕古怪的眼神。

「怎麼了？」她挑眉，「妳這是什麼表情？」

蘭苕看一眼鳳車，又看一眼她，輕輕搖頭。

心裡一沉，坤儀踩上車轅，掀開了黑紗簾。

聶衍端坐其中，面無表情地看著她。

她：「……」

飛快回想方才有沒有說什麼不妥的話，坤儀心虛地笑了笑，跟著坐到他身側，討好地伸出爪子捏了捏他的手臂：「侯爺這是剛出宮啊？今日宮中一片混亂，想必上清司也要受累，你手疼不疼？我幫你多揉揉。」

第39章 以牙還牙

修長的手指掰開她的爪子，聶衍似笑非笑地道：「不累，公事大局有什麼累的，不過是些托詞罷了。」

知道他是聽了個徹頭徹尾，坤儀也就收回了手，撇嘴道：「侯爺竟還拿這同我擠兌，被塞托詞的又不是你。」

輕吸一口氣，聶衍壓下心裡不知哪裡冒出來的不悅，淡淡地道：「我從未搪塞過殿下，杜蘅蕪是人化妖，不能放出鎮妖塔。」

「你也知她是人化妖，那先是人，再是妖，從妖變回了人，你難道也要一直扣著她？」坤儀噘嘴，「你若將她身上的案子稟了陛下，我也當你是為著公事了，可人證物證俱在，已經過了這麼久，皇兄也還是不知道當初的藺探花是因何變成的妖怪，你分明是有事瞞著我。」

此話一出，坤儀覺得鳳車裡進了一陣涼風。

她側頭去看聶衍，發現他似乎在壓抑著什麼情緒，薄唇微抿，下頷線條緊繃。

「殿下何時這般關心朝事。」

坤儀不解：「我不關心朝事，就不能關心關心人麼，好說這兩位涉案的也與我有些往來。」

杜蘅蕪自然是有往來的，至於藺探花。

聶衍不悅地睇了睇眼。

他以為過了這麼久，她早就忘了那麼個人了，原來還一直記掛著。

坤儀這個人，看起來沒心沒肺的，實則心裡裝的人不少，能記得給過紅繩的藺探花，也對許久不見的師父親近有加。

那他呢，他在什麼位置？

大抵是被她寵慣了，意識到自己這想法不對勁，聶衍也懶得改，只安靜地看著她，等著。

片刻的沉默之後，她果然軟了眉眼來哄他：「我也不是要妨礙你的公務，就是這事怎麼說也是在我眼皮子底下發生的，一直沒個結果，我也會惦記嘛。你若是不高興，那我就不問了。」

「不問，然後去求妳師父幫忙？」她越哄，他氣性反而越大，眉心微皺，指尖冰涼，「妳與他，比與我親近？」

坤儀哭笑不得，這人好歹也是外頭聽著都害怕的上清司主司，在她跟前怎麼跟個小孩兒似的，還蠻不講理起來了。

「我拜師數十載，與你成親還尚未滿月……」

聶衍惱了，起身就要下車。

坤儀反應倒是快，一把拉住他將他按回軟座上，然後欺身上去，結結實實地在他唇上親了一口。

情場奧義，面對無理取鬧決不能生氣，也不能與他對著鬧，如果有親一口不能解決的事，那就親兩口。

昱清侯的嘴唇看著薄，親起來卻軟得很，像她喜歡吃的奶凍糕，有點涼，有點甜。

也不管事情有沒有解決了，她當即就親了他第二口。

聶衍有些怔忪，大抵是沒想到她會突然如此，外頭守衛和宮人與他們只有一層紗的間隔，她這麼大的動作，蘭苕都輕咳了一聲。

坤儀卻是沒管沒顧，手摟著他，身子壓著他，親完還吧砸了一下嘴。

他半闔著眼瞧著她晶亮的嘴唇，眼裡的鴉色漸漸變深：「殿下。」

「嗯？」坤儀眨眨眼，感覺他可能是害羞了，撐著他的肩就要起身。

結果剛起一半，腰上一緊，他竟就這麼將她拉坐進了他懷裡。

泛涼的肌膚被他身上的熱氣一裹，坤儀臉上騰地升起了紅暈，手抓著他的衣裳，將玄色的料子都抓起了褶。

「你……」她咽了咽唾沫，眨巴著眼瞅他，「你做什麼？」

「殿下當初與微臣約定，互不相干。」聶衍捏著她的腰肢，不答反問，「方才那舉止，可合約定？」

……好像是不太合。

她掙扎了一下：「那便是我錯了，給侯爺賠禮好不好？」

「上清司行事，講究以牙還牙。」他按住她的掙扎，一本正經地道，「不用殿下別的賠禮，就這般回府便是。」

兩人挨得太近，她都能聽見他的心跳聲。

照理說這是吃美人豆腐的大好機會，她不該錯過，可是，可是，她看聶衍的眼神，怎麼反像是要把她吃了一般。

從她眉心看到她的襟口，再從襟口掃回她的嘴唇，看得她肌膚泛緋。

狹路相逢勇者勝，她沒他厲害，當即敗下陣來，手都不知道該往哪兒放。

不是說他有可能是妖怪麼，妖怪怎麼也對凡人有這種……這種想法？

慶幸的是，鳳車行得快，沒多久就到了地方。坤儀像兔子一樣跳起來就要跑，聶衍一把抓住她的手腕，微微挑眉：「不再替妳那姐妹多求求我？」

坤儀搖頭如撥浪鼓：「我這個人沒什麼姐妹的，那是個小冤家，侯爺還是秉公辦事吧。」

說罷，扭頭就喊著蘭苕入了府門。

聶衍失笑，看著她倉皇的背影，心情總算好了些。

「夜半。」

「屬下在。」

「去替我辦件事。」

夜半恭敬地聽完吩咐，有些意外：「以什麼名義放出來？」

聶衍看了他一眼：「你還真信了黎諸懷的話，凡事都要從他眼皮子底下過？」

夜半了然，領命而去。

其實若是在平時，聶衍未必會當真如了坤儀的願，畢竟做這件事對他沒什麼好處，還有可能被黎諸懷嘮叨。但今日，大抵是被黎諸懷說煩了，他偏要逆其道而行。

坤儀未曾礙過他什麼，他幫她一把又何妨。

於是，當秦有鮫剛打算去一趟上清司，門還沒跨出去，他就瞧見杜蘅蕪一身憔悴地坐在了門口。

「師父。」杜蘅蕪有氣無力地道，「他們的鎮妖塔，真不是人待的。」

秦有鮫又心疼又好笑，連忙將她引進宅邸，給她倒了茶，又查驗了一番她身上的傷。

杜蘅蕪喝了兩壺水，放下茶壺抹了把嘴道：「您快去攔著點坤儀，再跟聶衍在一起，她也會沒命的。」

鎮妖塔裡關著的大多是低等的妖怪，照理說這些妖怪還不夠聶衍一拳頭的，為何要浪費這麼多地方來關押？杜蘅蕪一開始也納悶，直到收到師父送去的卷宗，修習了一個小周天之後，她竟憑著塔內的妖氣精進了一個甲子，然後就聽明白了那些妖怪在嚎什麼。

上清司將他們關在鎮妖塔，不是為了鎮妖，而是為了取他們的妖心來畫符，那符咒給人吃下去，就能有更多的妖怪被送進來，周而復始，直至將擋他們路的人統統變成妖怪。

她為了保命，只能裝作聽不懂，原以為得找時機逃命，沒想到今日他們居然主動將她放了出來，一看見夜半，她知道了，多半是坤儀求的情。

「若讓聶衍知道我聽得懂妖怪的話，想必他會殺人滅口，也會連累坤儀。」杜蘅蕪皺眉，又嘴硬地加上一句，「就算她的命不值錢，但她救我一回，我也就替她想一回。」

秦有鮫聽完，神色有些嚴肅：「妳先回相府去養傷，不管誰試探妳什麼，妳都別露出馬腳，其餘的，交給為師。」

杜蘅蕪應了，起身出門上車。

秦有鮫在屋子裡坐了好一會兒，決定去一趟三皇子的府邸。

坤儀正在在蘭茗收拾春獵要用的東西，冷不防接到消息，說三皇子承了這次春獵的差。

「這倒是奇了，先前堂上出現的妖怪是為三皇子說話的，今上很是不悅，連著冷落了三皇子許久，未曾想如今竟放著四皇子不用，反叫三皇子管事。」她一邊嘀咕一邊用花瓣牛乳泡腳，熱氣氤氳，屋內都是奶香。

蘭苕揮退了其餘的人，伸手給她取掉頭上珠釵：「聽說是國師給三皇子攬的差事。」

「師父？」坤儀皺眉，「他向來不管這些糟心事，怎麼也摻和上了。」

蘭苕自然是不知道緣由的，但三皇子辦事不太牢靠，他掌事，坤儀就不得不多帶幾個護衛，以免自己丟命。

大宋的春獵與別處不同，獵的不是兔子小鹿，而是山間即將成妖的一些東西。將成妖而未成之時，是這些東西最脆弱的時候，皇室之人由上清司引路，以帶著符的箭將其射殺，能表明大宋滅妖的決心，讓民間百姓更為臣服。

原本這差事給與上清司交好的四皇子是順理成章的事，奈何秦有鮫橫插一腳，三皇子接手自己完全不熟悉的領域，一路上的矛盾也就多了起來。

「還請殿下下車。」

皇室的隊伍走到一半，因著前頭出現妖氣，三皇子緊張地命人挨車搜查，坤儀正犯睏呢，就被人掀開了車簾。

動作太粗魯，她不太高興：「本宮的鳳車就這麼大，看一眼也就罷了，還真要本宮下車去等著不成？」

上清司的人朝她拱手：「屬下奉命行事，還請殿下體諒。」

「本宮也想體諒你們，但本宮想不明白，坐在車上讓你們查，和下車去有什麼差別？」她不耐煩了，

「不都是拿你們的法器來查看，難道有什麼東西是本宮肉體凡胎能遮住的？」

那人新到上清司，也是個愣頭青，滿懷不屈權貴的骨氣，當即就拔了刀。

聶衍正在前頭與上清司的人商議部署，冷不防就聽得外頭來人稟告：「侯爺，不好了，我們的人在後面與坤儀公主動起手來了。」

第40章　不分皂白的偏愛

眾人皆是一驚，黎諸懷看向聶衍，卻見他表情都沒變一下，只擺手對夜半道：「你去看看。」

「是。」

外頭的議論聲很大，黎諸懷朝著窗外瞅了好幾眼，忍不住問聶衍：「侯爺不親自去一趟？」

聶衍睨他一眼，又繼續看著手裡的部署圖：「你若想去，這麻煩事就交由你解決。」

黎諸懷也就是揶揄一句，哪裡是真想去擔責，當即就擺手：「那哪成，我還要候著這頭的吩咐呢。」

聶衍不說話了，盯著部署圖若無其事地繼續規劃。

夜半走得急，旁邊還有個隨從跟著，一邊走一邊替他清理前頭路邊支出來的雜草：「大人不必這般匆忙，咱們的人好說也是修了道的，就算對上公主，也未必會吃虧。」

「你懂什麼。」他擺手，「走快些，叫後頭的人千萬不許動手。」

主子讓他去，會是擔心上清司的道人吃虧？擺明是怕委屈了那位嬌氣的殿下。

夜半直嘆氣。

這些人做事也當真是沒眼力，衝撞誰的車駕不好，偏挑著這位殿下的。

因著坤儀的鳳車停了，後頭大大小小的馬車停了一個長龍，夜半急急忙忙趕過來的時候，坤儀正站在車轅上，滿臉意外地看著面前的人。

而她的面前，龍魚君長身玉立，粉面含霜，一把扔開斷成三截的佩刀，朝那上清司警察冷聲道：「休得對殿下無禮。」

警察資歷尚淺，哪裡是龍魚君的對手，可眼下上清司負責護衛整個車隊，按規矩搜車本就該這些人配合，若在這兒吃了呵斥，折的是上清司的顏面，還怎麼搜查別處。

一個扭頭，瞧見夜半大人正朝這邊趕來，警察當即一喜，連忙過去低聲道：「還請大人做主。」

夜半瞪眼，這怎麼做主？做誰的主？他都不知道誰給他們的膽子來找坤儀的麻煩。

張了張嘴，他想上前給坤儀問安，結果就被龍魚君擋住：「你們上清司的人冒犯殿下，還欲以下犯上直接動手，大人不訓斥他們，倒還想上前訓斥殿下不成。」

夜半愕然，他就請個安，怎麼就成訓斥了，倒是借他幾個膽子呢。

好在坤儀還不算糊塗，隔著龍魚君問了他一句：「你家侯爺呢？」

夜半連忙道：「在前頭與諸位主事商議要事，先遣了屬下過來。」

龍魚君輕笑，忍不住搖頭：「真是貴人事忙。」

說罷轉身，看向坤儀：「小的也無意叨擾殿下，但既然同路，殿下又孤立無援，小的便策馬與殿下同行，權當有個照應，可好？」

先前與他算是有些虧欠的，眼下再見，這人竟是不管不顧地護著她，也不怕得罪上清司。

雖然不太合規矩，但是坤儀很喜歡這種不分皂白的偏愛，當即就點了頭：「好。」

夜半覺得不太妥，但眼下侯爺沒來，只他一個做屬下的，實在也不好說什麼，只能看著。

坤儀似乎是順了氣，扶著蘭苕的手下了車，對他身邊的警察道：「你們有侯爺在後頭給你們撐腰，本宮可擔不起那妨礙公務的罪名，去搜吧，搜完了好繼續上路。」

那警察皺著眉看向夜半。

夜半能說什麼呢，人都已經得罪了，那就搜吧。

只是，他一直跟在侯爺身邊，怎麼不記得侯爺下過要搜查後頭車馬的命令？

短暫的搜查之後，鳳車重新動了起來，坤儀倚在軟墊上，臉上是沒什麼怒色，可這一路就再也沒吃過點心。

夜半覺得不妙，偷摸拉了蘭苕小聲道：「好姐姐，幫忙說說話，侯爺在前頭走不開，待會兒若是瞧見龍魚君在這裡，想必是不高興的。」

蘭苕眼含譏誚地揮開他的手：「你家侯爺是當真走不開，還是為著秉公辦事的好名聲不願意走開，你心裡沒數不成？那龍魚君隨著相府的車駕過來，拚著得罪杜相爺也要護著咱們殿下，比起你那位侯爺，倒是個心善的。他想守著咱們殿下不被你們的人冒犯，沒道理反要趕人走吧？」

夜半一噎，哭笑不得：「只是搜查的小事，怎麼就鬧成這樣……」

「小事？」蘭苕狠狠地瞪了他一眼，「殿下自受封以來，不管出什麼事都不用理會任何審查，更別說被人當面掀車簾拔刀子，要不是顧念你家侯爺，真當殿下會忍了今日這一遭。」

「你倒是好，還理所當然起來了。」

「女兒家的鬧騰總歸都是小事，只有你們男人才做得成大事。既如此，還同我說什麼話呀，早些平定天下妖魔，換回個太平盛世吧。」

說罷，白眼一翻，徑直坐上車轅走了。

夜半愕然，站在原地想了好一會兒，沉著臉拎起方才那警察朝前頭的車駕去了。

議會已經散場，聶衍獨自坐在馬車裡，聽見夜半回來的動靜，矜持地「嗯」了一聲：「處理好了就行。」

「主子。」夜半直嘆氣，「這事可能處理得不是太好。」

「怎麼？」

掀開車簾上去，夜半神色嚴肅地道：「黎主事應該是有些暗地裡的吩咐，今日去搜查殿下馬車的警察舉止十分冒犯，殿下雖是沒有發作，但不太高興。」

想也知道黎諸懷要幹什麼，聶衍半闔了眼，神色陰鬱地看了一會兒面前的地圖：「嗯，她說什麼了？」

「什麼也沒說，只是將龍魚君留下並行了。」

龍魚君？聶衍眉心動了動，眼神不太友善：「一個小倌，誰允他來的。」

「說是杜相府帶的隨從。」

他同坤儀都已經完了婚，這人竟還賊心不死。

「大人倒也不必太過擔憂，我看殿下也未必是對龍魚君有意，只是受了委屈，您又未曾露面，她不太高興。」夜半嘆息，「等到了地方，您去見一見殿下吧。」

「在盛京這般驕縱也就罷了，出來還鬧性子，如何使得。」聶衍很是不贊同。

然而等眾人到了行宮下榻，聶衍還是去了坤儀的屋子裡。

坤儀正在補妝，上好的胭脂和螺黛在漆木紅盒裡排成排，供她慢挑細選。

餘光瞥見來人，她喲了一聲，從銅鏡裡打量他：「這不是昱清侯爺麼？忙完啦？」

滿腹準備好的軟話就被她這一句給堵了回去。

聶衍冷眼瞥了瞥庭外站著的龍魚君，淡聲道：「殿下似乎也挺忙。」

「是挺忙，所以侯爺也不用顧念本宮，只管去忙自個兒的。」她笑盈盈地擺手，「你我成婚也有這麼久了，不必還見外地要來問安。」

臉上是笑著的，可那笑意壓根不達眼底，三言兩語地就又要他走。

聶衍抿唇，站在她身側沉默了許久，伸手想替她將簪歪了的朱釵扶正，結果沒等他碰到釵子，外頭的龍魚君就喊了一聲：「殿下，有天水之景，您可要出來看看？」

天水之景即雲上落水如瀑布，仿若人間之水倒掛天宮，相傳十年會出現一次，一次有半月之久，水上若生龍門，則是鯉魚精一躍成龍的好機會。

坤儀很感興趣，立馬起身，繞過他就跑向了龍魚君。

手僵在半空，聶衍皺眉，緩緩收了回來，又側頭去看庭外。

她跑得很快，眨眼就到了龍魚君身邊，龍魚君看也沒看那天水之景，只管盯著她瞧。

美人如玉，肌膚勝雪，好似比那成龍的機會更吸引人。

夜半看不過去了，低聲道：「侯爺，把這人處理了吧，管他什麼來頭，他這是在挑釁。」

聶衍垂眼，淡聲道：「依照祖制，我不可納妾，坤儀卻可以再納面首，他二人來往，並未越矩。」

「可是……」

「你處理一個龍魚君，還會有第二個，第三個，只要她願意，她身邊就不會缺人。」聶衍輕嗤，「所以這樁婚事，當不得真，湊合著能過就行。」

話是這麼說，但主子他顯然是當真了啊，眼下嘴硬有什麼意思，還不如想法子讓殿下收心。

夜半很愁，聶衍卻是不再看了，揮袖就走。

不輕不重的步伐聲漸漸遠去，坤儀安靜地聽著，沒有回頭。

「我瞧他也未必全是無情。」龍魚君看著她，低聲道，「殿下既也有意，何苦氣他。」

「本宮就算有意又如何，你看他。」坤儀望著天上的流水，輕嘆一口氣，「他生氣了，我知道怎麼哄他，因為我在乎他，可每回我生氣，他就這般置之不理，或者拿別的事來轉走我的心思。」

「一個人好是沒法過日子的，得兩個人好才行。」

「我也沒指望能與他天長地久，可既都在這局裡，他都不對我好，我何苦每回都對他好。」

擺了擺手，坤儀也懶得再看天上的流水了：「一路辛苦，你也早些歇著吧，我和蘭苕說了，你去與四皇子的隨從同住，他們能護著你不被杜相府上的人追責。」

「多謝殿下。」

龍魚君拱手，看著黑紗從自己眼前消失，眼裡的光也逐漸黯淡下來。

小丫頭好像不怎麼喜歡漂亮的男人了，他今日這青玉簪、紗絹衫，珀色髮帶捲著春風和墨髮，引了多少宮人朝他暗送秋波，她都未曾多看兩眼。

第41章 變故

因著妖怪在盛京肆虐得厲害，今年的春獵聲勢浩大，不僅有上清司多位主事隨行，更邀了許多文人墨客，打算在春獵之後遣詞運句，安撫人心。

山裡準備的將成妖的精怪也是格外地多，被上清司用符紙貼得老老實實的，等著皇室中人的獵殺。

盛慶帝龍體雖是無恙，心情卻不太好，到行宮休憩了一晚也不見開懷，隨行的劉貴妃心疼地道：「陛下既都已經出來了，就莫要再憂心國事，好生鬆快鬆快吧。」

郭壽喜站在旁側，眼觀鼻口觀心，暗道這哪裡是為國事憂心，分明是放心不下和福宮。

皇后娘娘雖然傷勢有所好轉，但一個人困在那宮殿裡頭，也是鬱鬱寡歡。有暗臣上奏，請求處死皇后以安天下，帝王不置可否，卻是獨自在上陽宮坐到了天明。

上清司已經得勢，等春獵回去，便是要大舉清查妖怪的時候了。

盛慶帝突然嘆了口氣：「貴妃剛進宮的時候，皇后也不過是雙十年華。」

劉貴妃一愣，臉色不太好看，卻也應了一聲是。

她剛進宮的時候，皇后與帝王正是好得蜜裡調油，帝王連多看她一眼都懶得，就徑直將她封了嬪扔在後宮，後來，還是她搭上了皇后，才得他正眼看了兩回。

十幾年過去了，原以為皇后失勢，她終於守得雲開見月明，沒想到行出幾百里，還是要聽他念皇后。

皇后到底有什麼好的，除了生得好看，並無半分母儀天下的氣度，還時常與陛下耍小女兒脾氣。眼看著都已經人老珠黃了，陛下竟也還寵著她。

劉貴妃滿腹牢騷，卻不敢發作，只能捏著帕子替皇帝擦手：「往年都是皇后娘娘陪著陛下來，今朝還是頭一回，陛下能恩寵臣妾，那今晚陛下可要在臣妾宮裡用膳？」

往年……

盛慶帝目光有些渙散。

他想起若蘭策馬的樣子，一身輕便的常服，執著火紅的轡繩回頭朝他喊：「陛下，你可不能輸給我這樣的小女子。」

她哪裡是小女子呢，能百步穿楊射死要謀害他的刺客，也能不管不顧地從馬背上撲過來救他。

他們每年都來春獵，每年也都會遇見一些麻煩，可有她在，他漸漸覺得禁軍廢物一些也無妨，她緊張他、滿眼望過來都是他的樣子，十分好看。

但是今年，她沒來。

「陛下？」劉貴妃沒等到回答，疑惑地抬頭，就看見帝王起身，若有所思地往外走。

被他這模樣嚇了一跳，劉貴妃連忙拉住他，扭頭吩咐宮女：「去，找人來看看陛下怎麼回事。」

宮女應聲而去，請來的卻不是上清司的人，也不是國師，而是一個仙風道骨的老者。

「這是？」劉貴妃皺眉。

宮女低著頭道：「上清司人少事忙，無暇應承奴婢，奴婢便將杜相身邊的這位大人請過來了。」

一聽是杜相身邊的人，貴妃放鬆了戒備，落了簾就讓他給陛下請脈。

郭壽喜在旁邊瞧著，沒覺得有什麼不對，那大人請完脈之後還給他留下了名帖：「陛下只是有些憂思過度，多休息即可，若是還有什麼不妥，可拿這帖子到不遠處的夜隱寺找我。」

「多謝大人。」郭壽喜送他出去，回來就聽見劉貴妃在小聲埋怨：「陛下什麼時候能滿心都想著妾身該多好。」

行宮裡燈燭搖曳，帝王疲憊地打了個呵欠，闔上了眼。

落榻的第一晚，眾人一路顛簸，都睡得早，坤儀原想著自己入睡的，但聶衍不知為何竟來了她房裡，也不睡覺，就拿了卷宗坐在軟榻上看，大有要守她一晚上的意思。

這是做什麼？她不解，又不太想問，只能卸了妝環寶石，背對著他和衣而眠。

子夜時分，外頭突然有些古怪的響動。

一抹明黃色的身影赤著腳，像失了魂一般越過熟睡的宮人，朝行宮外的叢林裡走去。他走得搖搖晃晃，卻是一直沒停，嘴裡喃喃地唸著個名字，最後消失在了黑夜裡。

聶衍聽見了，卻沒什麼動作，只側頭看了一眼床上氣鼓鼓又逐漸沉入夢境的坤儀，微微抿了抿唇。

第二日一大早，坤儀正在梳妝，就聽得蘭苕欣喜地進來道：「殿下，今日陛下似乎十分高興，摟著劉貴妃一直在笑，還賞了好些東西下來，各處都有。」

坤儀一怔，微微皺眉：「可知是什麼緣由？」

「就只聽說昨兒陛下在庭院裡走了兩圈，突然就像是解開了心結，回去臨幸了劉貴妃，又賞了貴妃的母家和親生的皇子，看起來是喜歡得緊。」

劉貴妃進宮十幾年了，皇兄對她一直不鹹不淡，而今一個晚上，突然就轉了性了？

坤儀覺得不對勁，將鳳釵插進髮髻，扶著蘭苕的手就往正宮走。

還未及進門，她就聽見了自家皇兄爽朗的笑聲：「賞，都賞！」

殿內一眾宮人喜笑顏開，主位之上，盛慶帝懷抱劉貴妃，舉止親昵，如膠似漆。

「坤儀來了。」劉貴妃害了臊，小聲提醒他。

盛慶帝一愣，低頭看下去，挑了挑眉：「坤儀啊，倒是來得早。」

「見過皇兄。」她行禮，而後抬頭笑，「不知皇兄是為何事這般高興？」

往常待她十分親近的兄長，眼下看著她的臉，竟是怔愣了一瞬，而後才道：「朕近來身子不爽利，已經拖延了好些日子，難免煩悶。昨夜得蒙高人相救，沉屙頓除，是以十分開懷啊，哈哈哈。」

眉梢微動，坤儀頷首：「恭喜皇兄。」

「免禮，坤儀若是看上什麼東西，也告訴皇兄，皇兄都賞妳。」盛慶帝笑著，又將她從頭到腳打量了一遍。

這眼神，看得坤儀十分彆扭，她抿唇，想上前看看自家皇兄到底怎麼了，卻被劉貴妃身邊的宮女擋了擋。

「馬上要開獵了，陛下和貴妃還未收拾妥當，請殿下迴避一二。」

若是以前，哪個宮女敢來擋坤儀公主的路，除非是活膩了。可眼下，坤儀沒發火，只抬眼看向盛慶帝。

盛慶帝也看著她，似乎覺得宮女說得對，笑著示意她先出去。

不對勁。

坤儀斂眸，乖順地行了禮，接著退出了正宮。

「昨夜正宮執勤的是誰？」她問郭壽喜。

郭壽喜連忙給她跪下：「回殿下，是奴才，奴才徹夜守在陛下身邊，沒出什麼岔子。」

至於一夜之後帝王為何性情大變，他猶豫了一下，將夜隱寺那人的名帖給了坤儀。

「糊塗，怎會輕易讓這等外人接近陛下？」坤儀慌了，「他們這些，是不是人都還另說，若對陛下用什麼妖術，你如何防得？」

郭壽喜連連磕頭：「是貴妃娘娘做的主，陛下未曾多言，奴才、奴才也不敢說話呀。」

他說得沒錯，坤儀也不打算與他為難，捏了這名帖就想去找聶衍幫忙。

然而，去他的屋子裡，只見著了夜半，夜半還是對她道：「侯爺有要事與各位主事相商，已經出門了。」

坤儀氣極反笑，她覺得師父說得也沒錯，有的人不在乎妳，滿嘴都是能搪塞妳的說辭。他一個上清司主司，想不到會比當朝陛下還忙碌。

「殿下。」龍魚君提著食盒出現，輕聲問她，「出什麼事了？」

莫名的，坤儀有些鼻酸，連忙拉著他離開聶衍的院子，到人少的園子裡，才低聲道：「你見多識廣，可知這是個什麼人？」

龍魚君接過名帖一掃：「夜隱寺之人，有些道行，先前應該是同國舅府交好，自國舅府被查封之後，他們也就鮮少出現在盛京。」

夜隱寺就修在這座山上，在這裡遇見他們的人，倒也不奇怪。

看一眼坤儀的臉色，龍魚君放柔了語氣：「可是有什麼事？殿下若是需要，小的可以替殿下將這人抓來。」

「你？」坤儀意外地看他一眼，「你怎麼能……」

「只要殿下想要，小的就能做到。」他笑了笑，眼裡滿是篤定。

慌亂不堪的心好像突然就被安撫了下來，坤儀指了指他手裡的名帖，抿唇道：「那我就要見他。」

「遵旨。」龍魚君朝她拱手，而後就將食盒塞在她手裡，轉身出了行宮。

坤儀有些懵，覺得此時此刻的龍魚君似乎比以前還要好看幾分。

她打開食盒，瞧見裡頭全是自己喜歡吃的菓子，不由地軟了眉眼。

「這是陷阱，妳家殿下沒道理這麼輕易上當吧？」夜半躲在暗處，看得皺緊了眉。

蘭苕站在他身邊，一個白眼就翻到了他的臉上：「哪門子的陷阱又有美人又有美食的？」

「妳還沒看出來麼。」夜半急了，「那龍魚君就是對殿下有企圖。」

蘭苕哼笑：「有企圖又如何？在殿下看來，他就是既把殿下放心上，又能在殿下需要的時候挺身而出，是再好不過的人了。」

「姑奶奶，我方才給妳的香料白給了？」夜半哭笑不得，「讓妳幫我家侯爺說兩句好話就這麼難？」

「你也不看看你家侯爺做的什麼事，天天不見人影，半夜過來坐著看卷宗有什麼用。」蘭苕撇嘴，摸著腰間的香料包，到底還是軟了態度，「行了，等殿下回去，我幫你們解釋兩句。」

第42章　雨天一般都有大事發生

申時一刻，浮玉山上下起了細雨，遠天與山色連成一片，青濛濛的。

聶衍撐著墨色的傘站在山坡上看向下頭的行宮，雨霧裡亭臺錯落，燈火盈盈。

黎諸懷站在他身後，略略低身：「一切都已經安排妥當，眼下就看他們想做什麼了。」

聶衍頷首，捏著傘柄沉默。

黎諸懷打量他一番，輕笑：「侯爺莫不是還記掛那位殿下？」

「沒有。」他道，「我是瞧著這雨越下越大，恐生變故。」

下雨是常有的事，這裡裡外外他們都已經捏在手心，還能有什麼變故？

黎諸懷笑著搖頭，望向那煙霧繚繞的山間。

雨幕漸濃，坤儀站在殿門口，一手扶著朱漆的門沿，一手搭在眉上往外看。

蘭苕調好了安神的香料，點燃放進了銅鼎裡，轉頭瞧見她這模樣，不禁問：「殿下是在盼侯爺，還是在等龍魚君？」

「自然是龍魚君。」坤儀輕嘖，「他出去了這麼久還沒回來，會不會出了什麼事？」

蘭苕恍然，想了想道：「龍魚君雖看著柔弱，但護著殿下時，也是英姿凌人，他既應承了，便該是有把握的。」

說的也是，坤儀轉身，嗅了嗅屋子裡的香，眉目鬆緩開，隨性地往軟榻上一躺：「也不知這雨什麼時候能停。」

「外頭有天水之景，相傳這雨是要落上些時日的，好叫那些個潛心修煉的鯉魚順水而回、躍過龍門飛升。」蘭苕道。

這些個民間傳說，早些年被當做哄小孩的故事講著聽，還是這幾年妖怪出現得多了，人們才漸漸發現，所有的傳說都是有來由的。

鯉魚易得道緣，先修成妖，等到十年一遇的天水之景出現，便可躍升為龍。這半個月裡細雨不會斷，所落之處，鯉魚精皆現原形。

坤儀突然想起了很多年前自己在御花園的池塘裡遇見的那尾鯉魚，通體雪白，像一張宣紙化在了水裡，她好奇地湊近了看，就見牠將頭伸出水面，輕輕朝她晃尾巴。

那是坤儀第一次對好看的東西有了認知。

可惜，宮中一向以紅色為大吉，白色為大凶，這條鯉魚通身都是白色，宮人忙不迭地就要將牠抓出來斬殺。

當時年紀還小的坤儀第一次有了公主的架子，氣憤地攔住動手的太監，將那尾錦鯉帶回了她宮中的青瓷缸子裡養著。

結果沒養幾日，那尾錦鯉還是不見了。

蘭苕當時為了哄她不哭，只說那鯉魚是躍龍門去了，坤儀當時真就信了。如今想來，多半是哪個宮人背著她將魚弄走處死了。

輕嘆一口氣，坤儀又望向窗外。

「殿下！」丫鬟魚白從外頭回來，拍了拍肩上的雨霧，欣喜地跪在外間稟告，「今年是個好年頭呢，上清司清算了山上的妖靈，總共有兩千多隻可獵，比去年多出了一倍。聖心大悅，冒著雨去獵了好幾隻，還賜了菜下來。」

兩千多隻？坤儀震驚得坐直了身子。

光一座浮玉山上都有兩千多隻即將成妖的生靈，那這世間的妖怪數目可還得了。

不，不對，就算這山上的樹都是即將成型的妖靈，也不該有這麼多，會不會是數錯了？

坤儀問魚白：「妳可見著侯爺了？」

魚白搖頭：「四皇子那邊有人擅自離開行宮，被妖靈所傷，侯爺似乎正在外頭善後。」

還真是夠忙的，坤儀想了想，還是叫蘭苕撐了傘，再去見見她皇兄。

路上來往的人很多，但大多都是上清司和禁軍的巡衛，坤儀攏著裙擺踏上回形的走廊，有些疑惑地掃了一眼熄著燈的幾排客座廂房：「還這麼早，他們就都歇下了？」

蘭苕跟著瞧了瞧：「興許是出去了。」

「這麼大的雨，出去做什麼。」她嘀咕，一連走了許久，才看見點著燈的幾處地方。

「不知為何，這行宮裡來的人分明比往年多，但奴婢總覺得比往年要冷清不少。」魚白跟在後頭替她抱著裙擺，小聲道，「風都吹得嗚嗚作響。」

坤儀頷首表示贊同，快走到帝王寢宮的時候，突然覺得不對勁。

「魚白，今年隨行的官眷奴僕一共有多少人？」她問了一句。

魚白是個記性好的，當即就答：「除卻皇室宗親，外臣和奴僕一共是一千五百六十八人。」

這一千多人，都住在外頭的客座廂房裡，沒有單獨的寢宮。

坤儀變了臉色，突然就抓著兩個丫鬟的手往回走。

「殿下？」蘭苕有些意外，「不去同陛下請安了？」

「我想先去找侯爺。」她步子走得很快，幾乎有些逃竄之意。

然而，還是有聲音在她身後響起：「殿下，今上請您進去說話。」是帝王身邊的護衛。

心裡一緊，坤儀頭也沒回：「打獵極耗力氣，皇兄還是早些休息，臣妹明日再來請安。」

要是往常，她這麼答話，沒人會說她什麼，畢竟盛慶帝寵著她。可今日，那護衛像是對她的抗旨舉動十分不滿，當即就躍身上來攔她。

坤儀接過魚白手裡的自己的裙擺，一把塞進了腰帶裡，然後低聲問兩個侍女：「逃跑會不會？」

魚白和蘭苕很意外，這是在行宮，為什麼要逃？

可兩人都是在明珠臺長大的，公主說什麼她們就聽什麼，當即也將裙擺塞進了腰帶裡。

「三、二、一！」

坤儀如離弦之箭，壓根沒管前頭伸手擋路的侍衛，風一樣地就衝進了雨幕裡。兩個丫鬟緊隨其後，一左一右地散開，晃得侍衛一陣恍惚，不知該追哪個。

不過也就一陣，等侍衛反應過來，幾條黑影就嗖地朝坤儀跑走的方向追了過去。

大雨傾盆，風吹開了客座廂房的窗戶，捲過空蕩蕩的房間，吹得桌上吃了一半的飯菜熱氣散盡。行宮裡燈燭漸滅，只剩瓦楞上的雨聲和繡鞋踩水的聲音夾雜交錯。

坤儀跑到一處拐角，飛快地從袖袋裡抓出一張瞞天符，貼在了自己的腦門上。

幾個窮追不捨的侍衛突然像是失了方向，站在離她五步遠的地方茫然四顧。

「方才就看見朝這邊來了。」

「氣味呢？」

「沒、沒了。」

「再去找！」

幾個黑影聚攏又散開，坤儀死死捂著自己的嘴，一身黑紗被雨水溼透，冰冷地貼在她身上。

瞞天符只能瞞過妖怪的耳目。

咽了口唾沫，她輕輕發著抖想，自家皇兄身邊的護衛，竟然都不是人。

她得去找秦有鮫。

下雨天的秦有鮫是最煩躁疲憊的時候，他不會去別的地方，只會在自己的屋子裡待著。

藉著遠處微弱的光，坤儀勉強辨別了方向，開始朝她認為的秦有鮫的住處走。

風吹在溼透的衣裳上，凍得她眼前有些發白，她這柔弱的身板在這樣的雨夜裡像一棵沒根的草，幾次被狂風捲得東倒西歪。

好不容易摸著個風小的地方，她靠過去，還不待喘氣，就聽得屋裡有人道：「眼下認得出那位的只有坤儀公主，他何不將她也一併……省去許多麻煩。」

「我聽侯爺的意思，是說這位殿下身上還有些奇怪的東西，想留著看以後有沒有用。」

「呔，一個嬌生慣養的公主，能有什麼用，還不夠哥幾個塞牙縫的。」

「哈哈哈——」

屋子裡哄然大笑，笑聲古怪，夾雜些獸鳴。

坤儀靠牆坐著，小臉慘白。

這是一屋子什麼東西？侯爺，是指聶衍？

聶衍想吃了她？

心裡一口氣湧上來，被她死死噎住，郁堵難舒，半晌之後，終於是變成了一個控制不住的嗝。

「嘰——」

清脆，響亮。

屋子裡嬉鬧的聲音戛然而止，接著，坤儀就感覺頭頂上飄過一陣風。

「瞞天符？」窗戶打開，有人古怪地笑了一聲，聲音近得彷彿就在她耳邊。

渾身汗毛倒豎，坤儀想也不想，立馬朝上頭甩出幾張煙火符。

咻——嘭！

突如起來的煙火將滿屋子的人炸了個措手不及，坤儀趁機跳起來，不要命一般地往外跑。

「抓住她！」

「在那邊！」

心口像是燒了一堆火，又被涼水撲滅，嗆辣的氣息全堵在喉嚨裡，坤儀拔足狂奔，外袍浸透了雨水，太過沉重，她乾脆一併脫下，輕身跑出行宮。

聶衍正安靜地觀著山間煙霧，冷不防察覺到一股熟悉而強烈的妖氣，從行宮一路蔓延進山林。

「不好了。」淮南衝上山坡來，上氣不接下氣地朝他二人道，「坤儀公主不知受了什麼驚嚇，往山林裡跑了。」

「什麼？這個天氣，她往山林裡跑？」黎諸懷挑眉，看了聶衍一眼，「有些危險啊。」

聶衍抬頭，冷眼回視他。

「侯爺瞪我做什麼，又不是我讓她跑的。」黎諸懷後退半步，撇了撇嘴，「她那麼嬌氣，淮南去尋一尋吧。」

「不必了。」收回目光，聶衍捏著墨色紙傘，往下頭山林的方向抬步，「我親自去。」

黎諸懷伸手拉住他的衣袖，皺了眉又鬆開，「非是我要教訓你，但是大人，她只是個普通人，隨便讓誰去找都可以，但你眼下若走了，大局誰顧？」

第43章　愛美之心

聶衍覺得好笑，鴉黑的眼裡一片譏諷：「不是還有你嗎？」

黎諸懷皺眉：「我一個區區主事……」

話說一半，他說不下去了。

聶衍捏了一封本該被燒毀的信，扔到了他的腳邊：「你不是好奇，我會不會因她而束手束腳，失卻方向？」

「那就看著吧。」

話語落，長身縱越，衣袂翻飛，如風一般去向下頭的深林。

臉色鐵青，黎諸懷抬腳碾住那一封信，看著聶衍的背影氣極反笑：「淮南，你看他是不是像極了上清司開司的那位祖宗。」

一樣的固執，一樣的不把人放在眼裡，也一樣的……要栽在女人手裡。

淮南滿眼擔憂，抿唇道：「當說不說？屬下覺得主事沒必要如此。」

為了大局要侯爺成親，待他成親了又怕他被情事所困，三番五次地試探於他。

也就是如今的侯爺脾氣好了不少，若放在原先，他們多少顆元丹都不夠碎的。

既然侯爺未曾誤過一件事，他們為何不能多信他一些。

「你不懂。」黎諸懷直搖頭，「你沒見過當年那位祖宗的下場有多慘。」

當年那位，至多也不過是魂飛魄散，再不入輪迴。

淮南望了一眼聶衍遠去的方向，總覺得他不會到那個地步。

他比那個人，還要厲害一些。

山林裡的風比行宮裡的更大更冷，坤儀沒跑多久就感覺有無數的妖怪在朝她圍攏。外袍扔了，她手裡的符紙不剩幾張，額頭上的瞞天符也已經被雨溼透，搖搖欲墜。

要在這兒餵妖怪了？

她躲進一個樹洞裡，緊抱著自己冰涼的胳膊，想了想，還是先用符紙為自己取來了一支纏枝鳳釵。

就算是死，她也得是漂漂亮亮地死。

這是矜貴的公主殿下必須有的尊嚴。

將跑得凌亂的髮髻用鳳釵重新束攏，坤儀抹開自己額上的雨水，撚了一縷青絲自鬢邊落到肩上。

然後就死死地盯著洞口，看第一隻來吃她的妖怪長什麼樣子。

山林裡妖氣濃烈，熊虎等小妖皆在咆哮，更有一隻上百年的妖朝樹洞裡伸了半個腦袋。

是隻蒠聾，古籍裡有載的妖怪，形狀似羊，卻有紅色的鬍鬚，修火道。

烤著吃也行吧，她想，死後骨頭渣子也還能化作春泥。

就是能不能先殺了她再烤？她怕疼。

張嘴欲和這蒠聾商量，坤儀還沒說出口呢，就見牠鼻息突然一停，接著整個腦袋就被人拔出了樹洞。

雨下得如瓢潑的水，坤儀艱難地抬頭，就看見樹洞外站了一個人。

身立如松，挺拔的肩上貼著溼透的玄色衣料，右手裡合攏的油紙傘尖還淌著水，左手裡捏著的蒠聾卻是已經斷了氣。

腰間簡陋的荷包被雨滲透，顏色深得難看，被風吹起的衣角卻依舊翻飛，像極了懸崖邊盤旋的鷹。

四周的妖氣都被他嚇得一滯，熊虎等精怪刨著地上的土，吐氣焦躁卻不敢再靠近。

「你……」坤儀怔怔地看著他，想問他是來吃她的，還是來救她的。

可話到了嘴邊，卻又變成了：「你既然帶了傘，為何不撐開？」

聶衍饒是再沉重，都被她這話說得一笑：「殿下竟還在乎這個。」

「那當然了，你眉眼那般濃郁好看，不會被這雨沖散了麼？」她嘟囔。

扔開手裡的蒬蕈，他轉身面朝她，捏過她冰涼的手，輕輕放在自己的眉眼上：「妳看看，散了麼？」

劍眉如月，朗目似星，坤儀描摹了一下，指尖都忍不住顫了顫。

沒點過妝黛，他這是天生麗質。

她羨慕地嘆了口氣。

目光掃到她身上單薄的裏胸長裙，聶衍沉了臉：「妳三更半夜的胡跑什麼。」

不說這個還好，一說坤儀看他的眼神裡就多了幾分恐懼：「行宮裡，行宮裡有妖怪。」

聶衍默了默，伸手將她從樹洞裡抱出來。

坤儀一貼上他就死死地摟緊了他的腰，將腦袋埋在他肩上，悶聲道：「我想好了，總歸是要死的，若死在你手裡，那還好些，起碼你比任何妖怪都好看。」

心裡輕輕一跳，他斂眉：「妳拿我與那些妖怪作比。」

那不然呢，總歸都是惦記著她性命的。

懷裡的人不吭聲了，情緒似乎有些不對。聶衍略感煩躁，他完全不知道行宮裡發生了什麼，連話都沒法與她圓，只能伸手將她往自己懷裡按。

深林裡突然傳來了一聲奇怪的低鳴。

聶衍一怔，目光陡然變得凌厲，手裡油紙傘一抖，變成了卻邪劍。

四周的小妖似乎是受了驚嚇，原先還遲遲不肯離開坤儀身邊，一聽這聲音，不管多少年的修為，統統扭頭就跑。

「怎麼了？」坤儀沒抬頭，只納悶地道，「四周的氣息變得好奇怪。」

「沒想到殿下當真有修道的天賦，連這也能察覺出來。」聶衍輕笑了一聲，眼裡的神色卻是十分嚴肅，「若是沒料錯，殿下這是送了微臣一份大禮。」

「什麼大禮？」坤儀不解。

「妳身上的妖氣，喚醒了一隻長眠於此多年的上古妖獸。」卻邪劍凜凜泛光，聶衍望著黑霧裡逐漸顯現的輪廓，輕輕吸了口氣，「若是僥倖能贏牠，妳我二人就能保住性命。」

「那若是不能呢？」坤儀天真地抬頭。

他輕笑一聲，沒答，只取了纏妖繩，將她牢牢捆在自己懷中。

一瞬間，坤儀竟然感覺到了前所未有的踏實。

大難臨頭，他居然不是把她扔到一邊，而是打算帶著她與妖獸搏鬥。

就憑著這一點，坤儀想，她也得想辦法幫幫他，畢竟她手裡還剩一張符紙，弄個煙火符什麼的還是不難。

這樣想著，她滿懷熱血地抬頭看向妖獸的方向。

然後就看見了一張紅目嶙峋的臉。

坤儀：「……」好醜。

「五千年的妖獸土螻。」聶衍沉聲道，「力大無比，嗜血，妖力遠在凡間道人之上。」

土螻生四角，似羊而非羊，長尾如鞭，好食人，早些年被封印在浮玉山，眼下不知是何緣故，竟是破了封印出來了。

漫山遍野的妖怪聶衍都沒放在眼裡，但這一隻，他面色十分凝重。

「打不過咱就跑吧？」坤儀小聲道。

似是聽見了她的話一般，土螻突然在四周落下了結界，接著就怒甩其尾，朝兩人捲過來。

聶衍抱著她避開這裂空一般的長尾，接著就地落陣，卻邪劍脫手，帶著光直衝土螻，然土螻四角剛硬無比，一個對磕，卻邪劍竟是嗡鳴著回了聶衍身側。

鋪天蓋地的壓力朝兩人籠了下來，坤儀死死地閉上眼不敢再看，就感覺聶衍在帶著她不停地躲避，而後以卻邪劍硬接一擊，他悶哼了一聲，嘴角有溫熱的東西順著她的耳畔流下來。

「聶衍？」她顫了顫，想抬頭。

這人卻捂住了她的眼睛，淡聲道：「數一百個數再睜眼。」

都什麼關頭了還玩這個？這妖獸何其厲害，要再不想辦法離開這個結界，她怕一百個數數完了就得給他收屍。

坤儀咬牙，捏著煙火符就朝妖獸甩了過去。

聶衍瞥見她符面上的東西，忍不住皺了皺眉，手指一點，將她的煙火改成了雷火。

咻——

千斤巨雷應聲而下，直落妖獸頭頂，土螻晃了晃身子，好一陣沒回過神來。

趁此機會，聶衍重引卻邪劍，嘴裡給她起了個頭：「一。」

坤儀眼前一片漆黑，只能跟著往下念：「二。」

三、四、五……

她感覺抱著的人似乎變得更加高大了些，兩隻手都環不住他的肩骨。

十、十一、十二……

有什麼光穿破了天際，引來了轟天之雷，接二連三地落在結界之中。

五十、五十一、五十二……

尖銳的犄角從她耳邊擦過，直挺挺地刺進了這人的肩骨裡。

眼睫顫了顫，坤儀想睜眼。

「還差十個數。」聶衍悶聲提醒她。

鼻尖有些發酸，她死死將他抱緊，大聲接著數：「九十、九十一、九十二……」

天光乍破，銳風驟歇，嗆鼻的血腥氣夾雜著山間的冷風，堵得她呼吸都呼不上來。坤儀只覺得天旋地轉，整個人與他一起失重，不知道跌去了哪裡。

雨水將山林沖刷得乾乾淨淨，黎諸懷和淮南趕到的時候，原地只剩下了一副巨大的妖骸。

「竟，竟是土螻。」淮南嚇白了臉，慌忙往旁邊看，「侯爺呢？」

黎諸懷原還算鎮定，可等他看完土螻身上的傷之後，眼皮也有些壓不住地跳了起來：「這個瘋子。」

這可是上古的妖獸，他竟也敢以血肉之軀去敵，分明有更輕鬆的路子，他卻上趕著送死。

「快，回去叫人，去山崖下頭搜，務必趕在張家人前頭找到他們。」

「是。」淮南領命而去。

昱清侯和坤儀公主失蹤，這事若是只有上清司的人知道，那也大不到哪裡去，先瞞著聖上，再多派些人，總能找回來的。

可眼下，淮南剛帶著人進山林，盛慶帝那頭就得到了風聲，當即大怒：「立刻讓上清司的人過來述職，禁軍去替朕搜尋公主的下落，活要見人，死要見屍！」

第44章 山洞

劉貴妃對於這樣的旨意很是意外，盛慶帝一向疼寵坤儀，哪裡捨得說這般不吉利的話，況且，眼下外頭風雨交加，普通的禁軍很難找到公主的下落，就算要問責上清司，也不該是這個時候。

然而，帝王下完旨意便回頭來擁著她，一邊親吻她的脖頸一邊嘆氣：「還是只有愛妃最讓朕省心。」愛妃。

這一聲是劉貴妃等了多少年才等來的，她怔忪地回抱帝王，漸漸地心花怒放，再不顧其他。

淮南帶著人還沒走多遠就被禁軍給圍住了，瞧見領頭的人，他大怒：「你竟還敢現身！」

張桐郎坐在肩輿上，居高臨下地看著他：「我已恢復了爵位和官職，為何不敢現身？」

怎麼可能，前幾日他張氏的通緝令還貼在合德大街的告示欄上。

淮南正欲反駁，旁邊的警察卻湊過來小聲道：「大人，是陛下昨日下的旨意，念及與和福宮娘娘的舊情，赦免張氏，官復原職，爵位俸祿一切照舊。」

昨日？帝王與劉貴妃正是情濃，還能在昨日念起和福宮？

滿懷疑惑，淮南盯著張桐郎，沒好氣地道：「不管大人眼下是何爵位，也不該攔著我等去救殿下與侯爺。」

「陛下吩咐了，上清司所有人都要回行宮述職，若有違者，立斬不赦。」張桐郎哼笑，目光幽深地睨著他，「你上清司憑著裝神弄鬼的本事，多次藐視皇威。陛下禮賢下士，未曾與爾等為難。今日公主遇險，爾等若還要一意孤行，就莫怪王法無情。」

聽他這一套一套的說辭，淮南就覺得不太妙，再看一眼他後頭帶來的烏壓壓的禁軍，他後退半步，面色沉重地將手放在了刀柄上。

……

坤儀醒來的時候，雨還在繼續下。

她艱難地動了動身子，發現自己被聶衍按在懷裡，他緊閉著眼，臉色慘白，身上還有濃厚的血腥味。

「侯爺？」抹了把臉上的雨水，坤儀試探著拍了拍他的臉頰。

觸手滾燙。

輕吸一口涼氣，坤儀抬頭打量四周。槐樹森立，一片漆黑，分不清方向，不遠處有一個半人高的山坡，坡下一片黑暗，隱隱有滴水之聲。

被風吹得打了個寒戰，坤儀吃力地將聶衍扶起來靠在樹幹上。

兜頭的雨澆得人難受，她猶豫片刻，還是拎著裙子起身，將聶衍留在原地，然後獨自朝那山坡走去。

聶衍有一絲意識尚存，但肉體傷得實在太重，左肩被土螻的尖角貫穿，心脈隨之重創，就算知道周遭正在發生什麼，也壓根睜不開眼。

察覺到坤儀的氣息消失在了他周圍，聶衍無聲地嘆了口氣。

這沒吃過苦的嬌公主，遇見這樣的情形難免驚慌失措，把他扔在這裡獨自逃命他也怪不得她，只是，他這樣的身子，怕是得在此處耽誤好幾日，若是休養途中遇見別的妖怪，那就更麻煩了。

早知如此，他就不該顧念著她，徑直化了原身與那土螻對戰，斷不會傷重至此。

正想著，遠處突然響起了腳步聲。

聶衍屏住呼吸，用神識召喚了卻邪劍，打算拚死護住這一副肉身。

然而，待人走近，他嗅見了一股子熟悉的脂粉香。

坤儀去而復返，將他的胳膊抬起來搭在她肩上，而後使出老大的力氣，將他的身子扶了起來。

「前頭的確是個洞穴，我看過了，裡頭沒妖怪。」她像是在對他說話，又像是在自言自語地壯膽，「雨太大了，這樣淋下去你不死也得被泡爛，還是過去躲躲。」

她的身子冰涼，顯然是冷得很的，感受到他身上的熱度，不由地將他抱緊了些。

「宮裡從小就教了各種禮儀規矩，可獨獨沒教過我遇見這種情況該怎麼辦。」坤儀累得氣喘吁吁，倒還在碎碎念，「我哪吃過這種苦啊。」

聶衍渾渾噩噩地聽著，想起她那不沾陽春水的丹寇和柔嫩的肩，心下也有些擔憂。她沒拋下他，他自是有些欣慰的，但帶著他在這山裡，她怎麼能活得下去？

洞穴裡淋不著雨，只蓄了一小潭雨水，乾冷嶙峋的石塊堆放其中，不好走路。

坤儀尋了一塊乾淨的石頭將他靠過去，又摸了摸他的荷包，從裡頭掏出了兩張空白的符紙。

這是好東西，聶衍想，只要她會畫千里符，兩人就可以立馬回到行宮去。

然而，這人捏著符紙想了好一會兒，咬破手指畫了一張探囊取物符。

探囊取物，顧名思義，一炷香之內，她能憑藉這張符紙將自己在方圓百里內擁有的東西給取到面前來。

此符對於道人來說十分雞肋，不但持續時間短，而且耗掉的修為極多，有時寧願騎馬去取物，也不會畫它出來。

而坤儀，她不但畫了，還畫了兩張。

聶衍愕然，神識飄在半空看著她從符紙發出的光裡一件一件地往外掏東西。

幾根大木頭、一張羅漢床、兩床棉被、一個藥罐子、幾盒藥材……

她搬得氣喘吁吁，最後一個火摺子取出來的時候，兩炷香到了，光在她面前消失，她還遺憾地「誒」了一聲：「我忘拿蘭苕剛做好的菓子了。」

聶衍：「……」

兩張符紙有千萬種用法，他萬萬沒想到，她會選最沒用的一種。

「你一個道人，出門怎麼會只帶兩張符紙。」放下東西，她還朝他嘀咕了一句。

聶衍哭笑不得，他出門一向會帶二十張符紙，按理說是足夠了的，但未曾想今日會遇見土螻，十幾個回合下來符紙就不剩了多少。

她像是只為了抱怨一句，也沒指望他能答，將洞裡勉強收拾了一番之後，她便將他衣袍褪去，扶到了羅漢床上。

聶衍身上有很多傷，最嚴重的左肩傷口已經有些潰爛。他皺了皺眉，不太想她看，坤儀卻沒嫌棄，拔下頭上的鳳釵，替他將傷口處的爛肉撥開，再選了幾味藥材，面色凝重地盯著看了許久。

他以為她在辨認品類，可下一瞬，就見她像是做好了準備，視死如歸地將藥材放進嘴裡嚼。

心口微動，聶衍怔愣了片刻。

帶著溫度的藥材覆在了他的傷口上，坤儀被苦得眼淚都要下來了，一邊吐舌頭一邊嘀咕：「太難吃了，我方才就應該先拿菓子。」

說是這麼說，還是將藥材一口一口地嚼碎，慢慢敷滿他整個傷處。

傷口又痛又有些癢，聶衍想抬嘴角，喉嚨裡又有些莫名地發堵。

遇見土螻的時候，他之所以將她捆在自己身上，是因為土螻就是衝著她身上的妖氣去的，將她放在旁邊，土螻只會跟著她走，他反而奔波，不如與她在一處，還方便誘敵進攻。

然而她好像是誤會了，以為他當時是不願意拋棄她，所以現在，拚著嚼苦藥也要救他。

其實不救他，她自己可以走回行宮，這裡離行宮只有三里遠。

心裡有種說不出的異樣，聶衍沉默。

坤儀將他的傷用白布條捆好，又幫他蓋被子，然後就癱在他身上喘氣。她累得很，額上出了汗，肌膚更加雪白，背心上的胎記雖然在發光，但大抵是由於土螻的屍身比他們這裡更顯眼好得，妖怪們一時並未朝這邊湧來。

坤儀將取來的辟邪木堆放在了山洞門口，又低頭看了看自己襤褸的黑紗裙。

「這衣裳也好髒。」她嘀咕著，瞥一眼昏迷不醒的他，想了想，徑直將這裙子脫下。

聶衍窒了窒。

好歹也是修道之人，竟然沒想過道人昏迷之時還會有神識在，就這麼當著他的面大大咧咧地脫了衣裙，只著藕粉的兜兒和五寸長的綢褲，將衣裙扔去洞裡的水潭裡淌了淌，隨意往乾淨的石頭上一攤，便又抱著胳膊躺回他的身側。

晨光從洞口木頭的縫隙裡照進來，勾勒出她的細腰軟脯，粉影窈窕。聶衍有些狼狽地閉了自己神識的眼睛，結果下一瞬，她就挨到了他身上。

「好冷。」她凍得直抖。

她像是發現了什麼寶貝一般，眼眸倏地一亮：「你身子好燙啊。」

聶衍：「……」

「我這不算占你便宜吧？你需要降溫，我需要取暖。」她眼眸滴溜溜地轉，將他的腰身抱得更緊了些，「反正一時半會你也醒不來。」

但他能清晰地感覺到她，能嗅到香甜的脂粉氣。

「等我睡一會兒，就帶你去尋回去的路。」她小小地打了個呵欠，含糊地道，「你放心，就算你病得再重，我也不會丟下你的。」

聶衍很想伸手揉一揉她略顯凌亂的鬢角，然而他的肉身太過虛弱，別說動作了，幾乎是要拖著他的神識一起陷入深眠。

失去神識的前一瞬，他似乎聽見她嘟囔了一句：「他們都說你是妖怪，妖怪應該沒那麼容易死，你可要挺住，不管你是什麼，我都還挺喜歡你的。」

心口一震，聶衍還沒來得及多想，神識就也變成了一片漆黑。

第45章　夢境中人

風大雨大，土螻的屍身很快消失在了山林間，已經被吸引出來的妖怪猶不滿足地四處尋覓，很快，他們就嗅到了另一處甜美而強大的妖氣。

「聶衍在那裡。」有百年修為的妖怪化出人形，停下了靠過去的步伐。

「竟然是他，他怎麼會在這裡？」

「誰知道呢，離他遠些，他可不是好惹的。」

修為高深的妖怪紛紛收斂了欲望，扭頭往回退，可一些小妖壓根抵擋不了這種誘惑，張牙舞爪地就朝山洞的方向撲去。

坤儀累得正要睡著，冷不防就聽見卻邪劍「錚」地一聲飛向了洞口。

她裹著被子坐起身，嬌嗔著揉了揉眼：「你做什麼？」

卻邪劍沒回答她，只在洞口靜待了幾瞬，然後倏地暴起，砍斷了個什麼東西。

坤儀定睛去看，就見一截妖怪的斷肢帶著腥臭的氣息從洞口避邪木的間隙滾落進來，掉在離她一丈遠的地方，還朝她的方向不甘地抓握了一下。

小臉刷地慘白，坤儀下意識地去摸自己袖袋裡的符咒，然後才後知後覺地想起，她把所有的符咒都花掉了，眼下想畫一張瞞妖符都不成。

完了。

洞口接二連三地傳來撞擊聲，她慌張地抱住聶衍，眼眸掃視四周，企圖找尋另一個出口。

呯——

有妖怪撞飛了一塊辟邪木，將嶙峋的頭伸進了洞穴。

卻邪劍雖然厲害，但沒有主人操控的劍，壓根無法同時抵擋這麼多的妖怪，它大聲地嗡鳴著，企圖喚醒聶衍，可聶衍傷得太重，完全無法給它回應。

洞口已破，妖怪接二連三地湧進來，卻邪劍急忙飛回了聶衍的身邊。

它眼下只能護住一個人，自然選的是自己的主人，至於坤儀……它只是一把劍，它管不了這麼多。

坤儀怔怔地看著朝她撲過來的妖怪，一動不動。

這樣的畫面她見過無數次，在明珠臺的洞房裡，在鄰國的皇子府。

接下來她會睡過去，等她再醒來的時候，自己會活得好好的，而她身邊的人，一定會死。

要是醒著的聶衍，她還能抱一絲僥倖，可眼下的聶衍就是一塊沒有反抗之力的肉，一定會被這些妖怪吃掉。

熟悉的睏意襲來，坤儀耷拉了眼，可下一瞬，她狠狠地掐了自己一把。

不行，這次不能睡，她必須保住聶衍，不管是為著與徐梟陽的賭，還是別的什麼，她都不能再讓人在自己身邊死掉。

睏意如潮水，凶猛地拉拽著她的神識，彷彿有人在耳邊對她說：「睡吧，睡醒就好了，妳不會有事。」

呵。

搖搖晃晃地站起身，她深吸一口氣，眼神一定，拔下頭上的釵子，狠狠地扎進自己的大腿。

劇烈的疼痛讓她瞳孔緊縮，意識跟著回籠，她疼得齜牙咧嘴，卻又有些暢快淋漓。

「你應該了解我。」她咬著牙對方才耳邊的聲音道，「我這個人，從小性子頑劣，不服管教。你讓我做什麼，我就偏不做什麼。」

雪白的肌膚上綻開血花，洞穴裡的妖怪跟瘋了一樣朝她這邊撲了過來。

坤儀知道自己那點道行完全不是這些東西的對手，索性就拖著腿往外挪，盡量離聶衍遠一些。

卻邪劍護在聶衍身邊，怔愣地看著她。

跟著主人這麼久，與主人心意相通的寶劍，自然知道坤儀公主是個什麼德性，就算她現在將主人抱起來擋在自己身前，卻邪劍都不會覺得意外。

但眼下這樣的場景，它當真是反應不過來。

猶豫了一二，卻邪劍還是守在聶衍身邊沒有動。它是有主人的劍，只會護著自己的主人。

那抹雪白的影子很快就被洶湧而來的妖怪淹沒了。

卻邪劍嗡鳴了一聲，像在嘆息。

可下一瞬，洞穴裡突然亮起了一道強烈的白光，饞嘴的妖精們還沒來得及張口就被白光淹沒，光持續不散，空氣裡登時彌漫出一股奇怪的妖氣。

後頭的妖怪們見狀沒有退縮，反而是前赴後繼地湧向白光，數十上百的小妖，眨眼就都消失在了白光裡。

沉睡中的聶衍突然就聞到了一絲熟悉的味道。

他睜眼，發現自己身處夢境，遠處烏黑一片，近處卻有一抹熟悉的影子。

怎麼夢見她了。

聶衍皺眉，毫不留情地道：「我記得我告誡過妳，莫要同我耍手段。」

那人微微一怔，轉過身來深深地看著他：「我要說是碰巧入了你的夢境，你可信？」

「我不信。」他冷聲道，「省著妳的修為養神用，莫要花在這些地方。」

她略有些失落，忍不住問他：「我若重回世間，你可還願履行約定？」

「約定？」聶衍滿眼嘲諷，「妳把青丘對我的栽贓陷害，稱為約定？」

「昱清……」

不願再聽她多說一個字，聶衍徑直碎了這夢境。

四周的黑暗如同碎了的瓦塊一樣往下落，聶衍冷眼看著她驚慌的身影，卻在某一個瞬間，好像看見了坤儀那張嬌俏的臉。

心裡一跳，他上前，想拉她一把。

然而，兩人的手交錯而過，她怔愣地望著他，然後跌進了黑暗的深淵裡。

「坤儀！」他低喝。

洞穴之內，坤儀被他這一聲喊得回了神，後知後覺察覺到了疼。

四周的妖怪已經消失，她也不必再撐著，索性跌坐在地上，扁扁嘴紅了眼。

御邪劍以為她受了重傷，連忙過來圍著她繞了一圈，結果發現她身上除了大腿上自己扎的口子，別的地方一點也沒傷著，只她頸後的胎記，像是吃飽喝足了一般，已經不發光和散發妖氣了，安靜得像一塊普通的花紋。

方才到底發生什麼了？

卻邪劍摸不著頭腦，索性飛回主人身邊，繼續養神。

坤儀哭得梨花帶雨，好不可憐，一邊哭一邊罵：「都瞞著我，都不告訴我。」

怪不得她這樣的體質還能平平安安地長大，原來她比妖怪還妖怪，那麼多的妖怪朝她撲過來，統統被她吃掉了，或者說是被她身上散發的白光給吃掉了，她還是第一次這麼眼睜睜地看完了整個過程。

所以先前在她昏睡過去的時候，也是這樣吃了很多的妖怪？

身上一陣惡寒，坤儀眉毛都攏成了一團。

這樣的情況師父必定是知道的，所以才騙她修習道術，好遮掩一二？但是話說回來，她沒有妖氣，也沒有妖心，這是怎麼做到的？

被皇兄發現的話，會殺掉她嗎。

想起原先皇兄那疼寵的眼神，坤儀更委屈了，抱著腿一蹦一跳地回到聶衍身邊，伸手戳了戳他好看的臉蛋，鬱悶地道：「被你知道了，也一定會想宰了我立功。」

聶衍皺著眉，手指輕輕動了動。

坤儀沒看見，被腿疼得直冒冷汗，索性就靠著他哼哼唧唧地閉了眼。

外頭的天色已經擦亮，雨還是沒停，坤儀這一睡就生了大病，整個人昏昏沉沉地說著胡話，從母后念叨到了趙元京，又無意識地喊起蘭苕來。

蘭苕跪在帝王寢宮外的回廊上，已經從深夜跪到了天明。

「只有上清司的人能把他們找回來。」她焦急地揮開來勸說的宮人，死死盯著帝王寢宮的方向，「陛下不該在這個時候問罪上清司。」

「蘭苕姐姐，妳這是累糊塗了，這種話怎麼也敢說！」魚白連忙捂她的嘴，「天子的旨意，也是妳我能置喙的？」

「陛下真心疼愛公主，就不該下這樣的旨意。」蘭苕揮開她的手，跪著往前挪了兩步，「再不派人，殿下會在外頭吃更多的苦。」

魚白拗不過她，只能側頭問小宮女：「國師呢？找到了嗎？」

「找到了，在後花園的水池旁邊，看起來像是宿醉了，人不太清醒。」小宮女為難地道，「他一直稀裡糊塗地嘟囔著，讓殿下別回行宮。」

魚白氣極反笑：「我等都想著法子把殿下找回來呢，他倒是好，還讓殿下別回來？」

蘭苕一怔，終於是回頭看了她們一眼：「國師當真這麼說？」

「當真。」小宮女學了學他的語氣，「這裡有難，莫叫坤儀回來——他是這麼說的。」

心裡輕輕一跳，蘭苕突然扶著旁邊的石柱起了身。

魚白連忙去攙她，就聽得她小聲道：「怪不得不對勁，怪不得，我們得去告訴殿下。」

踉蹌走了兩步，她又有些絕望：「這外頭都是妖怪，又是深山老林，我們要怎麼才能找到殿下？」

「行宮一裡外的塔樓上可以點瞭望煙。」魚白道，「咱們可以去為殿下指個方向。」

這話一出來，幾個宮女一齊沉默。

誰都知道殿下有多嬌弱，光是瞭望煙，她就算看見了，也未必能走得回來。

但這是眼下唯一能做的事，蘭苕猶豫了一會兒，還是帶著坤儀的手令往塔樓的方向去了。

上清司的人與張桐郎的人已經交手了一整夜，雙方都有些疲乏。黎諸懷冷眼看著張桐郎，沉聲道：「他不是個好相與的人，你做事做到這個份上，莫要說聯姻，往後想在他面前站著都不可能了。」

「哈哈哈。」張桐郎翹著二郎腿大笑，「是他聶衍逼我的，我給他陽關道他不走，非要走這獨木橋，真當我張氏好欺負。」

第46章　卻邪劍委屈

張桐郎也知道聶衍不好惹，所以一開始就打算用聯姻的法子，可惜他聶衍不識趣，不但不願意合作，甚至將他的後路斬斷，還妄圖利用皇后來讓帝王將張家滅門。

是他先不仁，就休怪自己不義。

聶衍被土螻重傷，秦有鮫和龍魚都因著雨天無法動彈，光憑坤儀那個花架子公主，兩人是斷不可能活著走出這片森林的，只要攔住上清司的人七日，往後這盛京就還是他說了算。

張桐郎算盤打得很響，幾乎是樣樣都料中了，只除了一樣。

坤儀公主這個花架子，好像也沒那麼花。

第三日的朝陽升起的時候，坤儀在聶衍的身上睜開了眼。

她嗓子啞得咽口唾沫都疼，身上也涼得可怕，將被子拉過來捂了好一會兒才緩過勁，然後迷茫地抬頭看了看四周。

沒有香薰的銅爐，沒有繡花的頂帳，她還在山洞裡，沒回到行宮。

腿上的傷口已經結痂，但這個痂的周圍紅了一圈，火辣辣地疼。

這樣的情況，她真的很想再倒回去睡，可肚子餓得咕咕叫，再睡可能會被餓死。

低頭看了看床上躺著的人，聶衍的臉色倒是好了一些，被她上過藥的傷口也在漸漸癒合，只是人依舊沒醒，嘴唇還乾裂開了幾條細口子。

輕嘆一聲，她踉蹌著起來，去水潭裡為他捧了一捧水來潤了潤喉，然後摸了摸自己晾在石頭上的衣裳，見已經乾透了，便將就著穿上。

背後的胎記不發光，她也少了很多麻煩，只用將聶衍扛起來帶回行宮。

可是，說起來容易，她自己都還病著，該怎麼才能扛起一個高大的男子？

聶衍的神識醒得比她還早一些，他皺眉看著她腿上的傷，忍不住瞥了一眼卻邪劍。

卻邪劍一凜，連忙出去砍了幾個能吃的果子帶回來，放在坤儀跟前。

坤儀很意外，啞著嗓子道：「這麼有靈性的劍，我還是頭一回見。」

她咬了一口野果，酸得她直眯眼，不過為著果腹，還是吃完了一整個，末了，又坐到聶衍身邊，拿起第二個。

卻邪劍怔愣地看著她將果子嚼了餵給人事不省的主人，忍不住嗡了一聲。

主人最嫌惡旁人的東西了，哪裡受得了這個。

可是，當它去感應自家主人的情緒的時候，發現裡頭什麼都有，就是沒有嫌惡。

卻邪劍：？

聶衍皺眉看著坤儀的動作，看的卻不是她餵食的嘴，而是她有些跛的腳。

應該是護著他的時候傷著的，他想，卻邪劍都沒能護他個周全，她這麼膽小的人，竟拚著受傷也將他護下來了。

是有多喜歡他？

卻邪劍：……

主人開心就好，它只是一把劍，它什麼鍋都能背。

餵完一個果子，坤儀親了他一口，萬般愁緒都化作了一聲嘆息，然後扶著他，艱難地將他扛起來。腿上的傷只這一瞬就崩裂了，她咬了咬牙，悶頭往外走。

聶衍看得眉皺得更緊。

兩人這樣待著確實是會死在林子裡，但看她這麼困難地一步一步扛著他的身體往外挪，他又覺得煎熬得很。

凡人本就脆弱，紙片一樣的一揮手就沒了，更何況她這樣嬌生慣養的凡人，平日裡指甲斷掉一個都要哀嚎半晌，眼下四處都是雨水，她一摔手臂上就擦傷一片，眼淚都包在眼眶裡了，卻還是爬起來拍拍灰，然後繼續扛扶著他走。

林子裡沒個方向，她只能憑感覺，走小半里路就要歇上半個時辰。

卻邪劍像是看不下去了，伸著劍柄替她扶了聶衍的另一邊胳膊，坤儀輕鬆不少，跟頭都少摔了幾個。

這樣走走停停的，天又黑了下來，她尋不到新的山洞，扁著嘴攬著他就哭。

聶衍被她哭得心煩意亂，原先遇見土螻都沒想捨棄的肉身，眼下竟有了捨棄的衝動。

卻邪劍連忙削了一處山坡，硬生生挖了半個岩洞出來，然後拉著坤儀過去。

「你真的好厲害啊。」坤儀忍不住盯著卻邪劍，雙眼發光。

卻邪劍一直很厲害，但從未被這麼誇獎過，當即有些飄飄然，在空中挽出了個劍花。

聶衍的神識不鹹不淡地哼了一聲。

劍花一僵，它老實地耷拉了下來。

「怎麼了？」坤儀伸手摸了摸它的劍柄，「剛剛還很開心。」

卻邪劍委屈，但卻邪劍不說，只依在她身邊，蹭了蹭她又有些髒了的黑紗裙。

這個山洞裡就沒床也沒被子了，坤儀扛不動那麼多東西，索性只帶了火摺子，晚上就偎在火堆旁休息，白天再繼續頂著雨水趕路。

老實說，坤儀從小到大沒有吃過這麼多苦頭，若是把聶衍扔在半路，她也能早些脫困，可她就是不扔，咬著牙頂著傷，愣是花了三天的時間將聶衍帶出了森林。

遠遠的，她看見有瞭望煙在西邊的方向冉冉升起。

眼眸微亮，她想跑過去，但三天的野果子實在讓她沒多少力氣了，腳下一個踉蹌就跌進了泥水裡。

卻邪劍著急地圍著她繞了兩圈，她也沒能爬起來。

慶幸的是，遠處有東西朝這邊來了。

雨水瓢潑，那東西一甩尾巴，將坤儀馱在了背上，瞥一眼旁邊的聶衍，他淡聲道：「虧你那麼厲害，竟能連累她至此。」

那是一尾漂亮的鯉魚精，在雨水裡顯出了巨大又華麗的純白原形，說罷，也不管聶衍，小心翼翼地馱著坤儀就游向了塔樓。

卻邪劍看得直嗡鳴，上前想斬牠，卻被聶衍叫住。

「去找淮南來接我，他們在南側一里外的位置。」他淡淡地道。

卻邪劍扭頭，立馬朝南邊刷地飛出去。

蘭苕在塔樓上等了好幾天，眼看著要絕望了，卻突然聽得宮人喊：「蘭苕姑姑，殿下回來了！」

眼眸一亮，蘭茗踉蹌著下樓，遠遠地就看見七八個宮人圍在塔樓底下，見她過來，眾人散開，露出昏迷不醒的坤儀。

坤儀身上穿著一件錦鯉色的流光外袍，裡頭卻還是之前的黑色紗裙。儀容還算整齊，但臉色十分憔悴。

「快，將殿下扶到塔樓裡去。」

「是。」

蘭茗進屋去，查看到坤儀腿上的傷，心疼不已，一邊讓人請國師來，一邊給她上藥更衣。

一連下了好幾天的雨就在這個時候停了，外面霞光燦爛，溫暖非常，像是夏天要到了。

坤儀渾渾噩噩間好像聽見了師父的聲音，他在嘀咕說著什麼，又為她重新攏上繡金的符文黑紗袍。

接著，她就陷入了夢境。

今日的夢裡沒有漫天的妖魔，也沒有人流著血喊她凶手，只有一個漂亮而孤寂的女人，跪坐在角落裡，一聲又一聲地低泣。

「妳怎麼了？」她忍不住問。

那人沒有回頭，只抽泣地道：「我弄丟了我的愛人。」

「那就去找回來啊。」坤儀不解，「在這裡哭有什麼用？」

女人被她冷酷的話一噎，幽幽地轉過了頭：「那妳能幫我去找嗎？」

一張與她一模一樣的臉赫然出現在眼前，坤儀嚇了一跳，後退幾步想跑，眼前卻突然一花，好似有人伸出手拽住了她的胳膊，將她往外一拉。

「師父？」夢境消失，她睜開眼，迎上了秦有鮫難得嚴肅的眼神。

「不要在夢裡答應別人的要求。」他認真地道，「夢裡也會有妖怪。」

脊背一涼，坤儀反手抓住他：「師父，你看得見我的夢？」

秦有鮫沒答，只又強調一遍：「任何時候都不能答應別人什麼要求，明不明白？」

「明白……」頓了頓，坤儀皺眉，掙扎著起身看向他，「師父，我是妖怪？」

用看傻子的眼神看了她一眼，秦有鮫冷哼：「這世上有妳這麼弱的妖怪？」

坤儀惱了：「我哪裡弱了！我能察覺到妖氣。」

「那是為師押著妳苦練十幾年才練會的東西。」秦有鮫翻了個白眼，「蘅蕪一個月就會了。」

……雖然是事實，但聽著怎麼這麼來氣呢。

坤儀捂著腿坐起來，疼得齜牙咧嘴的：「可是我都看見了，很多妖怪朝我撲過來，然後牠們都被我吞掉了。」

伸出自己的手看了看，她嘀咕：「除了妖怪，還有什麼東西有這個本事。」

臉色微變，秦有鮫問她：「妳怎麼會看見的？」

「保持清醒就看見了。」坤儀微頓，然後橫眉，「你果然是知道的。」

「此事說來話長，眼下也沒有說的必要。」秦有鮫別開了頭，「總之妳不是妖怪，妳是先皇和太后嫡親的血脈，否則，妳皇兄怎麼可能容妳到現在。」

原來如此，坤儀鬆了眉，心裡突然輕了，然後才想起來問：「我怎麼回來的？聶衍呢？」

「龍魚君送你回來的，那是個好孩子。」秦有鮫起身，替她打開了窗戶，「至於聶衍，妳不必擔心他，妳死三百回他都還活得好好的。」

「師父你是不知道，這一路要是沒有我，他早就被妖怪吃了，連骨頭渣子都不剩。」坤儀不服氣，伸出自己傷痕累累的雙手給他看，「我功勞很大的，他得念我的恩才行。」

不然這一路，可不就白拚命了麼。

第47章　聶衍的真身

一聽這話，秦有鮫看她的眼神更像看個傻子了。

聶衍雖是藏了真身，但能以人形行走凡間多年不被任何人察覺，料想妖力也是不低的，何況上清司裡那個姓黎的主事還奉他為主。

黎氏一族興於不周山，血統尊貴，妖力極強，自立族起就鮮少臣服於人，能讓他低頭行禮，聶衍的來頭又會小到哪裡去。莫說一片樹林，就是整個浮玉山的妖怪捆在一塊兒，也未必能傷他真身一分。

就這丫頭還傻到覺得他需要人救。

不過，這幾日的折騰，坤儀著實傷得不輕，又受了風寒，眼下雙頰還泛著不太正常的紅，聲音也有些沙啞。

秦有鮫到底是於心不忍，將她按回去躺著，拂袖道：「行宮裡有些麻煩事，妳且先在這裡養幾日。」

塔樓的房間簡陋，只一方架子床，枕頭被褥雖是蘭茗新換的，但那窗戶上連朵雕花都沒有。

坤儀扁了扁嘴，啞聲道：「我怎麼也該回去給皇兄請個安。」

「妳的皇兄……」秦有鮫皺眉想了想，「他眼下可能未必想看見妳。」

上清司與張桐郎的人已經在郊外對峙了好幾日，今上不但沒另派人去尋公主，反而增派了禁軍要將上清司的人統統捉拿，與其說是關心則亂，不如說他就是想藉著坤儀失蹤的機會來削減上清司的勢頭。

完全沒有顧及她的安危。

坤儀怔愣，突然想起先前的異常，皺眉問：「皇兄會不會是出了什麼事？」

秦有鮫垂眸搖頭：「我沒能面聖，但劉貴妃一直陪伴聖駕。」

劉貴妃入宮也有十幾年了，雖然是近來才得寵，卻也算熟悉盛慶帝，若有什麼異樣，她應該會與身邊人說，身邊人未曾言語，那說不定是今上另有盤算。

坤儀還想再問，腦袋卻沉得很，她嘟囔了幾聲，側頭陷入了昏睡。

秦有鮫伸手探了探她的額，輕嘖一聲。

都能煮熟雞蛋了。

落下一個護身陣在她周圍，秦有鮫起身，拂開寬大的月色袖袍，走去了木窗邊。

這裡離行宮不遠，離上清司眾人所在的地方也不遠。

雨停了，尚存的雨水順著劍鋒滴落進泥裡，黎諸懷一身狼狽，眼瞧著禁軍源源不斷來支援，他終於是失卻了耐心。

「上清司之人聽令。」

淮南一凜，大抵是想到了他會做什麼，當即抽了刀退回他身側勸道：「大人，這裡人太多了，不妥。」

「你還沒看出來？」黎諸懷冷笑，劈手指向遠處的張桐郎，「今上是幫著他，想誅殺我上清司精幹，再等下去，我等一個都走不了。」

「可是，人太多，難免有疏漏。」淮南環顧四周，連連搖頭，「只要走出去一個人，上清司便再難行於世間。」

上清司只有三十多個人，若只用道術法陣，便會被禁軍的人海困死於此處，所以黎諸懷是想現他的原身來誅殺張桐郎以及這一眾的禁軍。

黎氏一族乃不周山山神之後，墮塵為妖，原形為六腳大蛇，妖力強盛，足以吞吃這千餘人，但現原身風險太大，淮南擔心消息走漏，對上清司不利。

可他們這些半路修道的妖怪的道術，實在不是張桐郎的對手。

正為難，遠處突然就飛來了一柄劍，純黑的劍身倏地抹過一個正在舉刀的禁軍的咽喉，帶出一抹殷紅的血花。

「卻邪！」淮南眼眸一亮。

卻邪劍嗡鳴一聲，飛到他跟前，將聶衍的一抹神識帶給了他。

淮南大喜，連忙按住黎諸懷的手：「大人，侯爺有下落了。」

一聽這話，上清司眾人精神皆是一振，祭出的法陣都強盛了不少，將一眾禁軍逼退了幾丈。

「你帶人過去接應侯爺。」黎諸懷道，「我來應付張家這個東西。」

「好。」淮南點頭，當即帶著一隊親信殺出一條血路，直奔聶衍的方向而去。

張桐郎哪裡肯放他們，揮手要禁軍去追，卻見眼前慢慢落下了帷幕一樣的結界。

「你往哪兒看呢？」黎諸懷動了動自己的脖子，漆黑的眼眸一眨就變成了銀灰色的蛇瞳，「你要對付的人是我。」

「竟敢當著這麼多人的面顯形。」張桐郎皺眉看著他的舉動，慢慢下了肩輿，往後退了幾丈，「你難道要叫這成百上千的人都看著，看你斬妖除魔的上清司，實則全養的是一群妖怪麼？」

「被死人知道的祕密，不算什麼祕密。」結界落成，黎諸懷當即化出原形，銀灰色的鱗片如風一般捲上全身，大蟒仰天，六足頓地，一聲長嘯，整個浮玉山為之顫抖。

禁軍們嚇呆了，片刻之後才有人想起來要逃，可接二連三的，出現在周圍的妖怪越來越多，將他們的去路完全堵住。

「上清司，上斬皇室之妖，下清民間之怪，哈哈哈哈——」張桐郎大笑，「真是荒謬至極，荒謬至極！」

說罷，仰頭尖嘯。

慌亂的禁軍之中，有幾十餘人脫下了紅纓頭盔，跟著化出了原身，形如三人高的蜜蜂，長出分叉的尾巴和倒轉的舌頭。

是放皋山裡的反舌獸。

反舌獸是珍獸，為瞿如一族所驅使，當世不存多少，一次見著幾十隻，場面十分滲人，就算黎諸懷有自信能打過他們，心裡也不免發毛。

這張氏一族，竟是要孤注一擲了。

「你上清司要名聲，我等可不需要。」張桐郎望著他高大的原身，幽幽地道，「與其最後被爾等置於死地，不如現在就做個了斷。」

山上突然起了濃厚的妖瘴，將山林四周籠得什麼也看不見。

蘭苕端著熬好的藥往坤儀的房裡走，突然停下步子打了個寒顫。

「怪事。」魚白跟在她身側，也停下來看了看天邊，「好不容易不下雨了，天怎麼又暗了。」

眼下不過午時，按理說正該萬里無雲，可天上一片灰黃色，遠處也是霧濛濛的，風吹得人背脊都發涼。

「會不會有妖怪？」蘭苕皺眉。

「不會吧，上清司的人還在那邊守著呢，就算有妖怪，也過不到塔樓這邊來。」魚白搖頭，「還是先去給殿下餵藥。」

蘭苕抿唇，端著藥繼續往樓上走，可沒走兩步，她透過樓梯旁的木窗又看了外頭一眼。

黃色的霧氣裡好像飛過去了一個活物，漆黑的鱗片，盤旋如風。

她驚得眨了眨眼，再看，卻是什麼也沒了。

「怎麼了？」魚白順著她的目光往外看，「這能看見什麼？」

「龍……」蘭苕喃喃，「黑色的龍……」

「姐姐糊塗，這世上哪有龍。」魚白忍不住笑道，「妳是聽多了戲，真以為存在那東西了，那是先祖拼湊的圖騰，就算是鯉魚躍了龍門，也只會化成白色的蛟，哪會真有什麼黑色的龍。」

古書裡有載，龍與其說是妖，不如說是神，這世間若能得真神下凡，又哪裡會放著那麼多妖怪橫行世間。

她說的有理，蘭苕想了想，覺得可能當真是自己眼花了。

山間起了大風，妖瘴卻一點也沒有被吹散，瘴中已經沒了人的氣息，只餘下一眾妖怪混戰。

黎諸懷太久沒用原身，有些不習慣，被偷襲了好幾下，但很快，他就憑著強大的妖力站穩了法陣，連帶吃掉了兩隻反舌獸。

張桐郎大怒，連連與他過招，四下火光爆起，血沫橫飛。

妖怪的廝殺沒有武器和漂亮的花式，只有不斷爆開的妖氣和泛著光的陣法，上清司裡有當真修道的凡人，眼下已經是被陣法封印，不能視聽，而剩餘的親信，統統顯出了原身與張氏搏鬥，各有勝負。

眼瞧著張氏眾妖憑著一脈相承的血緣祭成一個殺陣、黎諸懷要損了一隻利爪之時，天邊突然響起了一聲龍嘯。

振聾發聵的龍嘯聲自天而降，穿透整個結界，震得所有妖怪頭皮發麻。

眾妖一凜，骨血裡天生對龍族的恐懼讓牠們都停下了動作。

張桐郎怔愣地望著天邊，慢慢化回了人形：「玄龍？」

從他們的殺陣裡慢慢退出來，黎諸懷沒好氣地噴了噴鼻息：「不然你以為他是什麼。」

心頭大慟，張桐郎沉默。

周身的殺氣慢慢消散，一絲疲憊湧上了他的眉間，他踉蹌了兩步，突然對後頭的族人和反舌獸擺了擺手：「罷了。」

「國舅爺這就不打了？」黎諸懷似笑非笑，「你可是苦心籌謀了多日，就想著今日帶著你的族人重奪盛京呢。」

要是平時，以張桐郎的脾氣，定要與他罵回去才甘休，可眼下，他只感覺到了巨大的鴻溝橫亙在他和上清司面前。

實力的鴻溝。

龍乃上古真神，玄龍為神族之首。

別說算計聶衍，眼下若是還能有為他所使的機會，他都算是救了全族。

伸手抹了把臉，張桐郎實在想不明白，聶衍若真是玄龍，怎麼會紆尊降貴來人間做這些事。

會不會，只是什麼幻術？

抱著一絲希望，張桐郎又抬頭望了天邊的一眼。

漆黑的鱗片泛著光從雲層裡捲過，片片如刀，龍鬚如鞭，游動間像是要劈開這浮玉山。

膽顫了顫，張桐郎帶起族人，當即撞破黎諸懷的結界，四散逃竄向叢林深處。

Instagram Plurk

國家圖書館出版品預行編目資料

長風幾萬里（上） / 白鷺成雙 著 . -- 第一版 . --
臺北市 : 未境原創事業有限公司 , 2025.01
面；　公分
ISBN 978-626-99199-1-8(上冊 : 平裝)
857.7　　113020257

長風幾萬里（上）

作　　者：白鷺成雙
發 行 人：林緻筠
出 版 者：未境原創事業有限公司
發 行 者：未境原創事業有限公司
E-mail：unknownrealm2024@gmail.com
地　　址：台北市中正區重慶南路一段 61 號 8 樓
8F., No.61, Sec. 1, Chongqing S. Rd., Zhongzheng Dist., Taipei City 100, Taiwan
電　　話：(02) 2370-3310　　**傳　　真**：(02) 2388-1990
印　　刷：京峯數位服務有限公司
律師顧問：廣華律師事務所 張珮琦律師
總 經 銷：聯合發行股份有限公司
地　　址：新北市新店區寶橋路 235 巷 6 弄 6 號 2 樓
電　　話：(02)2917-8022

定　　價：299 元
發行日期：2025 年 01 月第一版